L'EROE

Game of Chance, Libro 3

SUSAN STOKER

Titolo originale: *The Hero*

Traduzione dall'inglese di Patrizia Zecchin per <u>One More Chapter Translations</u>

Editing di Mimma Maio

Cover design di Hang Le

Cover photography di Wander Aguiar Photography

Amazon, il logo di Amazon e Montlake sono marchi registrati di Amazon.com, Inc., o dei suoi affiliati.

Soccorrere Caite
Soccorrere Brenae
Soccorrere Sidney
Soccorrere Piper
Soccorrere Zoey
Soccorrere Avery
Soccorrere Kalee
Soccorrere Jane

Mercenari di Montagna
Difendere Allye
Difendere Chloe
Difendere Morgan
Difendere Harlow
Difendere Everly
Difendere Zara
Difendere Raven

Delta Force Heroes
Salvare Rayne
Salvare Emily
Salvare Harley
Il Matrimonio di Emily
Salvare Kassie
Salvare Bryn
Salvare Casey
Salvare Sadie
Salvare Wendy
Salvare Mary
Salvare Macie
Salvare Annie

CAPITOLO UNO

MARLOWE KENNEDY SOBBALZÒ SORPRESA quando una delle responsabili urlò il suo nome a voce abbastanza alta da farsi sentire al di sopra del rumore delle centinaia di macchine da cucire.

Si voltò e vide Yanisa guardarla accigliata dalla soglia. Non si mosse subito perché l'ultima cosa che voleva era mettersi nei guai. Le responsabili erano delle detenute a cui era stato dato un po' di potere sulle altre. Bastava una loro parola alle guardie e una prigioniera poteva ritrovarsi in isolamento. La maggior parte delle donne rinchiuse lì aveva paura di loro, e non poteva biasimarle.

Il rapporto tra guardie e prigioniere in quell'orribile penitenziario della Thailandia era di circa venti a mille. Ma era la paura, o semplicemente la mancanza di volontà, a impedire alle detenute di ribellarsi. La maggior parte delle donne era stata condannata all'ergastolo, compresa lei.

Era incredibile che appena un mese prima fosse stata una

stimata e rispettata archeologa, considerata un'esperta nel suo campo, che lavorava in uno scavo non troppo lontano da Bangkok. Invece ora... il governo thailandese l'aveva condannata per spaccio e gettata via come spazzatura.

Trascorreva le giornate chinata su una macchina da cucire a confezionare camicette da quattro soldi, e di notte dormiva in una stanza stipata con almeno un centinaio di donne, sdraiate spalla a spalla, su un materasso sottile che non attutiva per niente la durezza del pavimento di cemento.

«Marlowe!» urlò di nuovo Yanisa, con molta più impazienza e facendo un gesto con la mano perché andasse da lei.

Si alzò e passò tra le altre prigioniere che non sembravano minimamente incuriosite dal motivo per cui era stata chiamata dalla responsabile. O forse sapevano che era meglio non attirare l'attenzione smettendo di lavorare.

Quando si avvicinò a Yanisa, la donna le afferrò il davanti della maglia azzurra dell'uniforme da detenuta e la scrollò. Il primo istinto di Marlowe fu quello di scacciarle via la mano, di spingerla indietro, ma se l'avesse fatto sarebbe tornata subito in isolamento. Era proibito toccare una responsabile, ma, ovviamente, non il contrario. Potevano fare tutto ciò che volevano alle donne affidate a loro. Spesso le prendevano a calci, a pugni, e talvolta le aggredivano sessualmente nel buio della notte.

Era così la vita in quella prigione sovraffollata e sottofinanziata.

Yanisa si voltò continuando a tenerla per la maglia, e iniziò a camminare verso l'edificio amministrativo.

Marlowe fu pervasa da un senso di terrore. Non le piaceva l'area principale della prigione. Era il luogo in cui si ritrovavano le guardie e dove si svolgevano gli interrogatori. Aveva già trascorso anche troppo tempo in una delle piccole stanze del grande complesso in mattoni.

Quando l'avevano prelevata dal sito di scavo per portarla nel carcere femminile, aveva pensato di poter spiegare che le pillole di Yaba trovate tra i suoi effetti personali non erano sue. Di avere la possibilità di raccontare la sua versione, e cioè che sospettava fosse stato Ian West, un suo collega, a metterle lì.

Ma non era successo. L'avevano rinchiusa in una stanza dell'edificio amministrativo e le avevano urlato contro in thailandese per ore. Non aveva capito una parola e li aveva implorati di chiamare un interprete. Di darle qualcosa da bere e da mangiare. Di poter usare il bagno. Ma a nessuno era sembrato interessare nulla di ciò che aveva chiesto.

Non sapeva quanto fosse rimasta lì, ma alla fine era entrata una donna che parlava inglese. Marlowe non si era mai sentita così sollevata in vita sua nel vedere qualcuno che avrebbe potuto capire, e che l'avrebbe capita a sua volta.

La donna le aveva spiegato che era stata accusata di traffico di droga e che avrebbe dovuto sottoscrivere una sorta di dichiarazione giurata. Naturalmente era in thailandese e Marlowe non aveva potuto leggerla. All'inizio si era rifiutata di firmare, ma la donna aveva insistito, perché se non lo avesse fatto sarebbe stata dichiarata subito colpevole e condannata a morte.

Era stato un incubo da cui non aveva avuto la minima idea di come uscire. Sapeva che non era saggio firmare qualcosa senza averlo letto prima, ma la donna era stata così calma e rassicurante. E a quel punto stava morendo di fame, era esausta e terrorizzata. Aveva visto il modo in cui le guardie maschili l'avevano guardata durante il lungo interrogatorio. Aveva sentito le storie orribili di donne aggredite.

Alla fine, aveva firmato i documenti.

Poi era stata portata in un'altra stanza, le erano stati tolti i vestiti, era stata costretta a mettere la maglia azzurra e la gonna blu scuro che indossavano tutte le detenute, ed era stata portata in isolamento.

Quindi sì, non c'era bisogno di dire che non aveva un buon ricordo dell'edificio amministrativo verso cui Yanisa la stava trascinando. Con il suo metro e sessantadue di altezza Marlowe non era affatto imponente, e dato che aveva perso peso durante la detenzione, era ancora più esile. In genere le donne thailandesi non erano molto più alte di lei, ma Yanisa era un'eccezione, il che probabilmente era uno dei motivi per cui era una responsabile. Riusciva a trascinarla con facilità mentre camminava, e Marlowe dovette mettercela tutta per rimanere in piedi.

Con sua grande sorpresa, invece di portarla in una delle piccole stanze per gli interrogatori, la condusse verso l'area visitatori.

Per un breve momento provò una flebile speranza. Tony era andato lì? Era finalmente riuscito a sbrigare tutta la burocrazia per andare a trovarla?

Si sentì quasi stordita dal sollievo. Lui l'avrebbe tirata fuori da quella situazione. Suo fratello maggiore era sempre stato il suo protettore. Aveva delle conoscenze importanti dato che lavorava per un senatore degli Stati Uniti. Se c'era qualcuno che poteva risolvere quel pasticcio, era lui.

Yanisa si fermò di scatto e praticamente scaraventò Marlowe su una sedia posta di fronte a una rete metallica. La sistemazione del parlatorio non era il massimo. Si sedette, e vide che a circa due metri e mezzo di distanza c'era una seconda rete, dietro la quale sedevano i visitatori. Non c'era la minima possibilità di toccarsi, e in una stanza così grande, con una dozzina di altre donne che parlavano con le persone che erano andate a trovarle, era quasi impossibile sentire ciò che si diceva.

«Cinque minuti» le disse Yanisa in modo burbero, poi si voltò e se ne andò.

Non c'era nessuno seduto dall'altra parte del largo divisorio, e Marlowe aggrottò la fronte confusa. Quando la porta su un lato della stanza si aprì, guardò con impazienza aspettandosi di vedere Tony.

Ma l'uomo che entrò le era sconosciuto. Risaltava tra le altre persone. Era alto. Aveva i capelli neri e un cipiglio spaventoso sul viso, ed era vestito in modo impeccabile. Indossava una camicia bianca con la cravatta azzurra e un paio di pantaloni kaki. Aveva con sé una valigetta che posò a terra non appena raggiunse lo spazio destinato ai visitatori.

Ma non si sedette. La guardò con la fronte aggrottata attraverso la rete.

Dopo un attimo le sue labbra si mossero, ma Marlowe non riuscì a sentire cosa stesse dicendo.

«Scusa, non capisco» praticamente urlò.

Le sue labbra si mossero di nuovo, e pensò che avesse detto una parolaccia, poi alzò la voce. Lo percepì a malapena al di sopra del baccano, ma sentire la lingua inglese – americana e senza alcun particolare accento – non era mai stato così bello.

«Marlowe Kennedy?»

Lei annuì.

«Sono il tuo avvocato.»

Sbatté le palpebre. Quell'uomo non aveva l'aspetto di un avvocato. Certo, non era esattamente un'esperta, ma sembrava troppo... indomito, nonostante l'abbigliamento immacolato. Non era sicura di cosa le avesse dato quell'impressione. Forse era la rabbia nei suoi occhi, o i muscoli gonfi sotto la camicia bianca. Ma mai e poi mai avrebbe pensato che quell'uomo fosse un avvocato.

«Mi hai sentito?» urlò attraverso la recinzione.

Marlowe annuì di nuovo.

«Ti porterò via da qui. Capito?»

No, non proprio. Ma non poteva negare che fosse una bella sensazione avere qualcuno al suo fianco.

Annuì per la terza volta.

«Devi essere pronta» le disse. I suoi occhi scuri la fissavano, e aveva la sensazione che stesse cercando di veicolare un messaggio, ma non aveva idea di quale. «Nel frattempo, tieni un basso profilo e non attirare l'attenzione su di te. Capirai quando sarà il momento giusto.»

Marlowe inclinò la testa e studiò l'uomo dall'altra parte della rete. Non si era presentato. Non aveva chiesto la sua versione della storia. Non aveva tirato fuori nessun documento. Non aveva fatto nulla di ciò che lei sospettava facesse un avvocato quando incontrava un cliente per la prima volta. Certo, non si trattava esattamente di una circostanza normale. Non era come se fossero seduti a un tavolo in una sala conferenze a fare una conversazione privata e tranquilla.

All'improvviso ebbe il bisogno di sapere il suo nome. Non era convinta che lui potesse aiutarla; a quel punto pensava che nessuno avrebbe potuto farlo. Il governo thailandese era impegnato in una guerra contro la droga che non poteva vincere, ed era più che disposto a punire come esempio chiunque – soprattutto gli stranieri – fosse stato beccato con qualsiasi cosa, non importava quanto piccola. Era per quello che la prigione era così sovraffollata.

Ma nonostante la sua mancanza di ottimismo, guardando negli occhi quell'uomo, sentì un profondo bisogno di fidarsi di lui.

Si alzò lentamente, per non allarmare con un movimento improvviso Yanisa, le altre responsabili o le guardie presenti nella stanza. Afferrò la recinzione metallica così saldamente che le dita diventarono bianche. «Come ti chiami?» gridò.

Lui la fissò per un attimo prima di dire: «Kendric. Kendric Evans.»

Kendric.

Gli calzava a pennello. Marlowe non aveva mai incontrato nessuno che si chiamasse così. La sua voce profonda le rimbombò nella testa mentre il suo nome risuonava dentro di lei. *Kendric. Kendric. Kendric.*

«Come te la passi?» le chiese.

Scrollò le spalle. Sapeva bene di non doversi lamentare. Non aveva idea se Yanisa o le altre potessero sentirla al di sopra del rumore, ma non aveva intenzione di correre il rischio.

Kendric si accigliò. «Ho solo bisogno che tu resista ancora un po'. Puoi farlo per me?»

Avrebbe voluto dire di sì, ma la verità era che non sapeva se ci sarebbe riuscita. Quella era la peggiore esperienza della sua vita, e anche se erano passate solo poche settimane, era già vicina al limite di sopportazione. Il pensiero di rimanere per sempre rinchiusa lì la terrorizzava al punto che avrebbe fatto di tutto, *qualsiasi cosa,* per andarsene. «Ti ha mandato Tony?» gridò, invece di rispondere alla sua domanda.

«Sì.»

La sua replica fu immediata, e il sollievo che provò le fece girare la testa. «Sta bene? È qui?»

«Sta bene. È preoccupato per te. E no, non è qui, ma ha mandato me» le rispose, spostando leggermente lo sguardo a destra, oltre le sue spalle.

Marlowe girò la testa per vedere cosa stesse guardando, e vide Yanisa dirigersi verso di lei. Si afferrò più forte alla rete. Non voleva tornare nella sala da cucito. Voleva restare lì a parlare con Kendric. Era l'unico collegamento che aveva con suo fratello. Con la libertà. E non voleva perderlo. Ebbe l'improvviso sospetto che se lo avesse perso di vista, sarebbe ricaduta nel baratro della disperazione in cui viveva da quelli che sembravano anni, non settimane.

Come se potesse leggerle nel pensiero, Kendric gridò: «Guardami, Marlowe.»

Riportò immediatamente lo sguardo su di lui.

«Ti tirerò fuori da qui. Devi essere pronta. A qualsiasi cosa. Quando sarà il momento, ci sarò. Capito? Devi solo avere abbastanza coraggio da agire.»

Non aveva idea di cosa stesse parlando.

Yanisa le afferrò il braccio e disse qualcosa in thailandese.

Marlowe rimase aggrappata alla recinzione, non volendo andarsene. Non voleva lasciare Kendric.

«Puoi farlo?» le chiese.

C'era un sottinteso nella sua domanda che non capì.

«Marlowe!» la chiamò, mentre Yanisa le staccava le dita dalla rete. «Quando sarà il momento, sii come Forrest Gump...»

Disse qualcos'altro, ma le parole si persero nel frastuono

di tutte le altre persone che urlavano per riuscire a farsi sentire dai loro visitatori.

Era così confusa. Kendric non poteva aver detto *Forrest Gump*, vero?

Invece sì. Ne era sicura.

Gli lanciò un'occhiata prima di venire trascinata fuori dal parlatorio, e lo vide fermo nello stesso punto. Non si era mosso. Si teneva alla recinzione proprio come aveva fatto lei, e la fissava mentre veniva portata fuori dalla stanza. L'ultima cosa che vide prima che la porta sbattesse dietro di lei, fu Kendric mimare qualcosa con la bocca.

Fu di nuovo trascinata verso la sala da cucito. Yanisa borbottava sottovoce e Marlowe era sollevata di non riuscire a capire cosa stesse dicendo. Quando arrivarono di nuovo nell'area sfruttamento, era così che la vedeva, la responsabile la spinse verso la porta.

Non aspettandosi quel movimento violento, volò in avanti e colpì il pannello di metallo con forza, evitando a malapena di sbattervi con la faccia.

«Al lavoro!» le ringhiò addosso.

Muovendosi il più velocemente possibile, Marlowe si affannò per afferrare la maniglia e riuscì ad aprire la porta. L'aria all'interno era soffocante e l'odore familiare di sudore assalì i suoi sensi.

Solo quando fu di nuovo seduta alla macchina da cucire, ad armeggiare con la stoffa e cercando di andare dritta con le cuciture, si rese conto di ciò che Kendric le aveva mimato mentre stava uscendo.

Corri.

Era quello il riferimento a Forrest Gump? Aveva senso... ma forse no. Corri? Dove? Non c'era nessun posto verso cui correre. E anche se non c'erano molte guardie nella prigione, le mura erano alte e con il filo spinato in cima, e i proiettili nei fucili degli uomini che le sorvegliavano erano quanto di più reale ci potesse essere.

Doveva aver interpretato male quello che Kendric aveva cercato di dirle. Ma supponeva che non avesse molta importanza. Suo fratello stava facendo il possibile per aiutarla e lei doveva credere che alla fine sarebbe stata liberata. Qualcuno avrebbe scoperto che le pillole di Yaba contenute nei suoi effetti personali al sito archeologico non erano sue.

Si acciglò. Accidenti, non aveva avuto modo di dire a Kendric di indagare su Ian West. Era lui il motivo per cui era in prigione. Ne era certa. Ma se quell'uomo era intelligente, aveva già lasciato la Thailandia da un pezzo.

Un dolore acuto al fianco la fece grugnire. Si voltò e vide accanto a lei un'altra delle responsabili che urlava e indicava la macchina da cucire. Le aveva tirato un calcio perché stava fissando il vuoto invece di lavorare.

Marlowe abbassò la testa e fece del suo meglio per concentrarsi. Ripensò alle parole di Kendric, sul fatto di non attirare l'attenzione su di sé. Non aveva idea di cosa stesse facendo per liberarla, ma non avrebbe fatto nulla per rovinare tutto. Non quando era in gioco la sua libertà.

Poteva sopravvivere in quel posto ancora per un po'. Sperava solo che non passassero mesi prima che Kendric e Tony riuscissero a sbrigare le pratiche burocratiche per portarla via da lì.

CAPITOLO DUE

KENDRIC "BOB" Evans era seduto nella sua stanza a due isolati dalla prigione femminile, e fissava fuori dalla finestra con un'espressione accigliata. Riusciva a vedere il filo spinato in cima ai muri e aveva già memorizzato bene i percorsi delle guardie che sorvegliavano il perimetro.

Aveva visto cose orribili nella sua vita, sia come operatore della Delta Force dell'esercito statunitense, sia da quando lavorava per Gregory Willis per salvare gli americani all'estero.

Ma quella di quel giorno le batteva tutte.

Willis, l'agente dell'FBI che era il suo contatto per le missioni di salvataggio, gli aveva inviato un fascicolo su Marlowe Kennedy. Conteneva delle foto e un resoconto abbastanza dettagliato della storia della sua vita, comprese informazioni sul fratello Tony, l'uomo di cui lei gli aveva chiesto durante la visita.

In realtà Anthony Kennedy stava muovendo cielo e terra

per liberare la sorella, ma senza fortuna. Il problema era che il governo thailandese voleva usare come esempio gli stranieri che osavano provare a vendere droga nel loro Paese. La cosa aveva raggiunto proporzioni stratosferiche e, fino a quel momento, le misure restrittive e la decisione di imprigionare chiunque fosse stato sorpreso anche solo con una pillola, non erano servite molto per arginare l'ondata.

Tony, ormai disperato, alla fine aveva contattato Willis per avere un aiuto per liberare la sorella.

Quando Bob, come lo chiamavano i suoi amici in riferimento alla popolare catena di ristoranti americana Bob Evans, aveva finalmente ricevuto il permesso di parlare con Marlowe, era rimasto scioccato dal suo aspetto fisico. Era in carcere da poco più di un mese, ma sembrava fosse lì da anni.

Nelle foto in suo possesso aveva un'aria sana e vivace. Conoscendo la sua altezza aveva sospettato che fosse minuta, ma ora dava l'impressione che una folata di vento avrebbe potuto spazzarla via. Gli zigomi erano più affilati, le clavicole visibili, grazie anche alla scollatura della maglia. Bob riteneva che avesse perso almeno una ventina di chili. I suoi capelli erano spenti e sfibrati, le guance non avevano colore e gli indumenti le stavano larghissimi. Sembrava... fragile.

Il che non era un bene.

Il piano che Willis aveva organizzato era rischioso nella migliore delle ipotesi, destinato a fallire nella peggiore, e Bob odiava il fatto di non essere riuscito a parlare con Marlowe. Parlare *davvero*. Scosse la testa pensando al suo inutile tentativo di metterla in guardia con quello stupido riferimento a Forrest Gump. Era impossibile che avesse capito. Ma di certo non aveva potuto dire apertamente che quando sarebbe scoppiato il caos, lei avrebbe dovuto correre. Scappare lontano e in fretta.

Quel piano aveva alcuni aspetti positivi. Il numero ridotto di guardie, l'anzianità della prigione, il sovraffollamento. Ma le responsabili avrebbero potuto essere un problema.

Per la prima volta da quando aveva iniziato a fare quelle missioni di salvataggio, Bob desiderò che ci fosse la sua squadra a coprirgli le spalle. Ma Chappy, Cal e JJ non avevano idea che fosse lì, o addirittura fuori dagli Stati Uniti. Pensavano che si trovasse nello Stato di Washington a far visita alla zia malata. Una zia malata che non esisteva.

Odiava dover mentire, ma tutti e tre si erano ambientati nel Maine senza problemi. Erano soddisfatti di gestire la loro attività di manutenzione alberi e di vivere una vita calma e tranquilla.

Per la maggior parte del tempo piaceva anche a lui, ma di tanto in tanto diventava irrequieto. Aveva bisogno dell'adrenalina che derivava dall'aiutare gli altri a uscire da situazioni pericolose. Ecco perché aveva accettato di lavorare per Gregory Willis.

Bob aveva portato a termine una decina di missioni negli ultimi anni. Non aveva avuto problemi a lavorare da solo in precedenza, anche in circostanze molto più rischiose. Quindi, cosa c'era di diverso in quella?

Nel profondo, lo sapeva.

Marlowe.

Il suo sguardo lo aveva turbato. Era stato colmo di disperazione, di paura, con appena un accenno di speranza.

Da quello che aveva letto nel rapporto che descriveva i tentativi del fratello di coinvolgere nel caso il governo degli Stati Uniti, c'erano poche possibilità che le pillole di Yaba

trovate tra le sue cose fossero effettivamente sue. C'era stata
una soffiata anonima che si era tradotta in Marlowe che
veniva trascinata via dal sito archeologico e gettata in una
cella... la chiave praticamente buttata via.

Bob sentì crescere la determinazione. Non avrebbe
lasciato la Thailandia senza di lei. Non sarebbe stato facile,
nemmeno con la rete clandestina di persone che Willis aveva
organizzato per farli passare da un nascondiglio all'altro.
Bangkok non era troppo lontana dal confine cambogiano, e se
fossero riusciti ad arrivarci avrebbero avuto buone possibilità
di tornare negli Stati Uniti.

Ma raggiungere il confine sarebbe stata... una sfida.

Non era ancora il momento di pensarci, prima doveva
farla uscire dalle mura del carcere. C'era il rischio concreto
che lei potesse farsi male, o che lui venisse catturato e
rinchiuso nel Bangkok Hilton, come veniva spesso chiamato il
carcere maschile Bang Kwang Central. Un'evasione di quella
portata non era mai stata tentata, e per quanto il piano inizial-
mente gli fosse sembrato folle, dopo essere stato all'interno di
quel posto si era reso conto che in effetti c'era una minima
possibilità di riuscita.

Tuttavia, tutte le cose che avrebbero potuto andare storte
gli giravano in testa, ma le scacciò spietatamente. Doveva
rimanere positivo. Non appena sfondate le mura, sarebbe
scoppiato il caos e non avrebbe dovuto far altro che trovare
Marlowe e fuggire senza farsi scoprire.

Sbuffò. Sì, certo. *Non avrebbe dovuto far altro*. La prigione
ospitava migliaia di detenute. Tutte indossavano le stesse
uniformi, e Marlowe era bassa e aveva i capelli neri come la
maggior parte di loro. Sì, era americana, il che lo avrebbe

aiutato a trovarla una volta messo in atto il piano, ma sarebbe stata comunque una missione complicata.

Nonostante ciò, aveva tutte le intenzioni di riuscirci. Accidenti, qualche anno prima, quando lui e i suoi amici erano prigionieri di guerra, non era stato del tutto sicuro che li avrebbero salvati. Allora le probabilità erano ancora più basse, ma ce l'avevano fatta. Doveva credere che ci sarebbe riuscito anche questa volta.

«Resisti, Marlowe» sussurrò, fissando la cima delle mura della prigione. «Ancora un po'.»

————

Marlowe era sdraiata in quella stanza soffocante e fissava il soffitto. Nel dormitorio le luci non venivano mai spente. Era luminoso come di giorno, quando il sole filtrava dalle finestre sporche sopra le loro teste.

Era circondata dai suoni emessi dalle donne che dormivano intorno a lei. Alcune russavano, altre gridavano a causa degli incubi e altre ancora borbottavano sottovoce. Marlowe non dormiva bene dal giorno del suo arrivo. Era impossibile. Il "letto" era scomodo, era sempre accaldata e sudata, e non le piaceva essere così appiccicata alle altre. Preferiva quasi l'oscurità dell'isolamento. Quasi.

Il pensiero di passare il resto della sua vita lì era... inimmaginabile. Si sentì riempire gli occhi di lacrime, ma li strinse e si rifiutò di lasciarle cadere. Piangere non sarebbe servito a nulla, se non a renderla ancora più infelice di quanto non fosse in quel momento. Tra l'altro era già abbastanza infelice da...

Un rumore fortissimo rimbombò nella stanza, interrompendo i suoi pensieri.

Marlowe si alzò a sedere come la maggior parte delle donne intorno a lei. Si levò un basso mormorio mentre tutte cercavano di capire cosa l'avesse causato e da dove provenisse. Una delle responsabili, che era sdraiata vicino alla porta, si alzò e la aprì per scrutare fuori.

Ansimò, poi mormorò qualcosa in thailandese.

Rimasero tutte immobili per un momento, chiaramente sorprese da ciò che aveva detto la donna, finché una delle prigioniere vicino alla porta non gridò qualcosa.

Marlowe non aveva idea di cosa avesse urlato, ma all'improvviso balzarono tutte in piedi e si precipitarono verso l'uscita.

Le tre responsabili cercarono di farle indietreggiare con la forza, di allontanarle dalle porte, ma con cento prigioniere contro tre, fu del tutto inutile. Marlowe fu trascinata dalla folla mentre tutte intorno a lei si affrettavano a uscire dal piccolo edificio.

Non appena fu fuori, capì perché avevano avuto così tanta fretta.

Un grosso camion aveva sfondato il vicino muro est della prigione, aprendo un enorme varco.

C'erano detriti sparsi per tutto il cortile: mattoni, filo spinato, parti del camion stesso.

Anche se la situazione era ormai chiara, Marlowe notò che le donne che correvano verso il varco – verso la via di fuga e la libertà – erano stranamente silenziose. Nessuna urlava di gioia, nessuna gridava di paura. E nessuna calpestava le altre. Scavalcarono o aggirarono in modo rapido ed efficiente il camion che ancora bloccava parzialmente il passaggio.

Fu un'evasione ordinata... se esisteva una cosa del genere.

All'improvviso le tornarono alla mente le parole di Kendric.

Ti tirerò fuori da qui. Devi essere pronta. A qualsiasi cosa. Quando sarà il momento, ci sarò. Capito? Devi solo avere abbastanza coraggio da agire.

Era possibile che fosse opera *sua*?

Marlowe scosse la testa. Non le sembrava possibile. Nessun avvocato avrebbe rischiato la sua licenza orchestrando una cosa del genere. Ma non riusciva a togliersi di dosso la parola che le aveva mimato.

Corri.

Le aveva detto di fare come Forrest Gump. Il vecchio film le passò per la testa mentre se ne stava nel cortile della prigione, indecisa e paralizzata, a fissare le altre detenute che attraversavano il buco nel muro. Sentì nella testa la bambina del film che gridava *Corri, Forrest, corri!*

Un'ondata di adrenalina le scorse nelle vene. Era terrorizzata. Se ci fosse stata la possibilità che Tony riuscisse a farla liberare attraverso negoziazioni e avvocati, sarebbe stato più intelligente non muoversi, per non dare alle autorità thailandesi un altro motivo per tenerla rinchiusa.

Ma se invece fosse rimasta davvero bloccata lì? Se avesse dovuto passare il resto della vita in prigione perché suo fratello aveva fallito?

Non sarebbe durata a lungo. Ne era certa, come era certa che il suo nome fosse Marlowe.

Le sue gambe si mossero prima ancora che prendesse la decisione.

Gli unici rumori nella notte erano le urla delle responsabili e delle guardie. Supponeva che stessero cercando di tenere a bada le centinaia di prigioniere che continuavano a uscire dai vari dormitori. Ma nessuno li ascoltava, innumerevoli donne continuavano a correre velocemente e in silenzio verso il muro.

La libertà era a portata di mano e ne stavano approfittando.

Nel momento in cui raggiunse il camion incastrato tra i mattoni, risuonò uno sparo.

Si abbassò, così come fecero le donne intorno a lei, ma nessuna si fermò. Continuarono ad avanzare.

Non appena fu all'esterno della prigione, Marlowe volle fermarsi per fare un respiro profondo. Per qualche motivo l'aria sembrava più pulita lì fuori, il che era ridicolo, ma comunque apparentemente vero. Risuonò un altro sparo che la fece muovere.

Inciampò in qualcosa e riuscì a malapena a non cadere di faccia. Guardò in basso e si stupì di ciò che vide.

Centinaia di ciabatte di gomma erano disseminate su tutta la strada, come se le donne che l'avevano preceduta se ne fossero liberate correndo.

E ciò probabilmente non era lontano dalla verità. Tutte loro avevano quelle che Marlowe chiamava "ciabatte da doccia". Erano essenzialmente delle calzature economiche che non avevano alcun tipo di sostegno. Pensò di calciarle via, sapendo che senza avrebbe potuto correre più velocemente, ma all'ultimo momento se le sfilò e le tenne in mano. Non poteva scappare senza scarpe, anche se si trattava di schifose ciabatte della prigione.

Poi fece un respiro profondo e corse.

Marlowe non aveva idea di dove stesse andando, ma dal

momento in cui aveva messo piede fuori da quel muro distrutto, aveva capito di non poter più tornare indietro. Era una fuggitiva, e se le autorità l'avessero catturata, sarebbe stata nella merda fino al collo.

Corse nella stessa direzione in cui andavano molte altre donne per un isolato o due, poi il suo cervello si riattivò, e girò bruscamente dentro un vicolo per allontanarsi dalla folla. Era logico che le autorità avrebbero seguito il gruppo più numeroso, sperando di catturarne il più possibile in una sola volta.

Era più intelligente stare da sola. Nascondersi. Non che sarebbe stato facile; era un'americana in terra straniera. I suoi piedi battevano sull'asfalto mentre correva alla cieca, facendo del suo meglio per mettere la massima distanza tra sé e la prigione.

Respirava già a fatica e cercò di non farsi prendere dal panico. Non aveva un piano. Non aveva idea di dove fosse, di dove stesse andando o di come diavolo avrebbe potuto lasciare il Paese. Inoltre, si stava stancando velocemente. Aveva fatto il possibile per tenersi in forma durante la detenzione, ma era stato difficile farlo dato che l'avevano costretta a stare seduta davanti a una dannata macchina da cucire per dieci ore al giorno.

Rallentò, cercando di controllare la respirazione. Poteva ancora sentire gli occasionali spari che riecheggiavano per le strade della città, e ogni volta che ne sentiva uno trasaliva, aspettandosi che un proiettile le squarciasse la carne da un momento all'altro.

Aveva appena girato l'angolo per entrare in un altro vicolo quando una mano le afferrò la parte superiore del braccio.

D'istinto, Marlowe usò alcune delle tecniche di autodifesa che Tony le aveva insegnato anni prima.

Invece di allontanarsi, si gettò contro la persona che l'aveva afferrata, facendo perdere l'equilibrio a entrambi. Sollevò di colpo il ginocchio con più forza possibile e fu ricompensata dal grugnito del suo aggressore quando centrò l'obiettivo.

Si contorse, sperando di liberarsi dalla presa dell'uomo, ma lui si mosse più velocemente, attirandola con la schiena contro il suo petto, e la circondò con un braccio ancorandola al suo corpo.

Era molto più alto di lei, e percepì i suoi muscoli duri contrarsi mentre si dimenava freneticamente facendo il possibile per liberarsi dalla sua stretta.

«Smettila, Marlowe! Non abbiamo tempo per queste cose.»

Si bloccò quando lo sentì pronunciare il suo nome... con l'accento *inglese*. Cercando di girarsi per vedere chi fosse, ringhiò frustrata quando lui la strinse di più impedendole di muoversi di un centimetro.

Come se avesse percepito il suo bisogno, e capito che non aveva più molta intenzione di lottare, la voltò mantenendo comunque una presa salda.

Non c'era molta luce, ma lo riconobbe subito.

«Kendric» sussurrò, completamente scioccata.

Le sue labbra ebbero un guizzo, come se avesse detto qualcosa di strano. «Sì» concordò.

L'uomo che le stava di fronte non assomigliava affatto all'avvocato serio e composto che era andato a farle visita in prigione. Invece della camicia bianca, della cravatta e dei pantaloni kaki con la riga, era vestito di nero dalla testa ai piedi. Maglietta, pantaloni cargo, stivali. Tutto. Ma la determinazione nei suoi occhi era la stessa che gli aveva visto quel giorno.

«Stai bene?» le chiese.

Marlowe poté solo annuire. Stava bene? Non proprio. Ma d'altra parte, almeno in quel momento non era rinchiusa a causa di qualcosa che non aveva fatto. C'era una buona possibilità che venisse catturata e rispedita dritta all'inferno da cui era miracolosamente scappata, ma per ora supponeva di essere a posto.

«Ottimo.» Kendric la lasciò andare, poi si voltò e si chinò, ma avrebbe potuto giurare che prima di farlo lo aveva sentito sfiorarle la pelle delle braccia con i pollici in una carezza rassicurante. Quando si rialzò, le porse le ciabatte. «Dovresti metterle. È stato intelligente assicurarti di non perderle.»

Anche quel piccolo complimento le fece venire voglia di piangere. Era passato molto tempo dall'ultima volta che qualcuno le aveva detto qualcosa di carino. Ma scacciò via quell'emozione. Non era al sicuro, neanche lontanamente, e doveva continuare a correre. Allontanarsi il più possibile dalla prigione.

«Dovresti andartene» gli disse con urgenza.

«Cosa?» le chiese, aggrottando la fronte.

«Dovresti andartene» ripeté. «L'ultima cosa che ti serve è che ti becchino mentre mi aiuti.»

Con sua grande sorpresa, lui si mise a ridere. «Chi credi che abbia orchestrato la tua fuga... e quella di tutte le altre donne? Se ci dovessero prendere andrò sicuramente in prigione, ma non ho alcuna intenzione di farmi catturare. Quindi mettiti le scarpe, Mar, e andiamocene da qui.»

Lei fissò le ciabatte che le porgeva e blaterò la prima cosa che le venne in mente. «Non posso correre con quelle. È per questo che le tenevo in mano.»

Kendric strinse le labbra, ma si limitò ad annuire. «Non sono l'ideale, ma non abbiamo molta strada da fare.»

«Ah, no?» chiese stupidamente.

«No. Forza, muoviamoci.»

Marlowe fissò per un attimo la mano che le aveva teso. Poi la afferrò. Lui le strinse le dita prima di girarsi e proseguire lungo il vicolo.

Le sembrava di essere entrata in un'altra dimensione. Chi *era* quell'uomo? Aveva davvero guidato quel camion contro il muro della prigione, o aveva fatto in modo che qualcun altro lo facesse? Non riusciva a capacitarsi dei rischi che stava correndo... per *lei*. Non lo aveva mai incontrato prima che si presentasse in carcere.

«Smetti di scervellarti, Marlowe. Risponderò a tutte le tue domande quando saremo al sicuro. Per ora, sappi che ti riporterò a casa.»

Casa. Fu travolta da una profonda nostalgia. Anche se il suo lavoro non era la sua passione, le era sempre piaciuto molto viaggiare per il mondo per andare nei vari siti archeologici. Amava conoscere nuove persone, sperimentare nuove culture. Ma ora, tutto ciò che desiderava era tornare negli Stati Uniti e non andarsene mai più.

Con la mente ancora sovraccarica di pensieri, Marlowe lo seguì senza lamentarsi, sollevata di aver messo la propria vita nelle sue mani, anche se temporaneamente. L'adrenalina stava scemando e all'improvviso si sentì esausta. La mancanza di sonno, l'alimentazione schifosa, la preoccupazione, la paura... si stavano facendo sentire, e non aveva dubbi che se non si fosse imbattuta in quell'uomo... sarebbe stata in guai seri.

———————————

Bob strinse le dita intorno a quelle di Marlowe mentre la conduceva sempre più lontano dal carcere femminile. Non erano fuori pericolo, per niente, ma a ogni passo si avvicinavano sempre di più al ritorno a casa.

Aveva osservato con ansia una delle tante persone che lavoravano con Willis e la sua rete clandestina, una rete clandestina molto ben pagata, lanciarsi con il camion contro il muro di mattoni che circondava la prigione. Aveva scelto il posto perfetto per l'imboscata; l'unico punto che non avesse un edificio proprio accanto al muro esterno.

Come previsto, i mattoni si erano sgretolati sotto l'assalto del mezzo, e l'autista era fuggito rapidamente dalla scena. Non ci era voluto molto perché le donne all'interno approfittassero dell'incidente. Avevano cominciato a uscire dalla prigione, e lui aveva trattenuto il fiato pregando che Marlowe fosse abbastanza coraggiosa da fuggire.

Aveva cercato di avvertirla quando era andato a trovarla, ma in quel posto il parlatorio non era l'ideale. Non esisteva minimamente la privacy. Avrebbe voluto tanto dirle cosa sarebbe successo, ma non aveva potuto rischiare che qualcuno lo sentisse.

Le sue fonti lo avevano informato che i dormitori non erano chiusi a chiave durante la notte. Le donne erano ammassate nelle stanze e sorvegliate solo dalle responsabili. La sua speranza era stata che quando il camion si fosse schiantato contro il muro e l'allarme avesse suonato, le persone all'interno sarebbero state abbastanza curiose da indagare. Fortunatamente, la folle strategia aveva funzionato.

La libertà era un potente motivatore.

A Bob non dispiaceva nemmeno che il piano di salvataggio di Marlowe avesse portato alla fuga di centinaia di altre donne. Molte di loro erano state senza dubbio rinchiuse con accuse fasulle, oppure erano state beccate con una quantità di droga che non giustificava quella punizione. Il sistema giudiziario americano non era di certo perfetto, ma era totalmente diverso da lì.

Aveva aspettato nell'ombra vicino all'area in cui sapeva si trovava il dormitorio di Marlowe, osservando le prigioniere scappare per salvarsi e trattenendo il respiro mentre cercava di scorgere il suo obiettivo. Era una donna esile, aveva i capelli neri e corti, quindi si mimetizzava abbastanza bene con le altre detenute.

Proprio quando aveva pensato che lei non avesse colto l'occasione per fuggire, l'aveva individuata.

All'inizio era rimasta insieme a tutte le altre, e prima di cercare di raggiungerla aveva dovuto girare intorno a un isolato per non farsi scoprire.

Ma quando era arrivato nella zona in cui avrebbe incrociato il percorso delle donne, lei non era più con loro.

A un certo punto si era allontanata, e per un breve momento Bob era andato nel panico, temendo di averla persa.

Per miracolo l'aveva intravista mentre stava per girare un angolo in fondo alla strada. Si era voltata indietro, come per vedere se la seguivano, e la sua espressione gli si era impressa nel cervello.

Completamente terrorizzata.

Le era corso dietro e ci aveva messo un po' per raggiungerla. Non era stata sua intenzione spaventarla ancora di più, ma lo aveva fatto afferrandola per il braccio. Con sua sorpresa – e soddisfazione – lei non si era arresa. Aveva lottato contro di lui. Con energia. Era riuscita anche a dargli una ginocchiata sulla coscia. Grazie al cielo non era molto alta, altrimenti avrebbe potuto prenderlo sulle palle. Solo dopo averla intrappolata con un braccio era riuscito a parlare e a calmarla.

Sul suo viso c'era stato un misto di sollievo, incredulità e confusione, ma non aveva avuto il tempo di rassicurarla più di tanto, di spiegarle come sarebbero scappati da lì. Dovevano passare alla fase successiva del piano di fuga prima dell'alba, e mancava poco più di un'ora.

Odiava che non indossasse le scarpe, ma in quel momento non poteva fare nulla. L'aveva seguito in silenzio e gliene era grato. Doveva avere un milione di domande, ma il fatto che non gliele ponesse significava che si fidava un po' di lui.

E la fiducia era essenziale in missioni di salvataggio come quella.

Bob le strinse la mano senza pensarci, volendo rassicurarla che tutto sarebbe andato bene. Naturalmente non poteva saperlo, ma avrebbe fatto il possibile per riportarla dal fratello, o comunque sarebbe morto provandoci.

Camminarono velocemente per altri dieci minuti, finché raggiunsero la loro destinazione. Bob tirò un sospiro di sollievo mentre girava intorno a una baracca fatiscente che si trovava in una delle zone peggiori della città. Si infilò in un buco della recinzione e poi in un piccolo capanno subito dietro la casa. Non sapeva di chi fosse e non aveva bisogno di saperlo.

Sorrise quando dietro la porta di legno vide ciò che aveva sperato di trovare. Uno scooter. Era il loro biglietto per uscire dalla città e per passare alla tappa successiva del loro viaggio verso il confine cambogiano. Accanto al ciclomotore c'era un piccolo zaino.

Bob lasciò la mano di Marlowe... e si sorprese di provare rammarico per la perdita di quel contatto. Lei era un lavoro. Niente di più, niente di meno.

Ma mentre pensava a quelle parole, sapeva che erano una bugia.

Marlowe Kennedy non era un lavoro come un altro. Dopo aver visto le complesse emozioni che si celavano dietro ai suoi occhi, la paura che non riusciva a mascherare, la sua determinazione a scappare... si sentiva attratto da lei in un modo che non gli era familiare.

Si chinò, prese lo zaino e vi sbirciò dentro, deciso a mantenere un rapporto professionale. Soddisfatto, estrasse due indumenti e si voltò.

«Maglietta e leggings. Indossali. Le autorità cercheranno donne con l'uniforme del carcere.»

Lei annuì e prese i vestiti. Bob riportò l'attenzione sullo zaino ed estrasse l'ultimo oggetto. Alzò lo sguardo e sbatté le palpebre sorpreso.

Marlowe era accanto a lui, con indosso solo un reggiseno economico e logoro. Si era tolta la maglia della prigione senza pensarci due volte e aveva la fronte aggrottata mentre cercava di trovare i giromanica della maglietta.

Bob cercò di distogliere lo sguardo da quello che aveva davanti, ci provò davvero, ma non ci riuscì. Le sue costole erano chiaramente visibili. Era così magra che faceva quasi male guardarla. Non si era sbagliato: era dimagrita parecchio nelle settimane in cui era stata rinchiusa in carcere. Troppo.

Aveva anche un livido scuro sul fianco, segno che aveva urtato qualcosa... o che qualcuno l'aveva picchiata.

Prima di potersi indignare troppo al pensiero, lei raddrizzò la stoffa e si infilò sulla testa la maglia grigio scuro a maniche lunghe, nascondendogli il suo corpo. Poi, come se non avesse il minimo pudore, si abbassò la gonna blu scuro e prese i leggings neri.

Bob deglutì a fatica. Nonostante avesse bisogno di prendere peso, Marlowe era bellissima. Era alta solo un metro e sessantadue, ma le sue gambe sembravano non finire mai.

Scosse la testa, rimproverandosi tra sé e sé. Non era il momento o il luogo adatto per avere pensieri così inappropriati. Per quella povera donna l'ultimo mese era stato un inferno, e lui era lì per riportarla a casa tutta intera. Tutto lì.

Ma per qualche motivo lo stoicismo di Marlowe alimentò ancora di più il suo interesse. Di solito le persone che salvava erano sopraffatte dalle emozioni. Nervose. Arrabbiate. Impotenti. Lei era... pratica. Non aveva fatto centinaia di domande. Non lo aveva rallentato. Non aveva esitato a indossare i vestiti. Aveva semplicemente fatto tutto ciò che lui le aveva chiesto.

Era irrazionale, ma quella acquiescenza lo frustrava. Poteva averla condotta in quella zona pericolosa per violarla. Ucciderla. Poteva anche riportarla direttamente alle autorità thailandesi. Non avrebbe mai fatto nulla di tutto ciò, ma lei non lo sapeva.

«Ti fidi troppo» mormorò.

Lo guardò sorpresa. «Cosa?»

«Non mi conosci, eppure ti sei appena spogliata davanti a me.»

Bob vide le sue guance infiammarsi. Gesù, si stava comportando da perfetto idiota. Ma prima che potesse scusarsi, Marlowe sollevò il mento per guardarlo dritto negli occhi. «Prima di essere arrestata ero piuttosto timida, ma dopo che nell'ultimo mese sono stata spogliata per essere perquisita e non ho avuto la minima privacy, nemmeno nei bagni, credo di averlo fatto senza pensarci. L'uniforme del carcere mi *avrebbe* smascherata, quindi ho pensato di dovermi cambiare subito. Inoltre, se volevi farmi del male, lo avresti già fatto. Quindi, per ora mi fido di te. Non ho letteralmente altre opzioni.»

Aveva detto l'ultima parte un po' sulla difensiva e con veemenza, come per sfidarlo a contraddirla.

Già. Era stato proprio uno stronzo. E aveva ragione, non avevano tempo da perdere. Tirò fuori l'ultima cosa dalla borsa.

«Questo dovrebbe impedire alla gente di capire chi sei.»

Lei fissò l'oggetto per un attimo, e prima che riuscisse a mascherarla, Bob vide un'espressione disgustata attraversarle il viso. «Intelligente.» Fu tutto ciò che disse mentre tendeva la mano.

Non sapeva perché, ma non gli piaceva che lei gli nascondesse i suoi veri sentimenti. Avrebbe preferito che dicesse ciò che le passava per la testa. «Non ti piacciono le parrucche?»

Marlowe scrollò le spalle. «In circostanze normali, se non fosse una settimana che non mi lavo i capelli, se non fossi in una zona tropicale, se non la indossassi per nascondere il fatto che sono una fuggitiva, non mi interesserebbe.»

Bob non poté fare a meno di sorridere un po'. Invece di porgerle la parrucca di capelli lunghi e biondi, le chiese: «Posso?»

Lei lo fissò per un lungo momento e poi rispose: «Sì.»

Trovò intimo mettergliela sulla testa e sistemargliela in modo che sembrasse naturale, facendo attenzione che non ci fosse traccia dei suoi capelli neri intorno alla nuca.

«Non mi farà risaltare di più?» chiese dopo un attimo. «I capelli lunghi e biondi non passano esattamente inosservati da queste parti.»

«È vero. Ma se le autorità stanno cercando un'americana con i capelli neri e corti, forse non si prenderanno la briga di fermarci per interrogarci.»

Marlowe gli mise una mano sull'avambraccio. A quel tocco Bob sentì rizzarsi i peli della nuca. Per un momento sembrò che scorresse elettricità tra loro, poi gli disse: «Non voglio che tu finisca nei guai per avermi aiutata. Se dovessero prenderci, scappa.»

Un impeto di rabbia lo travolse, e fu un'emozione che lo fece sentire più a suo agio rispetto a quella che aveva provato fino a un attimo prima. «Non succederà.»

«Ma...»

«No» ribadì con fermezza. «Non ci faremo prendere. Torneremo entrambi negli Stati Uniti. Ora muoviamoci. Mettiamo un po' di chilometri tra noi e quella prigione, che ne dici?»

Si girò verso lo scooter e portò una gamba dall'altra parte della sella. Avrebbe preferito che Marlowe non fosse esposta dietro di lui, ma non poteva farci nulla. Era ancora buio. Sperava di riuscire a evitare i posti di blocco e di oltrepassare i confini della città per arrivare alla loro fermata successiva prima che sorgesse il sole.

Si voltò e guardò Marlowe con un po' di impazienza. «Sali dietro di me.»

Lei aggrottò leggermente le sopracciglia guardando lo

scooter. Bob non poté fare a meno di compiacersi di quanto fosse diversa. La parrucca bionda aveva cambiato drasticamente il suo aspetto, ma lui la preferiva con i capelli neri e corti. Scuotendo un po' la testa, allungò una mano.

«Non morde, Mar, sali.»

«Non sono mai salita su una moto» disse a disagio.

Lui ridacchiò sommessamente. «Questa non è nemmeno lontanamente una moto, Punky. Sali e tieniti a me.»

Alla fine annuì e passò una gamba sopra il sedile dietro di lui. Si afferrò con delicatezza alla sua maglietta, all'altezza dei fianchi, e Bob sentì il suo corpo irrigidirsi.

Le tolse le mani e le fece avvolgere le braccia intorno alla sua vita. Quello la avvicinò a lui e sentì il suo calore lungo la schiena. Le accarezzò un braccio. «Stringiti di più. Dovrai fingere che ti piaccio, Punky. Siamo solo due piccioncini americani che si godono un giretto notturno.»

Lei sussultò leggermente a quelle parole, ma la sentì annuire e poi stringere la presa.

Senza perdere altro tempo, Bob portò lo scooter verso la porta, che spinse con la ruota anteriore per aprirla, e una volta fuori si diresse verso la recinzione. Non appena furono in strada accese il motore, diede un po' di gas e si avviò lungo il percorso che li avrebbe portati lontano dal centro della città.

Passarono diversi minuti prima che sentisse Marlowe rilassarsi. Era evidente che si era abituata allo scooter. Le lunghe ciocche della parrucca svolazzavano intorno a loro mentre lui cercava di allontanarsi il più velocemente possibile dal quartiere.

«Punky?» gli chiese dopo un po'.

Bob sorrise. «Sì.»

La sentì sbuffare. «Che cosa significa?»

«Punky Brewster.»

«Intendi la ragazzina di quel telefilm degli anni Ottanta?» gli chiese, con un accenno di incredulità nel tono. «L'hai visto?»

«Non dormo molto» ammise lui. Una cosa che non sapevano nemmeno i suoi amici. «Guardo molte repliche in televisione quando non riesco a dormire. Mi ricordi lei. Combattiva. Determinata. Ottimista anche quando le cose non vanno per il verso giusto.»

«Non sono *nessuna* di queste cose» protestò.

«Sì, invece.»

«No.»

Bob sorrise di nuovo. «Stiamo davvero litigando su questo?»

«Hai cominciato tu.»

A quello gli sfuggì una risatina. «Be', ti chiamerò come voglio, ecco.»

«Sei strano» gli disse dopo un attimo.

Gli era difficile credere che si stesse divertendo nel bel mezzo di un'operazione pericolosa. «Già.»

Marlowe era appoggiata a lui e gli parlava all'orecchio. Era una posizione intima, e Bob si rammaricò di non poterla vedere. Di non poter prestarle l'attenzione che avrebbe voluto. Doveva rimanere concentrato sulla strada, per evitare le numerose buche e stare all'erta riguardo a qualsiasi tipo di attività della polizia.

«Ti ha mandato davvero Tony?» gli chiese, il suo fiato caldo gli accarezzò l'orecchio e la gola.

«In modo indiretto» rispose con sincerità. «Non ho mai parlato con tuo fratello, ma lui conosce l'uomo per cui lavoro e ha dato il via alla cosa.»

Un altro sbuffo infastidito lasciò le sue labbra, e Bob sorrise di nuovo. «Questo non mi dice nulla» si lamentò. «Chi sei? Ti chiami davvero Kendric?»

«Sì. Kendric Evans. Ma i miei amici mi chiamano Bob.»

Ci vollero alcuni secondi prima che lei replicasse, e quando lo fece non fu davvero sorpreso dalla sua risposta. «Mi prendi in giro? Bob? Come Bob Evans, i ristoranti?»

«Esatto.»

«È ridicolo.»

«Già» convenne lui.

«E allora perché rispondi?»

Aprì la bocca per spiegare, ma vide, a qualche isolato di distanza, l'unica cosa che aveva sperato di non trovare. «Posto di blocco» le disse. «Stai calma.» Un'ondata di adrenalina gli scorse nelle vene, ma fece del suo meglio per controllarsi.

«Kendric» piagnucolò.

«Reggimi il gioco» le disse con la massima calma possibile.

«Perché non svolti e cambi strada?» gli chiese, e Bob sentì il panico nella sua voce.

«Perché ci hanno già visti. Se svoltassi, si insospettirebbero. Ci penso io» la rassicurò. «Come ho detto, reggimi il gioco.»

«Le ciabatte. Le riconosceranno.»

«Non ti guarderanno i piedi. Promesso. Assecondami, ok? Siamo due americani, follemente innamorati, nel viaggio più bello della loro vita.»

«Non potrei sopportare il senso di colpa se ti dovessero arrestare.»

Bob non ebbe altro tempo per rassicurarla. Si stavano avvicinando alle due auto della polizia parcheggiate in mezzo alla strada.

Fece un respiro profondo e si focalizzò su ciò che doveva fare. Era uscito da situazioni peggiori di quella. Aveva fiducia che Marlowe avrebbe fatto la sua parte. E se le cose si fossero messe male, sarebbe ripartito a razzo e avrebbe fatto del suo meglio per sfuggire ai poliziotti. Sarebbe stato difficile su uno scooter... ma aveva già affrontato più della sua buona dose di difficoltà nella vita.

CAPITOLO TRE

A Marlowe veniva da vomitare. Non poteva tornare in quella prigione. Non poteva proprio. Si aggrappò a Kendric con una presa che sapeva essere troppo stretta, ma non riusciva a rilassare le braccia. Quell'uomo le aveva detto di fidarsi di lui, e lei stava facendo del suo meglio, ma era difficile quando la sola vista degli agenti le riportava alla mente gli orribili ricordi del suo interrogatorio.

Uno dei poliziotti alzò la mano, facendo loro segno di fermarsi, e disse qualcosa in thailandese.

«Scusi, sono americano e non so un accidente di thailandese» disse Kendric quasi allegramente. «Io e la mia fidanzata siamo in vacanza. Stiamo girando per la Thailandia per ammirare i bellissimi luoghi.»

Marlowe trattenne il respiro.

«Dove sono le valigie?»

Merda. Non ci aveva nemmeno pensato. Ma Kendric non perse un colpo.

«Nell'ostello dove alloggiamo. Ho pensato di portare il mio pasticcino a vedere l'alba. Una delle persone che abbiamo incontrato ha detto che a una decina di chilometri fuori dalla città c'è un posto particolare da cui si gode una vista straordinaria.»

Lo sguardo dell'ufficiale si spostò su di lei, e Marlowe fece del suo meglio per mostrarsi rilassata, anche se non lo era affatto. Nel modo più discreto possibile, portò una mano sull'orlo della maglia e la tirò giù, per abbassare un po' la scollatura. Non che ci fosse molto da vedere. Le sue tette erano una taglia B quando andava bene e il peso perso non le aveva certo fatto un favore, ma sperava che, magari, mostrare un po' di pelle potesse essere utile.

«Documenti?» chiese il secondo ufficiale.

Ancora una volta, Marlowe si sentì stringere lo stomaco dal panico, ma Kendric si limitò ad annuire e a inclinarsi di lato per infilare la mano nella tasca posteriore dei pantaloni. Le sue dita le sfiorarono l'interno della coscia e si girò per sorriderle. «Scusa, tesoro.»

Lei ce la mise tutta per entrare nel ruolo. Gli fece scorrere la mano lungo il braccio. «Non preoccuparti. Sai che mi piace quando mi tocchi.»

Le fece l'occhiolino e tirò fuori il portafoglio. Con sua grande sorpresa, estrasse due patenti di guida e le porse all'agente. Poi le mise una mano sul ginocchio e la fece scorrere su e giù lungo la gamba.

Marlowe notò che lo sguardo del secondo poliziotto seguì il movimento. Sembrò che ci mettesse una vita a esaminare le loro patenti, e cominciò a diventare nervosa.

Si stupì quando Kendric si girò sul sedile e le posò la mano sulla guancia, poi la fece scivolare intorno alla sua nuca e la baciò. E non fu nemmeno un bacio breve. Le coprì le labbra con le sue e richiese subito con la lingua l'ingresso nella sua bocca.

Con un gemito sommesso, si aprì a lui.

Nel momento in cui le loro lingue si toccarono, non capì più niente. Dimenticò letteralmente di essere una fuggitiva, che da un momento all'altro gli agenti di polizia avrebbero potuto tirarla giù dallo scooter e rinchiuderla di nuovo in prigione, che non conosceva Kendric e che non si lavava i denti da secoli.

Riuscì solo ad aggrapparsi a lui mentre sconvolgeva il suo mondo.

Era già stata baciata, ma non aveva mai sentito la terra muoversi. Non aveva mai sperimentato l'elettricità scorrere dalla testa ai piedi. Non si era mai bagnata per un semplice bacio. Ma con lui fu esattamente come nei film romantici e sdolcinati che le piaceva guardare. Si sentì come la Bella Addormentata, risvegliata dal bacio del vero amore.

Quando lui si ritrasse i loro occhi si incontrarono, e Marlowe poté solo fissarlo con stupore.

Kendric emise un basso ringhio e si chinò di nuovo verso di lei.

Desiderosa di provare ancora le sensazioni straordinarie che le suscitava, gli afferrò la coscia e vi affondò le dita mentre sollevava il viso.

«Dovreste fare attenzione» disse l'agente, interrompendo quel momento.

Avrebbe voluto piangere. Aveva bisogno di avere di più da quell'uomo. Voleva respirarlo, diventare un tutt'uno con lui.

La sua unica consolazione fu che Kendric impiegò un bel po' per ricomporsi. Rimase fermo a fissarla, come per dirle che avrebbero continuato più tardi. Poi si girò di nuovo verso i poliziotti, come se il loro bacio non lo avesse scombussolato, e disse: «Oh, perché?»

«C'è stata un'evasione. È scappata molta gente.»

«Oh, è per questo che avete messo un posto di blocco, eh? Ha senso.»

«Criminali pericolosi» replicò con un cenno del capo.

«Be', spero che li prendiate tutti» disse Kendric, mentre rimetteva le patenti nel portafoglio e si inclinava per infilarlo in tasca.

«Se vedete qualcosa di sospetto, qualcuno di sospetto, dovete fare rapporto alle autorità» li avvertì.

«Oh, sì, lo farò di certo. Devo tenere al sicuro il mio biscottino» replicò, accarezzandole il ginocchio. Come se fosse stato un segnale, gli occhi di entrambi gli uomini tornarono sulla gamba di Marlowe.

Dei fari li illuminarono da dietro mentre un'auto si avvicinava.

«Potete andare» dichiarò l'agente che aveva controllato le patenti, facendo loro cenno di passare davanti a una delle macchine per tornare sulla strada dall'altro lato.

«Grazie. Fate attenzione anche voi. Spero che catturiate tutti i prigionieri.»

«Lo faremo.»

Marlowe rabbrividì per la determinazione che sentì nel tono dell'uomo, ma riuscì a sorridere mentre Kendric salutava gli agenti, girava intorno alle loro auto e si immetteva di nuovo sulla strada.

Appoggiò la fronte sulla sua spalla e lasciò andare un lungo respiro.

«Tranquilla, Punky. Ce l'hai fatta. Sei stata bravissima.» Le accarezzò le mani che erano di nuovo strette in una presa mortale intorno alla sua vita.

«Avevi i documenti per entrambi» borbottò contro di lui.

«Sì. Fa tutto parte del piano.»

«Il piano» sbuffò. «Quale piano?»

«Quello di riportarti a casa» rispose con semplicità.

Viaggiarono per qualche minuto e Marlowe ripensò al loro bacio. Lui non aveva esitato. Non era sembrato nemmeno un po' in imbarazzo per ciò che aveva fatto, come se andasse sempre in giro a baciare delle sconosciute. E forse lo faceva, se salvava spesso delle donne. Non lo conosceva. Non sapeva nulla di lui.

«Mi dispiace per quello che è successo prima» le disse, interrompendo i suoi pensieri. «Quel tizio sembrava un po' troppo interessato a te e ho pensato che dovevamo dargli qualcos'altro su cui concentrarsi... cioè sul suo cazzo.»

Marlowe si sentì arrossire. «Non è un problema.»

«E tanto perché tu lo sappia...» si interruppe.

Aspettò che continuasse, ma quando non lo fece, gli chiese: «Sì?»

«Non riesco a ricordare un bacio che mi sia piaciuto di più di quello che ci siamo scambiati.» Stava guardando dritto davanti a sé, mentre guidava con sicurezza lo scooter nel poco traffico del primo mattino. «Non è stato un comportamento appropriato e mi sento come se mi fossi approfittato di te... ma non me ne pento.»

«Nemmeno io» ammise Marlowe. «Sai baciare, Bob.»

«Penso che mi piaccia di più se mi chiami Kendric. Anche Ken va bene.»

«Meno male. Perché tu non sembri affatto un Bob. Neanche lontanamente.»

«Carlise, June e April ti adorerebbero.»

Marlowe si accigliò. «Chi?»

«Due sono le mogli dei miei amici. E April è l'assistente amministrativa dell'azienda che io e i miei compagni gestiamo insieme. Lei e JJ provano dei sentimenti l'uno per l'altra, ma nessuno dei due vuole ammetterlo.»

Passarono alcuni minuti di silenzio prima che Kendric pronunciasse il suo nome. «Marlowe?»

«Sì?»

«Mi perdoni per averlo fatto?»

Lei sbuffò. «Per aver fatto cosa? Per aver avuto un documento per me? Per aver distratto i poliziotti in modo che non mi guardassero i piedi? Per avermi dato un bacio che mi ha procurato un piacere incredibile e fatto dimenticare per un attimo che la mia vita è andata a puttane? Sì, Kendric. Ti perdono.»

«Ti ha dato un piacere incredibile?» le chiese, girando leggermente la testa per far sì che vedesse il suo sorriso.

Marlowe si rese conto che anche lei aveva un sorriso da pazza. «Sì.»

«Anche a me» ammise lui.

Chiuse gli occhi per un attimo. La sua ammissione di essere stato altrettanto scosso da quel bacio le si insinuò nell'anima. Le fece pensare che forse sarebbe tornata la donna che era stata prima di essere sbattuta in prigione.

All'improvviso, sopraffatta dalla gratitudine, lo abbracciò forte.

Lui le strinse la mano e disse: «Tra pochi minuti saremo al punto di sosta. Il confine cambogiano non è molto lontano, dista all'incirca cinquecento chilometri. Ma le strade non sono il massimo al di fuori della città. Non possiamo andare veloci come vorrei con questo scooter e non voglio sembrare sospetto alle autorità che potremmo incontrare lungo il percorso, quindi ce la prenderemo comoda. Ci comporteremo da turisti. Il mio piano è di non dare nell'occhio durante il giorno e di ripartire dopo il tramonto. Va bene?»

«È la tua missione. Farò tutto quello che dirai, quando lo dirai, nell'istante in cui lo dirai.»

Lui girò la testa e catturò il suo sguardo per un secondo prima di riportare l'attenzione sulla strada. «Ah, sì?»

Sorprendentemente lei ridacchiò. «Be', forse dovrei spiegarlo meglio.»

«Con me sei al sicuro» ribatté Kendric, senza alcun divertimento nella voce.

«Lo so.» Ed era così. Si sentiva al sicuro con quell'uomo come non lo era stata da molto tempo. Forse da sempre. C'era qualcosa in lui che trasudava affidabilità. Non lo conosceva, ma una cosa era chiara: avrebbe fatto tutto il necessario per riportarla da suo fratello, anche rischiando di farsi male.

E più tempo passava con lui, più quell'idea la ripugnava. Non voleva che rimanesse ferito a causa sua. O che venisse ucciso. Rabbrividì a quel pensiero.

«Hai freddo?»

Ecco. Proprio quello che intendeva. Era così in sintonia con lei da far quasi paura. «No, solo un pensiero sgradevole.»

«Presto sarà tutto un brutto sogno» la rassicurò.

«C'è il rischio che vengano negli Stati Uniti a prendermi?» non poté fare a meno di chiedere.

«No.»

La sua risposta fu breve e decisa. «Come fai a esserne sicuro?»

«Lo sono e basta. Fidati di me, Punky.»

Annuì, non volendo pensare all'idea di essere portata via dal letto nel cuore della notte da quelli dell'immigrazione, dall'FBI o da qualcuno deciso a rispedirla in Thailandia.

Una decina di minuti più tardi, Kendric rallentò e guidò ancora una volta lo scooter tra i pali di una recinzione, verso un edificio di legno che sembrava a un passo dall'essere portato via da una forte tempesta. Spense il motore e scese dalla sella. Poi la prese per il braccio dicendole: «Fai piano.»

Chiedendosi perché fosse così preoccupato, Marlowe portò la gamba oltre sedile e si mise in piedi, e subito ondeggiò. Sembrava che le sue gambe non volessero funzionare. «Oh!» esclamò.

«Aspetta un attimo che il sangue ricominci a circolare» le disse, tenendola salda.

«Sei smontato come se non fossi stato lì sopra per altrettanto tempo» si lamentò.

Le sue labbra ebbero un guizzo. «Ci sono abituato. Dai, appoggiati a me e andiamo dentro.»

«Aspetta. Kendric?»

«Sì?»

«C'è il rischio che stare vicino a me metta in pericolo qualcun altro?»

Non riuscì a interpretare la sua espressione. Forse era un misto di rabbia e tenerezza. «No.»

«Sei sicuro?»

«Sì.»

Non sapeva se stesse mentendo o meno. «Non posso accettare che qualcuno abbia dei problemi per colpa mia.»

Kendric le cinse la vita con un braccio e la attirò a sé. Marlowe appoggiò le mani sul suo petto e lo guardò sorpresa.

«Tutti quelli che incontreremo durante il nostro viaggio

sanno i rischi che corrono. E credimi, sono ben ricompensati per la loro assistenza. Inoltre, sanno quanto possano essere corrotti i funzionari qui. Molti di loro hanno visto delle persone care venire incarcerate ingiustamente, proprio come te. E senza alcuna possibilità di combattere le accuse. Sono felici di aiutare. Anzi, sono impazienti. Vedrai. So che ti sembrerà impossibile, ma rilassati, Punky. Fidati di me.»

Marlowe chiuse gli occhi e appoggiò la fronte sul suo petto. «Ho paura» ammise. «Sono terrorizzata da quando gli agenti di polizia sono venuti allo scavo archeologico e mi hanno accusata di essere una spacciatrice. Voglio solo... andare a casa.» Le ultime parole uscirono quasi come un singhiozzo e odiò che dimostrassero debolezza.

«Ci andrai. Ci *stai* andando» disse Kendric. Marlowe lo percepì accarezzarle la parrucca. Anche se il tocco era stato leggero a causa del materiale che separava la sua mano dal cuoio capelluto, lo sentì comunque in tutto il corpo.

Fece un respiro profondo, riaprì gli occhi e lo guardò. «È tutto a posto. È solo che... è molto da metabolizzare. Ma ora sto bene.»

Kendric la fissò per un attimo. «Sei davvero incredibile.»

Lei sbuffò incredula. «Non è vero.»

«Sì, invece» insistette. «Non ne hai idea. Ho fatto queste cose molte volte in passato, e credimi se ti dico che stai reggendo meglio della maggior parte delle persone.»

Non le piaceva pensare che parte del suo lavoro consistesse nel mettersi in pericolo. Poi aggrottò la fronte confusa. Non aveva detto di avere un'attività con alcuni amici? Era *quello* il suo lavoro o anche gli altri andavano a salvare le persone?

«Sei stanca. Dobbiamo mangiare, lavarci e poi dormire.»

Le sfuggì un piccolo gemito al pensiero di fare una qualsiasi di quelle cose.

Kendric sorrise. «Forza. Andiamo a conoscere il nostro ospite e a sistemarti.»

Annuì e si lasciò girare, apprezzando il fatto che Kendric le tenesse un braccio intorno alle spalle mentre camminavano verso la vicina abitazione dall'aspetto fatiscente.

———

Bob non riusciva a staccare gli occhi da Marlowe per più di qualche secondo. Il ricordo del bacio che si erano scambiati si ripeteva nella sua mente come un disco rotto. Non aveva avuto intenzione di baciarla in quel modo, ma quando aveva capito che il secondo agente sospettava della loro storia, aveva semplicemente agito.

E quel bacio lo aveva scosso nel profondo. Era un bene che fossero stati seduti, altrimenti gli si sarebbero piegate le ginocchia. Perché in quell'istante aveva capito.

Quella donna era sua.

Sua.

Erano anni che cercava la partner perfetta. E la fortuna aveva voluto che la trovasse dall'altra parte del mondo.

Lei era una sua responsabilità. Contava su di lui per uscire da quel Paese sana e salva. Un solo errore da parte sua e sarebbe tornata in prigione, e probabilmente avrebbe trascorso lì il resto della vita.

Non era un'opzione accettabile. Nel modo più assoluto.

Molte persone gli avrebbero detto che era ridicolo. Che non poteva aver capito che Marlowe era sua dopo un solo bacio. Avrebbero insistito sul fatto che si era eccitato solo perché non faceva sesso da troppo tempo, e che proprio per *quello* era così attratto da lei. Ma si sarebbero sbagliate.

Bob percepiva il loro legame fin nel profondo di sé. Quando era andato a trovarla nel carcere femminile non aveva riconosciuto l'attrazione verso di lei, ma non appena l'aveva toccata, aveva preso vita.

Poi, quel bacio...

I suoi amici avrebbero capito. Chappy e Cal si erano innamorati con la stessa intensità e velocità, e ora erano entrambi sposati e vivevano felici e contenti. Se qualcuno meritava di esserlo, erano proprio loro.

Persino JJ, nonostante al momento trattenesse i suoi sentimenti per la loro assistente amministrativa, gli avrebbe detto di non permettere a nessuno di dissuaderlo dal perseguire ciò che voleva. E ciò che voleva era Marlowe Kennedy.

Eppure, nonostante quelle convinzioni, non si faceva illusioni perché sapeva cosa probabilmente sarebbe successo una volta arrivati negli Stati Uniti; lei sarebbe andata a vivere con il fratello per un po', finché non si fosse ripresa, mentre lui sarebbe tornato nel Maine, e il loro tempo insieme sarebbe terminato.

Se alla fine fosse andata proprio così, Marlowe sarebbe stata il suo più grande rimpianto... e il risultato che lo avrebbe reso più orgoglioso. Magari non sarebbe mai stata sua, non nel modo in cui lui desiderava, ma se ne sarebbe preoccupato in seguito. Per ora, il suo unico obiettivo era quello di farla uscire dalla Thailandia e riportarla negli Stati Uniti sana e salva. Dopo di che... chi poteva sapere cosa sarebbe successo.

L'ultima cosa che voleva era che una donna stesse con lui perché si sentiva in obbligo o per gratitudine. Desiderava di più, ne aveva *bisogno*.

E aveva bisogno che lei sentisse il loro legame con la sua stessa intensità. Aveva bisogno che lei volesse conoscerlo come qualcosa di diverso dal suo salvatore. Al momento, non era sicuro se fosse possibile.

Abbandonò quei pensieri sul futuro e si concentrò sul presente. Erano stati accolti nella piccola e misera baracca di un altro membro della rete di Willis, e accompagnati in una stanza sul retro. L'uomo che li aveva fatti entrare non parlava inglese, ma aveva fatto capire loro a gesti che sarebbe tornato con del cibo e da bere.

La stanza era piccola e poco arredata. Probabilmente era dove l'uomo dormiva con la moglie. C'era un pagliericcio sul pavimento, costituito da vecchie assi di legno che probabilmente erano piene di schegge, e una piccola cassettiera sgangherata contro una parete. Non c'erano finestre, e lo spazio si stava già riscaldando mentre il sole faceva la sua comparsa nel cielo. Con il passare del giorno avrebbe fatto sempre più caldo... ma per Bob era tutto perfetto.

Erano al sicuro. Doveva crederci. Willis era molto bravo in quei contesti, e i suoi contatti fino a quel momento avevano lavorato in modo impeccabile.

«Non c'è una via d'uscita» disse Marlowe, guardandosi intorno a disagio. «Non ci sono finestre. E se arrivasse la polizia?»

«Non verranno. E credimi, se dovessimo scappare, penso basterà dare un forte calcio al muro per creare un'uscita. Sei al sicuro. Ti prometto che non tornerai in quel posto.»

Sospirò. «Sto cercando di crederci, ma... è stato terribile, Kendric. Non puoi nemmeno immaginarlo.»

«Potresti esserne sorpresa. Ma penso che le cose andranno meglio dopo che avrai mangiato qualcosa e ti sarai riposata.»

«E tu?» gli chiese.

«E io *cosa*?»

«Anche tu dormirai un po'?»

«Certo» rispose subito, ma la verità era che era improbabile. Non dormiva bene nemmeno in circostanze migliori. E quella era tutt'altro che una situazione ideale.

«Bene. Non possiamo permettere che ti addormenti al volante... o al manubrio» disse con un piccolo sorriso.

Quella era un'altra cosa che Bob ammirava di lei. Riusciva a scherzare anche quando era insicura e spaventata.

«Vieni qui» le disse, tendendole una mano. Non le aveva dato scelta con il bacio al posto di blocco, e si stava ancora rimproverando per quello. Non l'avrebbe più costretta a fare nulla, se poteva evitarlo.

Gli si avvicinò subito, ma invece di prendergli la mano, fece un altro paio di passi e lo abbracciò. Si adattava a lui perfettamente. Era piccola e sembrava fragile tra le sue braccia, ma Bob sospettava che in circostanze normali quella donna sarebbe stata forte e tenace, e non poteva essere più orgoglioso di come se l'era cavata fino a quel momento.

Non era ancora pronto a lasciarla andare, ma il loro ospite aprì la porta. Tra le mani aveva un vassoio con due ciotole e un piatto pieno di bocconcini vari. Bob non aveva idea di cosa fossero, ma il suo stomaco brontolò impaziente.

Marlowe sorrise e fece un passo indietro quando l'uomo posò il vassoio a terra. Non disse nulla e non incrociò nemmeno i loro sguardi, si limitò a uscire dalla stanza e a chiudersi la porta alle spalle.

«È per qualcosa che ho detto?» scherzò Marlowe.

Bob ridacchiò. «Dai, vediamo cosa ci ha portato, così puoi mangiare e dormire un po'.»

Ma non mangiò quanto Bob avrebbe voluto. Piluccò qualcosa dal piatto, ma bevve quasi tutto il brodo nella ciotola.

«Questa roba non ti piace.» Non fu una domanda.

Marlowe scrollò le spalle. «Non proprio. Ci ho provato. Cioè, so che ho bisogno di calorie, ma non sono mai stata una grande fan del pesce, e qui tutto è così diverso da quello a cui sono abituata.»

«A cosa sei abituata?» le chiese.

Gli rivolse un piccolo sorriso imbarazzato. «Pepite di pollo, hot dog, Doritos, patatine, dolciumi, ramen, SpaghettiOs.»

La fissò incredulo. «Buon Dio, donna. Sono tutte schifezze.»

«Lo so. Mangio come un ragazzino di dieci anni. Ma cosa vuoi che ti dica? Sono single e non so cucinare. Quindi mi arrangio.»

«A me piace cucinare. Anche se è brutto farlo per uno solo» ammise.

«Saremmo una bella coppia. Tu ami cucinare e io lo odio» disse. Poi arrossì e si morse il labbro. «Cioè, sai, se fossimo insieme. Ma non lo siamo! Voglio dire... cavoli.»

«So cosa volevi dire» ribatté Bob con dolcezza, togliendola dall'impaccio. Ma stava pensando la stessa cosa. Se fosse stata sua, sarebbe stato un piacere cucinare per lei ogni sera. Assicurarsi che avesse il nutrimento di cui il suo corpo aveva bisogno.

«Durante gli scavi di solito porto con me delle razioni MRE. Per integrare il cibo locale. Insieme a uno o due sacchetti di dolciumi, anche se finiscono troppo in fretta» ammise con un'alzata di spalle.

«Qual è il tuo preferito?»

«Dolciume?»

«Sì.»

«Tutto ciò che contiene zucchero» disse con una piccola risata. «Non cioccolata, ma Smarties, Spree, SweeTarts, Runts... quel genere di cose.»

Bob non poté fare a meno di sorridere. «Golosona» mormorò.

«Già» replicò senza il minimo imbarazzo.

Si ripromise di trovarle un sacchetto di caramelle appena possibile. Stava per dirglielo, ma lei sbadigliò, coprendosi rapidamente la bocca.

«Dormi» le ordinò, indicando il pagliericcio sul pavimento.

«Non posso dormire lì» disse, scuotendo la testa. «Quello è il loro letto. Prima di tutto è da maleducati. E secondo, e ti sembrerà ridicolo considerando dove ho appena trascorso l'ultimo mese, non posso fare a meno di pensare a cosa potrebbero aver fatto su quelle coperte.»

Bob sbuffò. «Giusto. Che ne dici se facciamo così?» Si avvicinò al comò e aprì uno dei cassetti. Tirò fuori una maglietta da uomo, poi si avvicinò alla parete e la stese per terra. Vi si sedette accanto e si diede dei colpetti sulla gamba. Non era l'ideale, ma ora che Marlowe aveva tirato fuori l'argomento, solo il pensiero di sdraiarsi dove poche ore prima quell'uomo poteva aver fatto l'amore con sua moglie, non era esattamente in cima alla sua lista di cose da fare.

«Probabilmente non è molto comodo, ma...»

«È perfetto» disse Marlowe con un piccolo sorriso, avvicinandosi. Si sdraiò su un fianco e appoggiò la testa sulla sua coscia. «Ne sei sicuro?»

«Più che sicuro» le rispose. Lo aveva impressionato ancora una volta. Avrebbe potuto arrabbiarsi per il fatto di dover dormire sul pavimento, invece era grata per ciò che aveva. Supponeva che essere stata in prigione avesse contribuito molto a farle accettare tranquillamente la situazione, ma aveva anche la sensazione che quella fosse la sua natura. «Dormi, Punky.»

«Qualcuno ti ha mai detto che sei prepotente?» chiese assonnata.

«Sì.»

«Be', non stavano mentendo.»

Bob ridacchiò di nuovo e non riuscì a fare a meno di accarezzarle i capelli. Fu allora che si rese conto che indossava ancora la parrucca. «Sollevati» le disse.

«Cosa?» chiese, alzando confusa la testa dalla sua coscia.

Gliela tolse rapidamente e lei sospirò soddisfatta.

«Oh, che bello.»

Bob le passò la mano sui capelli, sentendo le ciocche sudate sulla nuca.

«Kendric?»

«Sì?»

«Grazie» sussurrò. «Per essere venuto a prendermi. Perché mi proteggi.»

«Non c'è di che» ribatté, ma era probabile che non avesse sentito visto che stava già russando. Si era addormentata così in fretta che sembrava non avesse dormito per giorni o settimane. Aveva la sensazione di non essere troppo lontano dalla verità. Quando era stato prigioniero di guerra, non aveva dormito molto per stare sempre attento a ogni minimo rumore, chiedendosi quando sarebbe stato di nuovo il suo turno di essere torturato.

Rivolse la sua attenzione a Marlowe, rifiutandosi di pensare a quel periodo della sua vita. Lui e i suoi amici erano stati salvati, e ora stava ripagando il debito che aveva nei confronti degli uomini e delle donne che gli avevano ridonato la libertà, restituendo quel favore. Aiutando altre persone che ne avevano bisogno.

Ma essere lì per Marlowe non sembrava un favore. Sembrava destino.

Bob scosse la testa e la appoggiò al muro dietro di sé. Doveva davvero smettere di pensare in quel modo. Una volta tornati a casa lei sarebbe andata per la sua strada.

Non poteva essere sua. Quello non era il fato. Lei non era la sua anima gemella.

Ma per quanto si ripetesse quelle cose, la sensazione di trovarsi proprio nel posto in cui era destino fosse non si placava.

Non riuscendo a far passare molto tempo senza guardarla, abbassò la testa e le accarezzò i capelli. Le ciocche erano sporche, lei era ricoperta di terra... ma non aveva mai visto niente di più bello in vita sua.

Era fregato. Quella donna in poche ore lo stava già tenendo in pugno... senza averne la minima idea.

Una volta tornato a casa avrebbe chiamato il suo amico Tex e gli avrebbe chiesto di tenerla d'occhio. Di eliminare, se possibile, il suo status di fuggitiva. Si sarebbe assicurato che fosse protetta durante i futuri scavi archeologici. Forse avrebbe anche potuto vedere se l'ex SEAL riusciva a metterle addosso di nascosto un localizzatore.

Scosse la testa e sbuffò. Non avrebbe mai fatto una cosa del genere a Marlowe. Cosa gli era saltato in mente? Seguirla a sua insaputa? No, solo gli psicopatici facevano quelle cose. Inoltre, se Tex si fosse lasciato sfuggire qualcosa e Chappy, Cal o JJ avessero scoperto i suoi piccoli viaggi di salvataggio extra-lavoro, avrebbe avuto il suo bel da fare per spiegarsi e riguadagnare la loro fiducia.

Doveva lasciare andare Marlowe. Aveva la sensazione che sarebbe stata la cosa più difficile che avrebbe fatto nella sua vita fino a quel momento... più difficile persino che sopravvivere al suo periodo di prigioniero di guerra. Ma l'avrebbe fatto, perché anche lei meritava la sua libertà.

CAPITOLO QUATTRO

LE DUE NOTTI successive trascorsero più o meno come la prima. E Kendric non aveva mentito: stavano viaggiando molto lentamente. Marlowe avrebbe voluto fiondarsi dritta verso il confine per uscire da quel Paese, ma capiva la necessità di non dare nell'occhio, di evitare di incontrare qualcuno che potesse identificarli.

Così si spostavano su percorsi un po' tortuosi di notte, percorrendo strade secondarie e sentieri, e si fermavano nelle case sicure prima dell'alba. Non avevano trovato altri posti di blocco, e più si allontanavano da Bangkok, più le sue speranze aumentavano.

Stava cominciando a pensare di poter arrivare al confine senza essere catturata. Ma c'era ancora il problema di entrare in Cambogia. Non potevano certo usare uno dei passaggi ufficiali di frontiera. Non sapeva quale fosse il piano di Kendric, ma era certa che ne avesse uno.

Da quando l'aveva trovata, si era occupato di tutto. Era un

sollievo riporre fiducia in qualcuno. Non doveva pensare a nient'altro che a tenersi stretta a lui mentre la portava sempre più lontano dall'inferno che aveva vissuto.

Avrebbe dovuto essere spaventata dalla velocità con cui gli aveva ceduto il controllo, ma non era così, semplicemente perché lui la faceva sentire protetta. Sebbene le piacesse il suo lavoro, non l'aveva entusiasmata dover andare in alcuni dei paesi più pericolosi. A volte sentirsi al sicuro era una rarità.

Era piuttosto strano che fosse diventata un'archeologa. Ci si era ritrovata per caso durante l'università. La sua compagna di stanza del primo anno era interessata a quel campo di studi, e dato che lei non sapeva cosa voleva fare, si era praticamente attaccata alla sua amica frequentando molti degli stessi corsi. L'amicizia era finita dopo un paio d'anni, ma a quel punto aveva scoperto che le piaceva quel percorso formativo.

L'archeologia non era la sua passione, ma le aveva permesso di vedere il mondo. In effetti, erano anni che non restava ferma nello stesso posto. Era ironico, considerando quello che avrebbe *davvero* voluto fare. Qualcosa che non sempre era apprezzato dalla società, soprattutto essendo una donna single.

Voleva essere una mamma.

Non avendo né un fidanzato né un marito, voleva adottare dei bambini che si trovavano nel giro degli affidi. Quelli che non avevano un genitore che li amasse. Sapeva che da single sarebbe stato un percorso estremamente difficile, ma era ciò che desiderava.

Naturalmente non poteva essere un genitore senza un impiego, quindi aveva continuato a fare ciò in cui era brava, anche se non lo amava come avrebbe dovuto.

Ma dopo l'esperienza appena passata, era più determinata

che mai a fare ciò che *desiderava* davvero. Non sapeva come avrebbe potuto permetterselo, ma era certa che Tony l'avrebbe aiutata a trovare una soluzione.

Riportò l'attenzione all'uomo seduto davanti a lei. Più si allontanavano da Bangkok, più Marlowe era preoccupata per Kendric. Il primo giorno aveva ammesso di non dormire bene, ma lei pensava che non dormisse affatto, o che facesse a malapena qualche pisolino. Di solito dopo mangiato la aiutava a sistemarsi per dormire, il più delle volte facendosi usare come cuscino, e aveva notato che quando si svegliava lo trovava sempre nella stessa posizione. Avrebbe voluto insistere perché si sdraiasse, ma se provava a parlarne, lui ignorava le sue preoccupazioni dicendo che era tutto a posto, che dormiva mentre lo faceva anche lei.

Decise che quel giorno lo avrebbe obbligato a farlo. Kendric rallentò mentre si avvicinava a una casa dall'aspetto sorprendentemente gradevole, una costruzione in cemento a due piani con un cortile ben curato. Le altre volte si erano fermati in posti fatiscenti che erano sembrati sul punto di crollare, ma quell'abitazione si trovava in una città abbastanza popolata. Avevano visto più persone durante il tragitto verso quel nascondiglio che negli ultimi due giorni messi insieme, il che la rendeva molto nervosa. Aveva sentito anche Kendric irrigidirsi ogni volta che avevano avvistato un membro della Polizia Reale thailandese.

«Sei sicuro che è qui che dobbiamo fermarci?» gli chiese, mentre lui guidava lo scooter verso il retro della casa.

«Sì» rispose con sicurezza. «Ci stiamo avvicinando al confine, e Willis ha pensato che ci servisse un posto più comodo per riorganizzarci prima di affrontare lo stress che comporterà superare la frontiera.»

Le aveva rivelato poco sul misterioso contatto che si era occupato di creare la rete di persone che li stava aiutando ad attraversare la Thailandia, anche se lo aveva chiamato più di una volta durante il viaggio.

Portò la gamba oltre la sella, soddisfatta di riuscire a reggersi in piedi ora che era più abituata a stare a cavalcioni del ciclomotore, e si tolse lo zaino che avevano ricevuto nella seconda casa. Kendric insisteva sempre per prenderglielo non appena si fermavano; di certo non poteva indossarlo mentre guidava, visto che lei era attaccata alla sua schiena, e le piaceva avere una piccola responsabilità durante il viaggio.

«Andiamo, so da fonti attendibili che il proprietario di questo posto ha una doccia che possiamo usare.»

«Una doccia?» chiese entusiasta. Ogni sera si erano arrangiati con delle bacinelle piene di acqua calda per pulirsi un po' prima di ripartire. Non vedeva l'ora di togliersi l'odiata parrucca e di lavarsi i capelli. Per non parlare del resto del corpo.

«Sì. Una doccia» rispose lui con un sorriso.

Le prese la mano con naturalezza, come se lo facessero da anni invece che da un paio di giorni. Era difficile credere che lo avesse appena conosciuto. Forse era a causa delle circostanze, ma non riusciva già a immaginare di non averlo nella sua vita.

Si rifiutava di pensare a cosa sarebbe successo una volta tornati negli Stati Uniti, quando avrebbe dovuto guardarlo andare via. Per lui era solo un lavoro, niente di più. Non aveva alcun diritto su quell'uomo. Ma ogni volta che si stringeva a lui sullo scooter, mentre viaggiavano di notte, aveva davvero la *sensazione* che le appartenesse, così come lei sentiva di appartenergli.

Non si erano più baciati, e ogni giorno che passava Marlowe desiderava sempre di più sentire le sue labbra contro le proprie. Cominciava a pensare di aver immaginato le emozioni che aveva provato la prima volta.

Kendric bussò alla porta sul retro, che si aprì quasi subito. Una donna li accolse con un enorme sorriso, che svanì non appena li vide. Il suo sguardo guizzò dietro di loro come se cercasse qualcun altro, poi tornò a guardarli.

«Marlowe e Bob?» chiese in inglese, con un forte accento.

«Esatto» rispose Kendric.

«Siete maschio e femmina» continuò accigliata.

«Sì.»

I tre rimasero lì a fissarsi per un trepidante attimo, poi la donna fece loro cenno di entrare. Si ritrovarono in una cucina, e una volta chiusa la porta riprese a parlare stringendosi le mani. «Credevo arrivassero due uomini. Siete sposati?»

«No. Ha importanza?»

«Sì. Il nascondiglio è piccolo. C'è solo un letto. Un uomo e una donna non possono stare insieme se non sono sposati.»

Marlowe si irrigidì. Era andato tutto abbastanza bene fino a quel momento. Non sapeva cosa sarebbe successo se non avessero potuto rimanere lì.

Kendric posò lo sguardo su di lei e poi tornò sulla donna. «Le usanze in America sono diverse. Da noi non è necessario. Siamo amici. Vogliamo solo riposare. Mangiare. Lavarci. Tutto qui.»

Ma la donna scosse ostinatamente la testa. «No. Non è permesso dormire insieme se non siete sposati.»

«Posso dormire sul pavimento in un'altra stanza» provò a dire lui.

Ma lei continuò a guardarli accigliata. Marlowe aveva la sensazione che non avrebbe ceduto.

E non voleva assolutamente separarsi da lui. Le aveva letteralmente salvato la vita. Sentiva già il panico montare al pensiero di non potergli stare vicino mentre dormiva ed era vulnerabile.

Kendric sospirò. «Va bene. Ce ne andremo. Troveremo un altro posto dove stare fino a sera.»

Il cuore di Marlowe sprofondò. Non vedeva l'ora di farsi una doccia. E le faceva male il sedere a forza di stare seduta sullo scooter tutta la notte. Inoltre, non sapeva cos'avrebbe comportato quel cambio di programma per i loro piani, quanto sarebbe stato difficile trovare un altro posto dove nascondersi durante il giorno.

Invece di esserne sollevata, la loro ospite in realtà sembrò ancora più angosciata. «Mia sorella sta nel villaggio vicino. Mi ha detto che la polizia sta cercando le evase. Cercano nelle case, nelle strade. Nella giungla. Se ve ne andate, potrebbero trovarvi.»

Kendric aggrottò la fronte, e Marlowe si sentì mancare per l'ansia.

Erano già stati informati dalle persone che li avevano ospitati nel precedente nascondiglio che le autorità thailandesi avevano ampliato le ricerche delle donne fuggite dalla prigione, e che fino a quel momento ne erano state catturate pochissime. I telegiornali e i quotidiani riportavano una lunga lista di nomi corredati di foto.

Offrivano ricompense in denaro sufficienti a convincere quasi chiunque a consegnarle se fossero state avvistate. Era per quello che aveva continuato a portare la parrucca, anche se ormai erano solo a un'ottantina di chilometri dal confine.

Potevano non essere più in quella città, ma erano ancora in pericolo.

«Sposatevi adesso» disse all'improvviso la donna.

Marlowe spalancò gli occhi a quelle parole. «Cosa?»

«Sposatevi subito. Qui. Poi potete stare nel posto sicuro sotto il pavimento. Insieme. Anche se la polizia vi cerca, non vi troverà. Posso organizzare. Adesso.»

«Ci dà un minuto?» le chiese Kendric, mettendo una mano sul braccio di Marlowe e portandola verso un lato della stanza, per poi dirle: «Non è necessario. Troverò un altro posto dove rintanarci. Sarai al sicuro. Te lo prometto.»

«Ma ha detto che stanno setacciando la zona. E prima che arrivassimo qui, hai visto una macchina della polizia e hai preso quella scorciatoia attraverso la giungla per non farci individuare. Dove altro potremmo andare?»

«Non lo so. Ma mi rifiuto di costringerti a una cosa così drastica, dopo tutto quello che hai già passato.»

Marlowe lo fissò, e trattenne una risatina isterica. «Non posso credere che tu stia paragonando il *matrimonio* all'essere accusata ingiustamente di spaccio di droga e sbattuta in una prigione straniera, e all'*evadere* da quella prigione per poi viaggiare di notte in scooter attraverso la giungla buia e su percorsi che sono più solchi nel terreno che strade vere e proprie.» Sbuffò.

Le labbra di Kendric ebbero un guizzo. «Be', se la metti così...» replicò ironico.

Marlowe abbassò la voce e lo guardò seriamente negli occhi. «Mi sentirò al sicuro ovunque ci sei *tu*, che sia qui o in un altro nascondiglio. Ma sei stanco. Ti prego, non mentire dicendomi che non è così. E potrebbero volerci ore per trovare un altro luogo protetto. Ha davvero importanza se ci sposiamo? Se alla fine sarà legale negli Stati Uniti, pazienza. Possiamo divorziare una volta a casa, oppure ottenere un annullamento. Se ciò renderà felice la nostra ospite e ci aiuterà a eludere le autorità, oltre al fatto che non saremo costretti a rimanere separati o a dormire sotto qualche cespuglio... perché no? Ma se davvero odi l'idea, e non ti biasimerò se così fosse, allora possiamo andarcene. Mi fido di te.»

Lui la fissò per un lungo momento con uno sguardo che non riuscì a interpretare. Poi si chinò e le baciò la fronte. «Hai ragione. Se ciò significa che possiamo rimanere insieme, stare al sicuro, e che puoi fare quella doccia che so desideri tantissimo, lo faremo. Ma che io sia dannato se ti negherò di sperimentare questo...»

Con sua grande sorpresa, si abbassò su un ginocchio. Le prese la mano e ne baciò il dorso, poi sollevò gli occhi su di lei.

«Marlowe Kennedy... vuoi sposarmi?»

Sorprendentemente le si riempirono gli occhi di lacrime. Sapeva che non era una cosa vera, ma in un certo senso le sembrò *molto* reale. E giusto. Lo sguardo di Kendric era amorevole, paziente e... determinato.

«Sì.»

Lui le sorrise, poi si alzò e la abbracciò forte. Avvicinò le labbra al suo orecchio e sussurrò: «A quanto pare ho smarrito l'anello, ma ti prometto che te ne metterò uno al dito il prima possibile.»

Lei ridacchiò. «Smarrito?» gli chiese quando lui si scostò un po'.

«Già.»

Scosse la testa. «Non ho bisogno di un anello.»

«Prova a dirlo a lei» disse Kendric, indicando con la testa la donna dietro le sue spalle.

Marlowe si voltò e vide che la loro ospite aveva un enorme sorriso e stava praticamente fremendo di eccitazione. Quando riportò lo sguardo su di lui la sua espressione non era più divertita, ma era serio come non lo aveva mai visto.

«Andrà tutto bene, Punky. Te lo prometto.»

«Lo so» sussurrò.

Kendric si girò verso la donna e disse: «Va bene. Se riesce a organizzare, ci sposeremo. Qui. Subito.»

Lei fece un sorriso ancora più raggiante. «Sì! Bene. Il bagno è di sopra. Ma vai prima tu.» Indicò Marlowe. «Ti troverò un vestito.»

«Vai» la esortò con dolcezza. «Prenditi tutto il tempo che vuoi per fare la doccia. Sono sicuro che la nostra ospite ci metterà un po' a organizzare la cerimonia.»

«Ok. Kendric?»

«Sì?»

«Se davvero non vuoi...»

«Lo voglio» la interruppe.

«Ok, dovevo solo chiederlo.» Gli sorrise. «Facciamolo.»

«Sì, facciamolo.»

La donna dietro di loro iniziò a parlare a raffica in thailandese, mentre si avvicinava per afferrarle la mano.

«Ci vediamo dopo?» gli chiese, mentre veniva trascinata via.

«A dopo.»

L'ultima cosa che vide prima di girare l'angolo fu lo sguardo di Kendric incollato al suo.

———

Bob si era sbagliato sul fatto che la donna avesse bisogno di tempo per organizzare una cerimonia nuziale. Quando uscì dalla doccia e indossò i tradizionali pantaloni dorati e la camicia rossa a maniche lunghe che gli aveva procurato, la loro ospite lo stava aspettando con impazienza.

Lo condusse giù per le scale e in cucina, dove poté vedere Marlowe per la prima volta da quando era stata portata via meno di un'ora prima. Rimase momentaneamente impietrito a quella vista.

La sua pelle era luminosa e un po' arrossata grazie alla doccia. Non aveva la parrucca bionda e i suoi capelli erano lucidi e ancora lievemente umidi, con piccoli riccioli che le incorniciavano il viso. La donna le aveva trovato un abito color crema che si adattava alle sue lievi curve come se fosse stato fatto per lei. Una lunga fascia le ricadeva su una spalla e toccava il pavimento. Era scalza, e la vista delle sue piccole dita dei piedi gli fece sembrare tutta la situazione ancora più intima.

«Ciao» lo salutò incerta.

«Ciao.» Poi Bob si rivolse alla donna. «Possiamo avere un momento prima di iniziare?»

L'altra annuì, ancora raggiante, e si allontanò concedendo loro un po' di privacy.

Si voltò verso Marlowe. «Stai bene?» le chiese con voce tranquilla.

Lei annuì. «Tu?»

«Non siamo costretti a farlo» disse, senza rispondere alla sua domanda. La verità era che all'improvviso stava più che bene. La situazione era strana, ma non lo turbava affatto dover sposare quella donna. Se fosse stato con un'altra persona avrebbe trovato un modo per aggirare il problema.

Ma ora stava pregando silenziosamente che Marlowe non accettasse l'ultima possibilità di rifiutare che le stava dando.

«È molto eccitata» replicò invece, portando lo sguardo sulla loro ospite in attesa in disparte prima di tornare a lui. «Ti sembrerà assurdo... ma dopo tutto quello che ho passato, dopo aver trascorso l'ultimo mese in quella prigione, a venire sgridata, spintonata, guardata dall'alto in basso, a prendermi sputi, schiaffi, calci, e in generale a essere trattata di merda... mi sembra quasi catartico partecipare a qualcosa di positivo. È solo che...» Si interruppe, dato che faticava a trovare le parole giuste per spiegare ciò che stava provando.

Bob le posò una mano sulla guancia e le accarezzò la mascella con il pollice. «Ti capisco.» Ed era vero. Quella donna meritava qualche cosa bella dopo ciò che aveva vissuto. Non aveva mai creduto che fosse la pericolosa spacciatrice che le autorità thailandesi avevano cercato di dipingere. E più stava vicino a lei, più ne era sicuro.

La signora chiese loro qualcosa e Bob pensò che volesse sapere se erano pronti a iniziare. Ma non aveva intenzione di farsi mettere fretta.

«Sei fantastica, Marlowe» le disse con sincerità. Qualsiasi altra donna al suo posto avrebbe probabilmente dato di matto. Gli avrebbe chiesto di fare qualcosa per poter rimanere senza doversi sposare. Ma lei era rimasta stoica e determinata, e non si era lamentata, anche se avrebbe avuto tutto il diritto di farlo. Fino a quel momento aveva retto benissimo, e non poteva essere più orgoglioso di così.

«Sono solo io» mormorò con un'alzata di spalle.

«Facciamolo» ribatté lui con fermezza. «Poi mangeremo qualcosa e dormiremo un po'.»

Marlowe sorrise. «Ricevimento e luna di miele, eh?» scherzò.

Bob ridacchiò. «Direi di sì.» Lasciò cadere la mano dal suo viso con riluttanza e le prese la sua. Lei gli avvolse le dita intorno senza esitare.

Si voltarono verso la donna. «Siamo pronti» disse Kendric.

Lei sorrise e fece loro cenno di seguirla. Entrarono in una piccola stanza accanto alla cucina e Bob sbatté le palpebre sorpreso. Si era data davvero da fare mentre si stavano lavando e vestendo. Aveva allestito un altare davanti alla parete in fondo, e c'era un uomo sorridente che indossava un abito da cerimonia.

«Porca misera» sussurrò Marlowe. «Ma quanti matrimoni organizza questa donna?»

Bob si chiese la stessa cosa, e tenendola per mano non esitò a fare un passo verso l'officiante. L'uomo iniziò subito a parlare in thailandese. Nessuno dei due aveva idea di cosa stesse dicendo, ma non importava. L'atmosfera che si respirava in quello spazio intimo era memorabile.

Bob si voltò a guardare Marlowe, e le sorrise quando i loro sguardi si incontrarono. Non sembrava affatto nervosa. Era calma e serena.

Mentre lei gli stringeva la mano pensò che non era così che aveva immaginato il suo matrimonio. Accidenti, aveva cominciato a sospettare che non si sarebbe mai sposato, a prescindere da quanto l'aveva desiderato. Ma stare lì con Marlowe gli sembrava così giusto. Come se fosse stata opera del destino. Loro due contro il mondo.

«Vuoi tu, Kendric, prendere questa donna come tua sposa, ed esserle fedele per l'eternità, nella buona e nella cattiva sorte, in ricchezza e in povertà, in salute e in malattia, per amarla e proteggerla, custodirla e onorarla, rispettarla e soste-nerla, in questa vita e in quella successiva?»

Bob spostò lo sguardo sull'officiante. A dire il vero lo aveva ignorato, dato che prima non aveva capito una parola. Ma ora parlava in inglese, e lo stava sollecitando ad accettare le sacre promesse di matrimonio. Erano un po' diverse da quelle tradizionali degli Stati Uniti, ma altrettanto significa-tive. «Lo voglio» si sbrigò a dire, non volendo che Marlowe pensasse che aveva cambiato idea.

L'officiante si rivolse a lei. «Vuoi tu, Marlowe, prendere quest'uomo come tuo sposo, ed essergli fedele per l'eternità, nella buona e nella cattiva sorte, in ricchezza e in povertà, in salute e in malattia, per amarlo e proteggerlo, custodirlo e onorarlo, rispet-tarlo e sostenerlo, in questa vita e in quella successiva?»

«Lo voglio» rispose con dolcezza.

L'uomo ricominciò a parlare in thailandese. Lo sguardo di Bob non lasciò mai quello di Marlowe. Si sentiva già diverso. Il che era ridicolo. Abiti eleganti e un officiante buddista non necessariamente legavano le loro vite per sempre.

Quello era solo un matrimonio di apparenza. Fatto per comodità, per non doversi avventurare a cercare un altro posto dove riposare durante il giorno e per permettere loro di stare insieme. Ma nel profondo, sentì consolidarsi ancora di più il legame che aveva con lei. La determinazione a portarla in sicurezza fuori dalla Thailandia e da suo fratello si rafforzò.

L'officiante si schiarì la gola e quando Bob lo guardò, sorrise, annuì e disse: «Potete baciarvi.»

Si voltò verso Marlowe. Lei gli stava sorridendo, così abbassò la testa senza nemmeno pensarci. Le loro labbra si sfiorarono lievemente, una, due volte.

Poi le avvolse un braccio intorno alla vita, la attirò contro di sé e la baciò come aveva desiderato fare di nuovo fin da quella prima notte.

E proprio come allora, nel momento in cui le loro lingue si toccarono, si perse in lei.

Gli ci volle ogni grammo di forza per tirarsi indietro. La fissò e si rese conto che entrambi respiravano a fatica. Mentre si baciavano, Marlowe gli aveva afferrato la stoffa della camicia e sembrava scombussolata quanto lui.

La loro ospite si avvicinò parlando a raffica, e li portò dall'altra parte della stanza dove c'erano due cuscini sul pavimento con una ciotola d'acqua davanti a ciascuno. Fece loro cenno di inginocchiarsi. Poi mostrò come avrebbero dovuto tenervi le mani giunte sopra.

Bob scrollò le spalle e fece come richiesto.

La donna prese una piccola conchiglia allungata e la immerse in un'altra ciotola d'acqua posta su un tavolo vicino. Parlò in tono basso e uniforme mentre gli versava lentamente sulle mani un po' di quell'acqua. Riempì di nuovo la conchiglia e fece la stessa cosa con quelle di Marlowe. Poi anche l'officiante ripeté quel rito.

La donna passò loro delle piccole salviette per asciugarsi e li tirò in piedi, per poi condurli in cucina.

«Immagino che fosse una sorta di rituale nuziale» disse Marlowe a bassa voce mentre la seguivano.

«Ne sono certo» replicò Bob annuendo. Anche se erano in fuga e potevano essere scoperti in qualsiasi momento, denunciati da un vicino o addirittura dall'officiante stesso, Bob si sedette a un piccolo tavolo della cucina e si rilassò. Dopotutto, quello era il giorno del suo matrimonio.

Sorrise. Se doveva essere sincero, quelle erano parole che non si sarebbe mai aspettato di dire o pensare.

Una volta sistemati entrambi, la donna si presentò con un grande piatto pieno di cibi diversi. Lui guardò Marlowe in tempo per vederla storcere il naso. La sua Punky mangiava davvero come un ragazzino.

Non si preoccupò di averla definita *sua,* perché ora lo era per davvero. Ignorando la donna che stava in disparte in attesa che si mettessero a mangiare, si chinò e le sussurrò all'orecchio: «Ti prometto che appena posso ti comprerò gli Oreo, le Pop-Tarts e magari anche un Twinkie per festeggiare il nostro matrimonio.»

Lei ridacchiò e lo guardò quasi timidamente. «Non c'è problema. Si è data molto da fare per mettere insieme tutta questa roba. Ormai dovrei essere abituata a questo tipo di cibo.»

«Sì, ma non significa che debba piacerti» disse ironicamente.

«Va bene lo stesso» replicò con un'alzata di spalle, voltandosi verso il piatto.

«Ti fidi di me?» le chiese.

Lei lo guardò di nuovo e, senza la minima esitazione, rispose: «Sì.»

«Allora lascia che ti serva» ribatté, prendendo la forchetta.

Marlowe annuì.

Bob scelse con cura gli alimenti nel piatto, cercando ciò che pensava potesse piacerle di più. Evitò il pesce, sapendo già che non lo amava particolarmente. Tagliò un pezzo di quello che immaginò fosse pollo e se lo portò alla bocca. Lo era sicuramente, ma sospettava che fosse troppo piccante per lei.

Provò un'altra pietanza sempre simile al pollo, la assaggiò, annuì e ne portò un boccone alla sua bocca.

Marlowe non distolse lo sguardo dal suo mentre gli afferrava il polso per tenere ferma la forchetta e si chinava in avanti. Aprì le labbra e lui le infilò il boccone.

«Com'è?» le chiese.

Lei annuì dopo aver deglutito. «È buono.»

Continuarono così per un po', con Bob che assaggiava la carne e le verdure sul piatto per trovare qualcosa che pensava le sarebbe piaciuto. Fu un'esperienza intima per entrambi e nessuno dei due parlò molto mentre mangiavano.

La loro ospite si avvicinò e posò una ciotola accanto al piatto. Sembrava che si stesse scusando per qualcosa, forse per aver portato in ritardo il nuovo cibo, ma il verso sorpreso e di gioia di Marlowe lo fece sorridere.

«Ramen!» esclamò. «Oh, mio Dio, ha un aspetto fantastico! In prigione ci davano un sacco di riso, in pratica vivevo di quello, ma il ramen è una delle cose che preferisco mangiare a casa.»

Bob si accigliò. «Di certo non perché potevi permetterti solo quello.»

Marlowe rise. «Oh no. Sì, è economico, ma in realtà mi piace il sapore» disse un po' imbarazzata.

Tirò un sospiro di sollievo. «Bene. Tieni, la forchetta è tutta tua.»

Lei la prese e si buttò con entusiasmo sul cibo. Non era ramen come quello a cui probabilmente era abituata. In realtà si trattava di pad thai, una ricetta con spaghetti di riso popolare nel Paese, ma era contento che Marlowe potesse mangiare qualcosa che le piaceva davvero.

Dopo un attimo lei alzò lo sguardo e si accigliò. «Scusa, lo sto monopolizzando. Tieni.» Gli porse la forchetta con un'enorme quantità di spaghetti avvolti intorno, tenendo la mano sotto nel caso ne cadessero, e gli sorrise.

Bob non riuscì a resistere. Le afferrò il polso proprio come aveva fatto lei, e si chinò lentamente in avanti senza mai distogliere gli occhi dal suo viso. Si mise in bocca il cibo, masticò, deglutì e poi disse: «Deliziosi.»

«Vero? Il miglior pasto di sempre» dichiarò raggiante, mentre riportava l'attenzione sulla ciotola di fronte a sé e ruotava la forchetta per prenderne altri.

Il suo entusiasmo lo colpì ancora una volta. Quella donna non aveva alcun motivo di essere così felice. Era stata incarcerata con false accuse e maltrattata, ora era in fuga con uno sconosciuto ed era stata costretta a *sposarsi*. Eppure, trovava ancora piacere in un piatto di spaghetti.

Bob era impressionato. La sua sola presenza gli faceva venire voglia di essere una persona migliore.

Quando furono sazi, la loro ospite arrivò subito per portare via gli avanzi e i piatti. Il sole era sorto già da qualche ora e per entrambi era giunto il momento di riposare.

Poi li accompagnò in quello che sembrava uno studio, e la guardarono spostare un tappeto di lato indicando una botola nel pavimento. Bob sollevò il pannello quadrato di legno e studiò lo spazio sottostante con la fronte aggrottata.

Negli ultimi giorni lui e Marlowe avevano dormito in posti angusti... ma capì perché la donna aveva insistito affinché si sposassero.

Lo spazio sotto il pavimento era grande a sufficienza solo per un materasso stretto. Non sembrava nemmeno adatto a un letto singolo. Ebbe il macabro pensiero che fosse circa trenta centimetri più largo di una bara. Non era proprio l'ideale per *una* persona, ma per due? Per starci avrebbero dovuto letteralmente avvolgersi l'uno all'altra.

La donna riprese a parlare e indicò con un gesto gli abiti che avevano al loro arrivo. Ovviamente erano stati lavati e piegati e ora si trovavano sopra una scrivania. Fece capire loro a gesti di cambiarsi e di lasciare su una sedia quelli che stavano indossando in quel momento. Poi prese lo zaino con le poche provviste che avevano raccolto lungo il viaggio e lo lasciò cadere di sotto insieme alla parrucca bionda. Sorrise di nuovo e uscì dalla stanza.

Durante tutto quel processo, Marlowe non si era mossa. Fissava il buco con uno sguardo vuoto che non gli piaceva.

«Marlowe?»

«Non posso» sussurrò, con un'aria terrorizzata. La donna tanto felice per il ramen era sparita.

Allarmato, le si avvicinò mettendosi davanti a lei per nasconderle il buco. Perché era di quello che si trattava. Non era una stanza. Non aveva un vero letto. Era solo un piccolo spazio sotto le assi del pavimento. Poteva essere la casa più grande in cui erano stati fino a quel momento, ma quel vano era molto più piccolo degli altri posti in cui avevano dormito.

«Guardami, Punky.»

Ci vollero un paio di minuti, e non le mise fretta, ma alla fine lei sollevò il mento e incontrò il suo sguardo.

Bob avrebbe voluto dirle che non erano obbligati a rimanere. Che avrebbe trovato loro un altro posto. Ma era già mattina inoltrata, era troppo pericoloso portarla da qualche parte. Soprattutto perché avevano diffuso la sua foto in tutto il Paese. Inoltre, si erano sposati proprio per poter rimanere lì. Non voleva che si fosse sacrificata inutilmente.

«Che problema c'è?» le chiese.

«Non posso» ripeté lei, scuotendo la testa. «Il buco... è troppo piccolo. Quando sono stata portata in prigione, mi hanno messa in isolamento. Era una cella piccolissima. E buia.»

«Puoi farcela» la incitò.

Lei scosse violentemente la testa.

«Marlowe, questa volta non sarai sola. Ci sono io. E non andrò da nessuna parte. Capito? Non ti lascio. Sei al sicuro. Nella buona e nella cattiva sorte, in ricchezza e in povertà, in salute e in malattia, ti amerò e proteggerò, ti costudirò e onorerò, ti rispetterò e sosterrò... è quello che ho promesso, no?»

Lo fissò, e Bob vide che i suoi occhi si stavano rischiarando. Aveva perso quello sguardo vuoto che lo aveva preoccupato. «Ricordi le nostre promesse parola per parola?»

«Non capita tutti i giorni che un uomo si sposi. Certo che me le ricordo. Fidati di me, Punky. Quel buco non sarà molto comodo, sarà caldo e angusto, e anch'io non amo gli spazi piccoli... ma possiamo farcela.»

«Perché?» gli chiese.

«Perché cosa?»

«Perché non ami gli spazi piccoli?»

Fece una smorfia. Non gli piaceva parlare del periodo in cui era stato prigioniero di guerra. Non gli piaceva pensare a quello che aveva passato, a quello che avevano subito i suoi amici. Preferiva lasciarselo alle spalle e andare avanti. Ma avrebbe fatto di tutto per aiutarla a superare quel momento.

«Te lo dirò quando ci saremo sistemati» le propose.

Lei lo fissò per un attimo, poi fece un respiro profondo e annuì. «Va bene. Dobbiamo cambiarci.»

Si voltò, prese la maglia che indossava da qualche giorno e

gli chiese da sopra la spalla: «Mi slacci il vestito? Non credo di arrivarci.»

Bob annuì, e quando toccò la delicata cerniera, notò che gli tremavano le mani. Non riusciva a pensare ad altro che a sfilare quell'abito a sua *moglie*, stenderla su un vero letto e mostrarle quanto la ammirava, quanto desiderava esplorare ogni centimetro del suo corpo. Ma non erano in una vera luna di miele e, a essere onesti, in quel momento lei non era nella mentalità giusta... e forse non lo sarebbe *mai* stata verso di lui.

Gli ci volle ogni grammo di forza di volontà per abbassare la cerniera e allontanarsi da lei. La pelle liscia della sua schiena era come un richiamo, e dovette trattenersi con tutto sé stesso per non far scivolare le mani intorno al suo corpo e stringerle i seni mentre le spingeva il vestito giù sulle spalle.

La osservò prendere il brutto reggiseno grigio che le avevano dato in prigione, poi si voltò per vestirsi lui stesso con gli indumenti neri. Non si girò finché Marlowe non disse: «Sono decente.»

Stava per lasciarsi sfuggire che sì, era più che decente, ma la vide armeggiare con la parrucca nel tentativo di indossarla, così le disse: «Non metterla.»

Lei lo guardò. «Credevo avessi detto che avrei dovuto indossarla sempre.»

«È vero. Ma in quel buco avrai caldo anche senza. Sisteme-remo tutto stasera, quando ci prepareremo a partire.»

L'espressione sollevata sul suo viso gli fece capire quanto odiasse mettersi quella parrucca che doveva sicuramente prudere. Ma comunque, non si era mai lamentata. Lei annuì e poi guardò il buco, fece un respiro profondo e, con la sua tipica indole propositiva, entrò.

Stando in piedi all'interno, l'apertura sul pavimento le arrivava a malapena ai fianchi. Sarebbero stati decisamente stretti.

Infilò la parrucca nello zaino, lo sistemò per usarlo come cuscino e si sdraiò sulla schiena, schiacciandosi contro la parete per lasciargli più spazio possibile.

Ora che lei era dentro, Bob non volle prolungare le cose. Scese, afferrò lo sportello e lo abbassò mentre si sdraiava. Il nascondiglio era ben isolato, perché non appena lo chiuse fu subito buio pesto.

La sentì inspirare bruscamente, ma quello fu l'unico indizio del suo turbamento.

Immaginò che la loro ospite sarebbe entrata nella stanza per prendere gli abiti nuziali e rimettere a posto il tappeto sopra la botola, così si concentrò nel compito di mettere il più possibile a suo agio Marlowe. Allungò un braccio e la attirò contro di sé.

Si aggrappò subito a lui, seppellendo il viso nell'incavo del suo collo. Bob non poteva stare completamente sdraiato sulla schiena con lei addosso, così si sistemò in modo che fossero stesi sul fianco uno di fronte all'altra. Marlowe si rannicchiò, aggrappandosi alla sua maglia con entrambe le mani. Bob la abbracciò e percepì il battito del suo cuore. Stava respirando troppo velocemente.

«Rilassati. Sono qui con te. È tutto a posto. Siamo al sicuro.»

Servirono un paio di minuti, ma alla fine la sentì cominciare a rilassarsi.

«Ora capisco perché voleva che ci sposassimo» gli disse con una risatina.

Bob sbuffò. «Infatti! Anche se mi confonde non poco che

abbia pensato fosse giusto che due uomini si nascondessero qui.»

La risata di Marlowe fu musica per le sue orecchie. «Oh, mio Dio. Non so come avrebbe potuto funzionare. Voglio dire, io sono piccola. Non riesco a immaginare due uomini della tua taglia qui sotto.»

Nemmeno lui. Ma se fosse stato necessario, l'avrebbe fatto senza provare vergogna o imbarazzo. La sopravvivenza era una motivazione potente.

Dopo alcuni minuti, Bob si rese conto che Marlowe non stava ancora dormendo. Doveva essere stanca dopo aver viaggiato per quasi tutta la notte, ma supponeva che stare in quel buco non le permettesse di spegnere il cervello.

Non avevano avuto molte occasioni di parlare mentre erano in fuga. Tra stare sullo scooter e dormire di giorno, non avevano avuto modo di fare delle conversazioni profonde. Ma ora che erano marito e moglie, pensò che fosse un momento buono come un altro.

Raramente si apriva con le persone, e mai con qualcuno che doveva salvare. Ma Marlowe era diversa. E non solo perché l'aveva sposata. Per una volta, *desiderò* raccontare la sua storia. Aveva la sensazione che sentire quello che lui aveva passato avrebbe potuto aiutarla a superare il suo trauma.

Fece un respiro profondo, poi iniziò: «Quando ero nell'esercito, io e i miei amici siamo stati fatti prigionieri e torturati dopo che una missione è andata storta.»

CAPITOLO CINQUE

MARLOWE APRÌ GLI OCCHI, ma vide solo buio. Odiava quella sensazione. Le ricordava troppo la sua permanenza in quella cella solitaria. E quando sentì la paura nel tono di Kendric, mentre le raccontava che anche lui in passato era stato tenuto prigioniero, lo strano sollievo che provò la fece sentire una persona orribile.

Come poteva essere *contenta* che avesse sperimentato una situazione simile alla sua?

Si sistemò tra le sue braccia, mettendogli una mano su un lato del collo. Non interruppe il suo racconto, ma sperò che quel tocco gli facesse capire che stava ascoltando.

«La missione è stata una merda fin dall'inizio e tutti avevamo la sensazione che sarebbe finita male. E così è stato. Abbiamo combattuto il più a lungo possibile, ma alla fine abbiamo finito le munizioni e scelto di arrenderci piuttosto che morire.»

Marlowe ansimò. Poteva solo immaginare quanto dovesse

essere stato orribile. Arrendersi sapendo che avrebbero comunque potuto essere uccisi o torturati.

«Credo che i nostri carcerieri pensassero di essere crudeli quando ci hanno messi tutti nella stessa cella. Ma è stata la cosa migliore che potessero fare. Sì, abbiamo dovuto ascoltare mentre picchiavano uno di noi appena fuori dalla porta, ma insieme eravamo mille volte più forti che se fossimo stati da soli.»

«Essere soli è la cosa peggiore» concordò Marlowe sommessamente. «Ci si sente come se si fosse l'unica persona al mondo. Come se tutti ti avessero dimenticato. Come se non fossi un essere umano.»

Lo sentì annuire e stringere le braccia intorno a lei. Poi Kendric continuò. «A dire la verità, per me Chappy e JJ non è stata brutta quanto per Cal. Quando i nostri aguzzini hanno scoperto chi era, si sono concentrati soprattutto su di lui. È stato più difficile da sopportare che essere torturati noi stessi.»

Quando si fermò e non disse altro, Marlowe chiese: «Chi è? Perché si sono concentrati su di lui?»

«È un membro della famiglia reale del Liechtenstein. Quegli stronzi erano così entusiasti di avere tra le loro grinfie un principe, che hanno fatto di tutto per distruggerlo in ogni senso. Volevano che implorasse per la sua vita in video.»

«L'hanno ripreso?» chiese inorridita.

«Sì. E hanno messo quella roba in rete. Girano ancora filmati di Cal che viene massacrato. È una cosa disgustosa. E il peggio è stato non poter fare nulla per aiutarlo. Ma Cal, com'è nel suo essere, non ha detto una sola parola. Non ha dato ai nostri aguzzini la soddisfazione di emettere il minimo grugnito di dolore. Quando lo incatenavano al muro dopo una sessione, perdeva così tanto sangue da creare letteralmente un fiume che scendeva verso lo scarico al centro della cella. E l'unica cosa che noi potevamo fare era pregarlo di resistere.»

«Non riesco nemmeno a immaginarlo» disse Marlowe, sentendo quelle parole tristemente inadeguate.

«Bene. Non vorrei mai che tu, o chiunque altro, vivesse quell'inferno.»

«Quando sono stata messa in isolamento, ero ancora sotto shock per tutto ciò che era successo» ammise. «Un attimo prima ero allo scavo a farmi gli affari miei, e quello successivo venivo ammanettata e gettata in un'auto della polizia. Non avevo idea di cosa stesse accadendo.»

«Cosa puoi dirmi di questa storia?»

Marlowe sospirò. «Non molto. Cioè, ho i miei sospetti, ma dato che non capisco il thailandese, non ho idea di cosa sia stato detto durante il mio interrogatorio.»

«Ti hanno fatto del male?» le chiese, con un tono molto cupo e teso.

«No. Ma... ho pensato che lo avrebbero fatto. Hanno urlato molto. Colpito la scrivania. Mi hanno persino spinta contro il muro. È per quello che alla fine ho firmato quel documento. Ho pensato che avrebbero fatto di tutto per obbligarmi a farlo. Avevo letto molte storie dell'orrore su stranieri arrestati, soprattutto donne, e su ciò che accade loro.»

Le braccia di Kendric la strinsero quasi fino a farle male. Marlowe strofinò il pollice avanti e indietro sulla pelle del suo collo, cercando di calmarlo. «Sto bene» lo tranquillizzò. «Non hanno fatto nulla.»

Servirono un paio di minuti, ma alla fine le domandò: «Che sospetti hai? Come hanno fatto quelle pillole di Yaba a finire nella tua roba?»

«Non pensi che volessi venderle?» Era sinceramente curiosa della sua risposta. Non lo avrebbe biasimato se lo avesse fatto. Tutti gli altri avevano pensato il peggio di lei. Perché lui non avrebbe dovuto?

«No.»

Nient'altro. Solo no.

Il fatto che fosse così sicuro fece sì che la tensione dentro di lei, che non si era resa conto di provare, si allentasse.

«Lavoravo con un uomo, il suo nome è Ian West. È più giovane di me ed era nuovo in quel sito archeologico. Sembrava a posto. Un po' troppo entusiasta. E gli piaceva bere nel tempo libero. Il che va bene. Voglio dire, ognuno ha i suoi gusti. Comunque, come sai, qui fa caldo. Intendo *molto* caldo. La temperatura, insieme all'umidità, a volte lo rende insopportabile. Una notte non riuscivo a dormire proprio per quello, quindi ho gironzolato intorno al sito, cosa che non era insolita per me. Era meglio che sudare nella mia branda. E ho visto Ian in una delle aree su cui avevamo lavorato. Scavavamo di sera, di solito è una cosa che si fa quando i fondi delle sovvenzioni si stanno esaurendo o la stagione degli scavi sta per finire. Ma si usano molti fari, a una certa ora ci si ferma e nessuno lavora *mai* da solo.

L'ho osservato scavare per un minuto. Stavo per avvicinarmi per scoprire cosa diavolo stesse facendo, quando ha alzato qualcosa verso la luce, ha riso sommessamente e si è alzato mettendosi in tasca ciò che aveva trovato.

Sono rimasta scioccata. Non si fanno queste cose, non si prende ciò che si trova. Tutto ciò che scopriamo appartiene al Paese in cui stiamo lavorando. Noi siamo solo le mani che portano alla luce degli oggetti, niente di tutto quello è nostro.

Si è allontanato rapidamente, senza nemmeno notare che

ero nelle vicinanze. Probabilmente perché stava usando una sola lanterna, che ha portato con sé. Io tengo sempre con me una piccola torcia quando cammino di notte intorno al sito. Dopo che è tornato alla sua tenda, mi sono avvicinata allo scavo. Non so cosa mi aspettassi di trovare, forse tracce di cocci di ceramica o altro. Ma ho guardato dentro... e ho visto delle monete. Aveva rubato delle *monete*. Ce n'erano circa una ventina ancora nella terra, in attesa di essere etichettate e raccolte. Non è possibile che la squadra le abbia lasciate lì in quel modo, quindi immagino che Ian le abbia trovate all'inizio della giornata e non l'abbia detto a nessuno. Non ho idea del perché non le abbia prese tutte. Dato che nessuno sapeva della loro esistenza, nessuno si sarebbe accorto che mancavano. Credo che non saprò mai la risposta a questa domanda.»

Sospirò pesantemente. «Non volevo credere che fosse un ladro. Ho cercato in tutti i modi di giustificare ciò che avevo visto, ma era impossibile. Quando troviamo qualcosa, c'è un protocollo da seguire prima di estrarre un oggetto. Fare foto, raccogliere dati, eccetera. E ovviamente usiamo i guanti per maneggiare i manufatti. E lui si è messo le monete in *tasca*, come se fossero spiccioli o altro!»

Marlowe fece un respiro profondo, cercando di controllare le emozioni. Ogni volta che pensava a quello che era successo in seguito, a quanto era stata stupida, si infuriava e si vergognava.

«Che cos'hai fatto?» le chiese Kendric. Sentì la sua mano scivolare sotto la maglia e le dita accarezzarle lievemente la parte bassa della schiena, come se stesse cercando di calmare un animale selvatico. Il suo tocco era meraviglioso e, sorprendentemente, sentì la sua rabbia scemare.

«Sono stata un'idiota» disse con un altro sospiro. «Sono

andata nella sua tenda e l'ho affrontato dicendogli che lo avevo visto prendere le monete. Sembrava davvero in preda al panico. Ha detto che gli dispiaceva e si comportava come se fosse veramente pentito, sostenendo di aver fatto un errore stupido e avventato. Ho insistito perché andasse dal responsabile per dirgli cosa aveva fatto e per mostrargli le monete, così da registrare ufficialmente il ritrovamento. Mi ha promesso che l'avrebbe fatto la mattina successiva, continuando a scusarsi e a implorare il mio perdono.

Stavo per andare direttamente dal nostro capo progetto, e avrei dovuto farlo, ma era notte fonda e avevamo avuto una giornata di lavoro pesante. Non volevo disturbarlo e, come una stupida, mi sono fidata di Ian quando ha detto che avrebbe sistemato le cose.

Sono tornata nella mia tenda, sono riuscita ad addormentarmi... e al mattino la polizia era lì. Hanno trovato la droga nella mia roba e mi hanno portata via.»

«Pensi che Ian abbia messo le pillole tra le tue cose dopo che ti sei addormentata?» le chiese.

«Sì. E nonostante il furto... credo di odiare di più proprio questo. C'erano solo tre americani nello scavo e di solito stavamo tutti insieme.»

«Nessuno ha parlato a tuo favore?»

«Ian, come promesso, è andato dal capo progetto prima che mi svegliassi e mi ha accusata di aver tentato di rubare delle monete. Ne hanno trovata una anche nella mia tenda. E una sola potrebbe fruttare centinaia di migliaia di dollari con l'acquirente giusto. Hanno perquisito la tenda di Ian su mia insistenza e, naturalmente, non hanno trovato nulla. Dopo di che... si sono tutti rivoltati contro di me. Il capo progetto ha lasciato che la polizia mi portasse via senza dire una parola.

Ero così scioccata che riuscivo a malapena a parlare. Nessuno ha tenuto conto della mia ottima storia lavorativa o della mia reputazione. Si sono fidati della parola di un novellino. E non potevo credere che Ian mi avesse tradito in quel modo.»

«Io sì» disse Kendric con una piccola scrollata di spalle. «Sembra che quelle monete valgano un sacco di soldi.»

«Ma a discapito della mia vita?»

«Purtroppo sì. Cosa pensi che ne farà?»

«Le venderà» rispose. «Probabilmente l'ha già fatto. Era previsto che rimanesse allo scavo solo per un mese, e al momento del mio arresto gli rimanevano meno di due settimane. Era un tirocinio per lui, parte della sua tesi del master. Gli sarebbe stato abbastanza facile portarle di nascosto negli Stati Uniti.»

«C'è un grande mercato per questo genere di cose? Voglio dire, quanto sarebbe facile trovare un acquirente?»

«Se si conoscono le persone giuste, non dovrebbe essere troppo difficile» ammise.

«E lui ne conosce?»

«Non ne ho idea. Ma considerando la sua specializzazione e il fatto che aveva abbastanza agganci da riuscire a entrare nel progetto di quello scavo, probabilmente sì.»

«Quindi ha piazzato le pillole e ha fatto la soffiata alle autorità, sapendo che la Thailandia ha inasprito le pene per lo spaccio di droga» rifletté Kendric.

«Non lo so per certo, ma non so cos'altro pensare. Era spesso assegnato alla squadra serale e sembrava sempre... non so quale sia la parola giusta, ma... esaltato, forse? La Yaba è fondamentalmente una combinazione di caffeina e metanfetamina. Ho pensato che la prendesse per rimanere sveglio durante il lavoro. Sono sicura tu sappia che quelle pillole sono molto economiche e facilmente reperibili, e immagino che la gente del posto fosse più che disposta a vendergliele.

Ma la polizia non era interessata alla mia versione della storia, e per quanto continuassi a implorarli non hanno voluto ascoltarmi. Ho raccontato loro delle monete e che Ian le stava rubando, ma era come se non parlassi. Però non hanno avuto problemi a credere a lui quando ha detto che spacciavo droga. È stato... orribile» concluse debolmente.

«Non gliela faremo passare liscia» le disse con fermezza.

Marlowe si limitò a scuotere la testa. «Non mi interessa più. Sul serio, voglio solo andare a casa. Posso dirti una cosa?»

«Puoi dirmi tutto.»

Forse per il buio, o perché erano avvinghiati l'uno all'altra. Forse perché non riusciva a dimenticare lo sguardo di Kendric quando aveva detto "lo voglio", in modo così riverente e intimo. Qualunque fosse la ragione, Marlowe si ritrovò ad ammettere qualcosa che non aveva mai detto a nessuno, nemmeno a suo fratello.

«Non amo fare l'archeologa.»

Solo pronunciare quelle parole le diede l'impressione di essersi tolta un peso di mille chili dalle spalle.

«Praticamente mi ci sono ritrovata dentro, ero troppo avanti con gli studi per cambiare specializzazione senza perdere un sacco di crediti. Tony mi stava aiutando a pagare l'università e io non volevo deluderlo o fargli perdere altri soldi. Inoltre, non avevo idea di cos'altro fare, e mi piaceva l'aspetto storico.» Scrollò le spalle.

«Comunque, subito dopo la laurea ho trovato il mio primo lavoro in uno scavo nel Montana, e da lì le cose sono andate a gonfie vele. Ero una gran lavoratrice, mi facevo gli affari miei, non creavo problemi e i miei supervisori continuavano a raccomandarmi per altri lavori. Alla fine sono andata in Egitto, in Giordania, in Cina, in Turchia, in Corea e, naturalmente, in Thailandia. Tony sembrava così orgoglioso di me, e geloso perché potevo vedere il mondo. Ma ho sempre avuto nostalgia di casa. Mi piace conoscere nuove persone, sperimentare nuove culture, ma... onestamente non mi è mai piaciuto scavare nella terra.»

Trattenne il respiro, aspettando di sentire cos'avrebbe detto Kendric. Cosa pensava.

Rimase sorpresa quando lui iniziò a ridere.

«Scusa» disse, tra una risata e l'altra. «Non sto ridendo *di te*. Ma pensare che a un'archeologa non piaccia scavare nella terra... è esilarante.»

Marlowe sorrise. Aveva il viso premuto contro il suo collo e profumava di buono. Come il sapone alle erbe che avevano usato nella doccia. E... di maschio. Era caldo in quel buco e stava cominciando a sudare, proprio come lui. E la combinazione del suo profumo muschiato e del sapone era sia confortante sia eccitante.

«Lo so. È ridicolo» concordò con una piccola scrollata di spalle.

«E adesso? Cosa farai una volta a casa?» le chiese.

«Io... non ne sono sicura. Quando ti dicono che vivrai il resto della tua vita dietro le sbarre, non pensi molto al futuro. Ho cercato solo di andare avanti giorno dopo giorno.»

«Ti riporterò a casa. Potrai fare quello che vuoi. Vivere dove vuoi. Essere chiunque vuoi.»

«Come sei finito nel Maine?» Negli ultimi giorni le aveva detto che lui e i suoi amici vivevano nella piccola città di Newton.

«Mentre eravamo prigionieri, JJ ha deciso che aveva chiuso con l'esercito. Abbiamo giocato a sasso-carta-forbice per decidere dove vivere una volta fuori e che lavoro fare.»

«Sul serio?»

«Sì. L'ha fatto più che altro per distrarci dal dolore. Avrei scelto New York, ma ho perso il mio turno.»

«Non ti ci vedo in una grande città come quella» gli disse. «Credo che a me non piacerebbe. In fondo sono un'introversa, e avere sempre tutte quelle persone intorno...» Rabbrividì per dare un effetto drammatico.

Lui ridacchiò. «Già, nemmeno io sono sicuro che mi sarebbe piaciuta, ma il Maine è stato un po' un duro colpo.»

«In che senso?»

«È così... tranquillo. Non fraintendermi, mi piace lavorare con i miei compagni e conoscere le persone che guidiamo nelle escursioni sul sentiero degli Appalachi, ma fin dall'inizio mi è mancata l'eccitazione delle missioni che facevamo nell'esercito.»

«Ed è per questo che ora sei qui con me» commentò Marlowe un po' delusa, anche se non capiva perché.

«Sì. Sono entrato in contatto con un tizio dell'FBI che lavora in certi ambienti governativi. Organizza missioni di salvataggio.»

«E per qualche motivo conosce Tony.»

«È la mia ipotesi.»

«Cosa pensano i tuoi amici di quello che fai? Si uniscono mai a te?»

«Non lo sanno.»

«Aspetta... *cosa?* Cosa intendi che non lo sanno?»

«Ho sempre mentito, credono che vada a trovare una zia malata» ammise.

Marlowe si alzò su un gomito e cercò invano di vedere attraverso il buio. «Dici sul serio?»

«Sì.»

«È... è la cosa più stupida che abbia mai sentito!» sbottò. «Kendric! Quelli sono gli uomini per cui saresti stato disposto a morire. Avete affrontato insieme cose che io non posso nemmeno immaginare. Avete deciso, come squadra, di lasciare l'esercito e di avviare un'attività in proprio. E l'hai tenuto nascosto? Perché?» Sapeva di essere stata dura, ma non riusciva proprio a capire il suo ragionamento.

«Non voglio che si sentano in colpa per il fatto che mi sentivo irrequieto. Che avevo bisogno di più eccitazione.»

Per fortuna non sembrava arrabbiato con lei per averlo rimproverato, così fece del suo meglio per calmarsi. «Non si sarebbero sentiti così» disse con convinzione. «Naturalmente non li conosco, ma da quello che hai detto, sono certa che ti avrebbero supportato. Immagino che non saranno contenti quando scopriranno che te ne vai in giro per il mondo a rischiare la vita senza permettere loro di coprirti le spalle.»

«Ovvio. Anche per questo l'ho tenuto per me.»

«Per quanto tempo hai detto che saresti stato via questa volta?»

«Due settimane.»

«Cosa succederà se non dovessi tornare?»

«Si preoccuperanno. Cercheranno di rintracciare mia zia, e quando scopriranno che non esiste, daranno di matto. Probabilmente chiameranno un nostro amico, un genio del computer, e gli chiederanno di trovarmi. Tex dirà loro dove sono e cosa sto facendo. Probabilmente li metterà in contatto con la persona che mi procura le missioni, che potrebbe fornire loro ulteriori dettagli e magari metterli in contatto con tuo fratello. Poi prenderanno il primo aereo per la Thailandia per rintracciarmi personalmente. Le loro mogli si stresseranno e io mi sentirò in colpa per aver interrotto le loro vite e perché dovranno chiudere la Jack's Lumber finché sono via.»

«Porca miseria. Davvero? Non è un'esagerazione?»

«No.»

«Kendric?»

«Sì?»

«Sei davvero un idiota.»

Lui ridacchiò. «Lo so.»

«Dico sul serio. Hai un gruppo di amici incredibile. Persone che ti coprono le spalle a prescindere da tutto. Non avresti dovuto mentire loro. Se ti serviva più eccitazione nella vita, sono sicura che ti avrebbero sostenuto. Probabilmente si sentiranno in colpa per averti trattenuto. Sono convinta che ti avrebbero incoraggiato a fare ciò di cui sentivi il bisogno.»

«Hai ragione.»

Marlowe sospirò. «Quindi... se dovessero scoprirlo, cosa succederà quando tornerai a casa, dopo che ti sarai scusato e avrai implorato il loro perdono? Farai un'altra missione?»

«Non lo so» rispose.

«Non sai cosa? Sono certa che ti perdoneranno. È ciò che fanno gli amici.»

«Oh, lo faranno. Mi daranno il tormento e ne sentirò parlare per il resto della vita, ma non è questo che non so. Non sono sicuro di voler continuare con le missioni di salvataggio.»

«Perché?» Quell'uomo la affascinava. Aveva l'impressione di potergli fare un milione di domande senza avere mai la certezza di aver imparato tutto.

«Non lo so. Sono orgoglioso di ciò che ho compiuto, delle

persone che ho aiutato, ma... sento che sto cambiando. La scarica di adrenalina che mi danno queste missioni svanisce sempre più velocemente. Non è più così eccitante come prima. E sto invecchiando.»

«Oh, per favore. Quanti anni hai?»

«Trentacinque.»

«Davvero? Anch'io» ammise con un sorriso.

«Lo so. Ed è difficile da spiegare, ma credo che finalmente sto cominciando a capire il fascino di una vita tranquilla.»

«Che cos'è cambiato?» gli chiese, sinceramente curiosa.

«In questa missione sarebbero potute andare storte un sacco di cose. Non lo dico per spaventarti, ma il fatto che tu sia qui tra le mie braccia, e non in quella prigione, è davvero un miracolo. Solo questo è sufficiente a farmi riconsiderare l'idea di tentarne un'altra di così angosciosa.

June e Cal stanno cercando di avere un bambino. Carlise e Riggs ne vogliono una sfilza. Non riesco a immaginare di non essere nel Maine quando nasceranno i miei nipoti perché magari sono in missione. E no, non ho legami di sangue con loro, ma quei bambini *saranno* la mia famiglia. Quindi... sto pensando di trovare altri modi per soddisfare queste esperienze adrenaliniche. Forse costruirò una zip line. O una parete da arrampicata. Qualcosa che mi dia l'eccitazione di cui ho bisogno senza dover rischiare così tanto la vita.»

«Penso che sia un'ottima idea» gli disse Marlowe.

«Ma significa che le persone in situazioni simili alla tua rimarranno senza aiuto» rifletté.

«Kendric, non puoi salvare il mondo. So che faresti il possibile per farlo, ma ci saranno sempre persone che hanno bisogno di aiuto. Ci saranno sempre dei cretini al comando dei Paesi. Ci sarà sempre la corruzione. E ci saranno sempre altri uomini e donne come *te*, che fanno questo genere di cose per vivere. Tu hai fatto la tua parte. Anche più di quello che dovevi. Infatti, ho deciso di dare il tuo nome al mio primogenito. Spero di avere prima un figlio maschio, altrimenti penso che mia figlia potrebbe arrabbiarsi se la chiamassi Ken.»

Kendric ridacchiò e sentì il suo respiro contro i capelli.

«Nessuno tra quelli che ho salvato mi ha mai contattato per ringraziarmi» ammise sommessamente.

«Stronzi.»

«Wow. Credo che questa sia la prima parolaccia che ti sento dire.»

«Cerco di non dirne. Tony mi ha inculcato in testa che le signore non le dicono, ma credo che questa situazione lo giustifichi. Mi dispiace, Kendric. È terribile. Capisco che le persone vogliano lasciarsi alle spalle un'esperienza così spaventosa, ma se non fosse stato per te, non sarebbero vive e in grado di dimenticare. Ed ero seria riguardo a dare il tuo nome al mio primogenito. E ti avviso che ho anche già programmato di inviarti i regali di Natale, dei fiori nel giorno del nostro anniversario di matrimonio, e biglietti di ringraziamento a caso quando meno te lo aspetti.»

Rise di nuovo. «Non stavo insinuando che volessi essere ringraziato. Non ne ho bisogno.»

«Lo so, ma sul serio, è assurdo. Non so da che situazioni hai salvato la gente, ma anche se non dovessimo uscire dal Paese e mi sbattessero di nuovo in prigione, ti sarò per sempre grata per aver corso dei rischi cercando di aiutarmi. E a tal proposito...» Il suo tono si fece solenne. «Se dovesse succedere qualcosa, non ti è permesso farti prendere. Hai capito? Mi arrenderò volentieri se ciò significasse che tu potrai andartene. Non potrei mai perdonarmi se finissi anche tu in prigione.»

«Non succederà» dichiarò con fermezza.

«Kendric, dico sul serio. Io...»

«Non. Succederà» ripeté quasi con rabbia. «Pensi davvero che ti permetterei di consegnarti per farmi scappare? Non sono mai stato quel tipo di persona e mai lo sarò. Sei sotto la mia protezione, Marlowe. Accidenti, sei mia *moglie* e ti proteggerò fino all'ultimo respiro se necessario. *Tornerai* a casa.»

«È possibile che non siamo veramente marito e moglie» mormorò lei.

«Strano, mi ricordo di essere stato davanti a quell'officiante stamattina, a promettere di onorarti e proteggerti per il resto di questa vita e oltre» disse un po' ironicamente.

«Voglio solo dire che non ho idea se sia riconosciuto negli Stati Uniti. E in ogni caso non ho intenzione di obbligarti a mantenere quello status.»

«Perché no?»

Marlowe si ritrovò a corto di parole. Che cosa le stava dicendo? Che *voleva* che fossero davvero sposati?

L'ondata di desiderio che la pervase fu sorprendente. Nonostante conoscesse a malapena quell'uomo, lo voleva per sé. Voleva conoscere i suoi amici. Vedere nascere quei bambini di cui aveva accennato. Osservarlo scivolare lungo quella zip line che era sicura un giorno avrebbe costruito.

Quando lei non replicò, Kendric proseguì. «Ce ne andremo entrambi da qui, Marlowe. Ricordi cosa ho detto dei miei amici? Che se non torno a casa quando se lo aspettano mi cercheranno? Anche se dovessero beccarci e metterci in prigione, loro ci tireranno fuori. Tutti e due.»

«Ma non mi conoscono nemmeno.»

«Non ha importanza. Tu sei con *me*. A loro basta sapere quello.»

«Kendric...» sussurrò, non trovando le parole. Non aveva mai avuto nessuno, a parte suo fratello, che lottasse per lei come stava facendo lui. Ed era davvero bello. Bellissimo.

«Parlami di tuo fratello. I tuoi sono ancora vivi?» le chiese.

Sollevata dal cambio di argomento, perché si sentiva un po' troppo emotiva, Marlowe parlò volentieri della sua famiglia. «Tony è più grande di cinque anni e si è sempre preso cura di me. I nostri genitori sono morti quando lui aveva diciannove anni e io quattordici. Sono stati coinvolti in un maxi tamponamento in autostrada. Ha lottato contro lo Stato per avere il diritto di tenermi con sé. Ha messo in pausa l'università per qualche anno, mentre ci sistemavamo nella nostra nuova normalità. Ora è sposato e ha due figli. Cerca ancora di darmi ordini, ma è difficile quando non sono nemmeno nel Paese.» Sorrise, pensando all'attitudine autoritaria del fratello.

«Sembra una persona straordinaria.»

«Lo è. È iperprotettivo e apprensivo, ma senza di lui non so dove sarei oggi. E la tua famiglia?»

«I miei amici sono la mia famiglia» rispose Kendric. «I miei genitori non erano... amorevoli. Non erano interessati a quello che facevo. Non volevano nemmeno un figlio, l'hanno detto chiaramente. Ma se si fossero liberati di me avrebbero fatto una brutta figura. Quando mi sono diplomato sono andato per la mia strada senza più guardarmi indietro.»

«Non parli mai con loro?»

«No. Ma non dispiacerti per me. Sono sicuro che stanno vivendo la loro vita, felici e liberi, e io ho la mia famiglia con Chappy, Cal e JJ. E ora con le loro mogli.»

«Raccontami di loro» disse Marlowe, poi sbadigliò.

«Sei stanca. Dovresti dormire» replicò.

«Per favore?»

«Ok.» La sua mano non aveva smesso di accarezzarle la parte bassa della schiena e quel tocco le faceva venire voglia di fare le fusa. «La nostra attività, la Jack's Lumber, prende il nome da JJ, perché è lui che ha avuto l'idea di uscire dall'esercito, ed è lui che ci fa rigare dritti. Era un leader sul campo di battaglia e lo è ancora adesso che siamo fuori. April è la nostra assistente amministrativa, l'abbiamo assunta un paio di anni fa, e tra lei e JJ c'è qualcosa, ma nessuno dei due ammette di essere attratto dall'altro. È una dinamica interessante e stiamo tutti aspettando i fuochi d'artificio quando finalmente si arrenderanno e riconosceranno di essere fatti l'uno per l'altra.

Poi ci sono Carlise e Chappy. Si sono conosciuti quando lei è rimasta intrappolata nella baita di Chappy su in montagna durante una bufera di neve. Aveva una stalker che voleva rapirla e ucciderla, ma si è salvata grazie a una valanga e per essersi nascosta in un vecchio bunker abbandonato di un survivalista.»

«Ehm... *cosa*? Stai scherzando?» gli chiese.

«No. E Cal e June incarnano una vera e propria storia di Cenerentola. Con tanto di matrigna e sorellastra cattive che hanno assunto un sicario per ucciderla, nella speranza che il principe tornasse di corsa dalla sorellastra per proteggerla.»

«Oh mio Dio! Ma stanno tutti bene?»

«Be', il sicario è riuscito a sparare a June e per un po' la situazione è stata incerta, ma lei è più forte di quanto sembri. Si è ripresa e ora sta bene.»

«Wow. E vivono ancora nel Maine?»

«Sì, perché?»

«Non in un palazzo nel Liechtenstein? Un figlio o una figlia saranno re o regina un giorno?»

Kendric rise. «Non c'è la minima possibilità. Cal è tipo il ventesimo o giù di lì in linea di discendenza, e non vuole avere niente a che fare con il governo del suo Paese. Ma suppongo che i loro figli saranno principi e principesse.»

«Quindi, se saranno tuoi nipoti, questo farà di te una sorta di reale de facto, giusto?»

Le premette le dita nel fianco e le fece il solletico. Marlowe si contorse cercando di allontanarsi da quel tocco.

«Neanche lontanamente, donna!» esclamò.

«Zio! Zio!» strillò ridendo.

Lui si fermò all'improvviso, accarezzandole il fianco che le aveva appena solleticato. «Cal e June sono davvero una coppia speciale. Si sono sposati quando lei era ancora in ospedale. Non ho mai visto il mio amico così distrutto come quando non era sicuro se lei sarebbe sopravvissuta. Hanno avuto un fidanzamento lampo, e farebbe letteralmente di tutto per lei. Come Chappy per Carlise. A pensarci bene, anche loro si sono messi insieme molto velocemente. Nel giro di pochi giorni. Immagino che con il tipo di vita che conduciamo... quando lo sai, lo sai.»

Marlowe ci rifletté su. Poi si chiese subito cosa pensasse di *lei*. Ma non ebbe il coraggio di chiederglielo. Sospirò e finì per sbadigliare di nuovo.

«E ora hai davvero bisogno di riposare» insistette Kendric.

«Sembrano fantastici» gli disse assonnata. «I tuoi amici.»

«Lo sono.»

«Kendric?»

«Sì?»

«Sono preoccupata per te.»

«Per me? Perché?»

«Non dormi abbastanza. Voglio che riposi pure tu. Terrò lontano l'uomo nero. Anch'io oggi ho promesso di proteggerti, sai.» Era a malapena consapevole di ciò che diceva. Il buio, il caldo e la pancia piena alla fine stavano facendo effetto ed era sul punto di addormentarsi.

«Lo farò» replicò.

«Me lo prometti?»

«Sì.»

«Va bene. Sai una cosa?»

«Cosa?»

Aveva un tono divertito, ma non le importava. «Sono contenta di essere stata sbattuta in prigione.»

«Contenta?» chiese, suonando scioccato.

«Sì. Altrimenti adesso non sarei qui. Al sicuro. Sposata con te. Buonanotte, Kendric.»

Marlowe non sentì le sue braccia stringerla, né il bacio che le posò sulla fronte, perché era già piombata in un sonno profondo e ristoratore.

CAPITOLO SEI

BOB NON SAPEVA da quanto tempo lui e Marlowe fossero nella "stanza sicura" sotto il pavimento, ma rimase sorpreso quando si rese conto di aver dormito. Aveva dormito *davvero*, per la prima volta dopo anni. Non si era svegliato a causa di un incubo. Non si era girato e rigirato. Anzi, poteva dire di non essersi proprio mosso nelle ultime ore.

Non che ci fosse molto spazio per farlo, ma aveva riposato perfettamente, felice di tenere Marlowe tra le braccia. Sapeva che era merito suo. Lei era un piccolo miracolo. Il *suo* miracolo... e sarebbe stato straziante rinunciarvi una volta raggiunti gli Stati Uniti.

Cacciò quel pensiero in un angolo della mente per affrontarlo in seguito, quando sarebbero stati entrambi a casa, e fece un respiro profondo cercando di schiarirsi le idee. Era accaldato e sudato, e sentiva gli indumenti umidi lungo il punto in cui erano appiccicati. La pelle di Marlowe era bagnata contro il palmo che teneva posato sulla sua schiena, ma erano al sicuro. Ed era l'unica cosa che contava.

Proprio mentre stava per alzarsi per capire che ora fosse, e per svegliarla così da poter partire verso la destinazione successiva, sentì delle voci. Il posto sotto il pavimento era ben costruito e non faceva filtrare la luce dalla stanza al di sopra, ma a quanto pareva non isolava completamente i suoni.

Qualcosa cadde per terra proprio sopra le loro teste, facendolo sobbalzare e svegliando Marlowe.

Lei si irrigidì tra le sue braccia e Bob si affrettò a rassicurarla. «Va tutto bene, Punky. Siamo al sicuro» bisbigliò, dato che se lui aveva sentito le voci di quelle persone, sicuramente potevano farlo anche loro.

Annuì contro di lui, ma ogni muscolo del suo corpo era teso. Poteva praticamente sentirla pensare, probabilmente a come consegnarsi per salvarlo. Quando lo aveva suggerito era stato quasi sopraffatto dal terrore. Non le avrebbe mai permesso di fare una cosa del genere. Prima sarebbe morto.

Le uniche altre persone per le quali avrebbe considerato di rinunciare alla propria vita erano i suoi compagni di squadra, ma non lo sorprendeva minimamente che Marlowe ora fosse in cima a quella breve lista. I suoi sentimenti per quella donna stavano diventando sempre più profondi.

Non gli era nemmeno difficile ammetterlo. Soprattutto dopo aver imparato molte cose su di lei prima di addormentarsi. Gli piaceva tutto quello che aveva scoperto fino a quel momento. E ora era sua moglie. Il loro matrimonio forse poteva non essere legale in patria, ma non gli importava.

Marlowe tremò quando le voci si fecero più vicine, e la sua paura lo trafisse come un coltello. Odiava che fosse spaventata, ma in quel momento non c'era nulla che potesse fare se non stringerla forte.

Non capiva cosa stessero dicendo, ma sentì il nome di Marlowe più di una volta. Chiunque fosse lassù con la loro ospite la stava decisamente cercando. Bob pregò che la donna non li tradisse.

Sentì ancora qualche altra parola, poi dei passi che si allontanavano.

Dieci minuti più tardi, i passi tornarono e la botola sopra di loro fu aperta con uno strattone.

Bob spinse d'istinto Marlowe contro il muro e contemporaneamente estrasse il coltello che teneva in un fodero alla cintura.

Ma l'unica persona che si trovò davanti fu l'anziana signora, che con dei gesti frenetici gli fece capire che dovevano uscire dal buco. Aveva un'espressione nervosa e continuava a guardarsi alle spalle.

«Via!» disse con urgenza. «Andate via subito!»

Pregando che non stesse facendo il doppio gioco, che i soldi che Willis le stava dando fossero più di quelli che avrebbe ottenuto consegnandoli alle autorità, Bob si alzò e tese la mano a Marlowe.

«Che succede?» gli chiese, barcollando un po'.

Lui la sostenne e uscì dal buco, e senza darle la possibilità di farlo da sola, la afferrò per la vita e la sollevò. «Dobbiamo andarcene» rispose teso.

«Ci stanno aspettando fuori?» gli chiese.

«Non lo so. Ma non penso.» Bob non sapeva *cosa* pensare, ma non aveva intenzione di caricarle sulle spalle altre preoccupazioni. Le tenne stretta la mano mentre seguiva la donna fuori dallo studio e verso il retro della casa. Lei andò dritta a una finestra e sbirciò da una piccola fessura della tenda, poi si voltò e indicò loro la porta.

Non avrebbe dovuto rimanere sorpreso quando Marlowe si avvicinò alla donna e le diede un lungo e forte abbraccio, ma lo fu comunque.

«Grazie» le disse.

L'altra si tirò indietro e la fissò per un attimo, poi alzò un dito come per chiedere loro di aspettare.

Bob era ansioso di andarsene, e dovette usare tutto il suo autocontrollo per non trascinarla fuori. Ma la donna tornò in meno di trenta secondi con un foglio di carta in mano. Lo porse a Marlowe con un piccolo sorriso.

Guardando da sopra le sue spalle, vide che il documento era scritto in thailandese, ma al centro c'erano i nomi di entrambi, i loro nomi veri. La donna gli porse una penna e fece un cenno verso il foglio, per poi indicare una riga in basso.

«Credo sia il nostro certificato di matrimonio» sussurrò Marlowe. «Vuole che lo firmiamo.»

Bob non esitò. Prese la penna e le tolse con delicatezza il documento dalle mani. Lo tenne contro la porta e firmò sulla riga che gli era stata indicata. Poi le passò la penna e la fissò per un attimo, pregando che lo facesse anche lei.

Aveva bisogno che ci fosse il suo nome su quel foglio, così da rendere legale la loro unione. Almeno in quel Paese. E sapere che erano ufficialmente legati in almeno un posto del mondo avrebbe fatto diminuire la sua ansia per il futuro.

Marlowe prese la penna e aggiunse la sua firma sulla riga sotto. «Kendric e Marlowe Evans» sussurrò, leggendo i loro nomi stampati sul documento.

La donna disse qualcos'altro e sorrise, ma si acciglò di

nuovo quando sentì un rumore provenire dal davanti della casa.

«È ora di andare» disse Bob prendendo il foglio, che poi piegò e si mise in tasca. Avrebbe voluto poterlo incorniciare, non dovergli fare nemmeno una piega, ma non c'era più tempo. Dovevano andarsene. Subito.

Marlowe annuì senza lamentarsi e si girò verso l'ingresso. Lui si prese cinque secondi per chinarsi e prendere la mano della loro ospite e baciarla, poi la salutò con un cenno della testa e aprì la porta.

Una volta usciti vide che era di nuovo buio, e fu un enorme sollievo. Lo scooter che li aveva portati fino a lì c'era ancora, e pregò che fosse stato rifornito di benzina com'era successo in tutte le altre soste. Salì, osservando Marlowe indossare di nuovo la parrucca bionda. Se n'era dimenticato ed era più che grato che invece lei non l'avesse fatto.

Al posto di blocco di Bangkok quella parrucca li aveva salvati, e sperava che continuasse a essere un portafortuna.

Bob portò fuori dal cortile lo scooter senza voltarsi indietro, lo mise in moto e partì lungo il vicolo buio.

Più si avvicinavano al confine, più le cose sembravano tese. Nessuno dei due parlò molto mentre percorrevano le buie strade secondarie, cercando di evitare il traffico più intenso. Rimaneva solo un'altra sosta in Thailandia, un rifugio a meno di due chilometri dalla frontiera. Fino a quel momento tutto era andato secondo i piani, ma Bob sapeva meglio della maggior parte delle persone che nell'istante in cui avesse abbassato la guardia, le cose si sarebbero potute mettere male. Ed era per quello che più si avvicinavano, più diventava nervoso.

Era ancora buio quando arrivarono all'ennesima casa fati-

scente in un altro piccolo villaggio. Quasi tutti i loro rifugi era
stati poco più che baracche... ma, per qualche ragione, il solo
guardare quella che aveva davanti gli fece rizzare i peli sulla
nuca.

Spense il motore, ma non smontò dallo scooter.

«Kendric?»

Bob non si sarebbe mai stancato di sentirla pronunciare il
suo nome. «Tranquilla. Va tutto bene» le disse per rassicurarla.
Suonava altrettanto nervosa. «Domani a quest'ora saremo in
Cambogia.»

La sentì annuire contro di lui. Era incollata alla sua
schiena, con le braccia strette intorno alla sua vita, come lo
era stata per ogni secondo delle ultime notti. Lo scooter
poteva non essere il mezzo di trasporto più veloce, ma li
portava comunque dove dovevano andare ed era in grado di
percorrere strade e sentieri più stretti, impossibili per
un'auto. E gli dava una scusa per avere Marlowe avvolta
intorno a sé.

«Forza. Salutiamo i nostri ospiti e dormiamo un po'.»

Le sue labbra ebbero un guizzo sentendola fare uno
sbuffo. «Come se tu dormissi» mormorò.

Non aveva torto. Non aveva dormito molto, tralasciando il
giorno precedente. Di certo non profondamente. Ed era solo
in parte a causa degli incubi che non riusciva a scacciare.
Voleva assicurarsi che Marlowe fosse al sicuro, che nessuno li
cogliesse di sorpresa. Il pensiero che venisse riportata in
quella prigione, e trattata ancora peggio perché era evasa, gli
era insopportabile. La mancanza di sonno era un piccolo
prezzo da pagare per far sì che fosse libera.

Credeva alla sua storia su ciò che l'aveva fatta finire in
quella situazione assurda. Si era ripromesso di trovare Ian

West e di assicurarsi che non potesse più fregare nessuno. Avrebbe rimpianto il giorno in cui aveva deciso non solo di rubare dallo scavo, ma anche di incastrare una delle donne più dolci che Bob avesse mai conosciuto.

Facendo un respiro profondo, disse: «Salta giù, Punky.»

Lei fece subito passare una gamba sopra il sedile e Bob non poté fare a meno di ricordare la prima volta che aveva provato a stare in piedi dopo aver viaggiato seduta dietro di lui. Da allora aveva sicuramente preso confidenza con lo scooter.

Scese anche lui, poi le prese la mano. Fu un gesto istintivo. Naturale. Lo facevano ogni giorno; non appena finito un viaggio si cercavano, si tenevano per mano il più a lungo possibile. Nessuno dei due ne aveva parlato, avevano semplicemente assecondato quell'abitudine.

Spingendo lo scooter con una mano e tenendo Marlowe con l'altra, Bob si diresse verso l'entrata sul retro della dimora del loro ultimo contatto.

La porta si aprì prima che lui bussasse e si ritrovarono davanti un uomo con il volto corrucciato e una donna che sbirciava da dietro di lui.

«Entrate» disse burbero, spalancandola di più.

Bob esitò per un attimo. Non sapeva perché quell'uomo lo mettesse così a disagio, ma proprio com'era successo quando aveva visto la piccola abitazione, quel brutto presentimento era tornato.

Stava per girarsi, per dire a Marlowe che avrebbero trovato un altro posto dove rintanarsi per la giornata, quando lei sbadigliò.

La studiò per un attimo, e anche al buio riuscì a vedere le ombre profonde sotto gli occhi. Era esausta. Non aveva dubbi che se le avesse detto che avrebbero proseguito il viaggio dalle sue labbra non sarebbe uscita la minima protesta, ma non voleva obbligarla a farlo. Ne aveva già passate tante.

«Tieni duro ancora un po'» e potrai dormire» le disse, cercando di scacciare l'inquietudine.

«Sto bene» replicò lei, sollevando il mento come per sfidarlo.

Bob si limitò a sorridere e a stringerle la mano, prima di seguire l'uomo all'interno. Lasciò lo scooter accanto al muro della casa sperando che più tardi fosse ancora lì. Quel posto era lontano dalla città e dalla possibilità di lavori ben retribuiti, quindi era ovvio che lì la gente stentasse ad andare avanti.

La coppia li condusse attraverso una cucina fredda e buia, poi in una stanza in cui c'erano solo un tavolo basso e due sedie di legno, per arrivare infine in una camera da letto che dava sulla parte anteriore della casa. C'era un materasso sul pavimento, alcune coperte logore, un paio di casse rotte che contenevano quelli che pensava fossero vestiti, e delle scarpe consumate posate contro il muro.

L'uomo fece loro un cenno con la testa, poi si girò e se ne andò, chiudendosi la porta alle spalle.

Bob sospirò. Non che si fosse aspettato un altro pasto caldo e una doccia. Il fatto che avessero potuto goderne a casa della signora anziana era stato un bonus, non qualcosa di previsto, ma sapeva che le persone che li aiutavano ad attraversare il Paese venivano pagate generosamente. Anche solo un po' di riso sarebbe stato apprezzato.

«Non c'è problema» disse Marlowe, come se potesse leggergli nel pensiero. «Non ho fame. Sono solo stanca.»

«Ci sono rimaste alcune barrette proteiche. Puoi mangiarne una.»

Lei annuì, poi guardò il materasso con una piccola smorfia.

«Vieni qui.» Dato che ormai conosceva bene la sua riluttanza a dormire sul letto degli altri, la guidò verso la parete, le tolse lo zaino e si sedette, trascinandola con sé.

Con sua grande soddisfazione, si accomodò proprio accanto a lui, così vicina che le loro cosce si toccavano e le spalle si sfioravano. Frugò nello zaino, tirò fuori una barretta proteica e gliela porse.

«Siamo al sicuro qui?» gli chiese, dopo averne dato un morso.

In un primo momento era stato propenso a rispondere di sì, per rassicurarla in modo che non si preoccupasse. Ma Marlowe non era stupida, non aveva mai fatto quella domanda in nessuno dei posti in cui si erano fermati. L'accoglienza della coppia doveva esserle sembrata strana, proprio come a lui.

«È probabile» scelse di dire.

Lei lo fissò a lungo con grandi occhi castani, poi annuì.

«Avrei dovuto dirtelo prima, ma ho bisogno che tu faccia qualcosa per me» le disse a bassa voce.

«Farò qualsiasi cosa.»

Dio, che donna. Più stava con lei, più voleva tenerla per sé. «Ho bisogno che memorizzi un numero di telefono. Se dovesse succedere qualcosa, usalo. Di' ai miei amici chi sei e che eri con me. Ti aiuteranno.»

«Chappy, Cal e JJ, giusto?»

Annuì, sollevato che non avesse intenzione di discutere con lui. «Sì. Il vero nome di Chappy è Riggs. Riggs Chapman. Cal è Callum Redmon, il principe del Liechtenstein, e JJ è Jackson Justice. Lavoriamo tutti alla Jack's Lumber, che prende il nome da JJ. Il numero è 555-824-8733. Gli ultimi quattro numeri scrivono la parola *tree*, albero, con la tastiera alfanumerica. 555-824-8733. Ripetilo.»

Lo fece.

«Ancora» insistette.

Recitò di nuovo il numero senza esitare.

«Bene. Se succede qualcosa, trova un telefono e chiama. Durante l'orario di lavoro qualcuno risponderà. Probabilmente April. Ma anche di notte e nei fine settimana abbiamo un servizio che inoltra le chiamate di emergenza al suo cellulare. I miei amici ti aiuteranno.» Per Bob era importante che Marlowe capisse che aveva qualcun altro a cui rivolgersi se a lui fosse successo qualcosa.

«Non fare niente di stupido» gli disse con fervore. «Non sacrificarti per me. Non potrei sopportare che venissi catturato mentre ti assicuri che io torni a casa.»

Bob non aveva intenzione di promettere nulla. In qualche modo, nell'ultima settimana si era innamorato di quella donna. Credeva nella sua innocenza, e nulla gli avrebbe impedito di portarla oltre il confine. Non c'era alcuna garanzia che le autorità thailandesi non le avrebbero dato la caccia anche in Cambogia, ma era abbastanza sicuro che con le conoscenze di Willis sarebbero riusciti a lasciare il Paese prima che i due governi potessero collaborare per fermarli.

Quando non rispose, Marlowe sospirò. «Bene. Allora dovrò assicurarmi *io* che tu non faccia nulla di stupido.»

Bob non poté fare a meno di sorridere.

«Tieni.» Gli porse la metà rimasta della barretta proteica. «Ne ho mangiata abbastanza. Finiscila tu. Io provo a dormire. Ma, Kendric?»

«Sì, Punky?»

«Magari potremmo andarcene un po' prima. Sarebbe un problema farlo quando fuori c'è ancora luce? Ora che siamo così vicini, non vedo l'ora di uscire dalla Thailandia.»

Già, si sentiva decisamente a disagio come lui. Dovevano solo sperare che i loro ospiti non li tradissero. «Sì, penso che possiamo farlo.»

«Bene.» Si grattò la testa. «Odio questa parrucca» borbottò, ma non se la tolse. «So che è super importante, ma la odio comunque. C'è un motivo se tengo i capelli corti.»

Le passò un braccio intorno alle spalle e la attirò contro di sé, e lei si accoccolò subito avvolgendogli un braccio intorno al petto e infilando l'altro dietro la schiena per tenersi stretta.

Lui girò la testa e le baciò la fronte. «Dormi, Marlowe.»

Annuì e sospirò. Passarono un paio di minuti, poi gli disse: «Oggi hai dormito.»

Bob aggrottò le sopracciglia. «Cosa?»

«A casa di quella donna. Hai dormito. Mi sono svegliata ed eri *completamente* immobile. Per un attimo mi sono preoccupata, ma poi ho capito cosa c'era di diverso. Stavi dormendo profondamente. Ne avevi davvero bisogno.»

«È merito tuo» sussurrò.

Lei sollevò la testa e lo fissò a occhi spalancati. «Mio?»

«Sì. È come se il mio subconscio sapesse che con te sono al sicuro, che mi proteggerai mentre dormo.»

«Lo farò» ribatté con fervore. «Sfido chiunque a provare a toccarti mentre dormi.»

Bob sorrise. Era adorabile. Le mise una mano sulla testa e la portò delicatamente sul suo petto. «Forza, ragazza. È tutto ok. Chiudi gli occhi e dormi un po'. Partiremo nel tardo pomeriggio, e speriamo di riuscire ad attraversare il confine per quando farà buio.»

«Ho paura di credere che forse sto per tornare a casa» sussurrò contro di lui.

«Lo farai. Te lo prometto.»

Lei lo strinse forte e gli accarezzò il petto. Pochi minuti più tardi si addormentò.

Il cuore di Bob si gonfiò di emozione mentre la teneva stretta. Si era sempre sentito protettivo nei confronti delle persone che era stato mandato a salvare, ma *nulla* era paragonabile ai sentimenti che provava in quel momento.

Marlowe non meritava ciò che le era successo. Probabilmente lo stesso valeva per alcune delle donne incarcerate con lei. Non era un sostenitore dell'uso di droghe, ma riteneva che non fosse giusto subire una condanna all'ergastolo per qualche grammo di erba o un paio di pillole di Yaba.

Avrebbe portato Marlowe al sicuro, e sperava solo che le altre prigioniere innocenti ancora in libertà fossero in grado di nascondersi, di continuare a eludere la polizia, con o senza l'aiuto di qualcuno, e che potessero ricominciare a vivere.

———

Qualche ora più tardi, Bob si svegliò di scatto. Guardò l'orologio e fu sorpreso di vedere che aveva dormito per un bel po'. Era ormai pomeriggio, e sebbene avesse promesso che sarebbero potuti partire prima, mancavano ancora un paio d'ore prima di poter proseguire il viaggio in tutta sicurezza.

Si spostò fino a sdraiarsi sulle dure assi di legno del pavimento, si portò lo zaino sotto la testa e si sistemò Marlowe tra le braccia, più che contento di lasciarsi usare come cuscino.

Mentre fissava il soffitto ripassando nella testa la parte più complicata della loro fuga, ovvero attraversare il confine senza essere scoperti, a un certo punto sentì dei rumori che gli fecero torcere le budella.

I loro ospiti erano nell'altra stanza e stavano discutendo. Cercavano di farlo sottovoce, ma era evidente che stessero litigando animatamente.

Gli si rizzarono i peli sulla nuca.

Erano in una zona molto povera, come tante altre che avevano attraversato. Voleva fidarsi della rete di Willis, e una discussione non significava necessariamente nulla per quanto riguardava lui e Marlowe, ma capiva che sarebbe stato allettante per i loro ospiti consegnarli per ricevere la ricompensa, a prescindere da quanto li aveva pagati Willis.

Bob era anche stato un soldato delle forze speciali abbastanza a lungo da fidarsi del suo istinto... e il suo istinto gli stava dicendo di scappare da quella casa. *Subito.*

Si alzò a sedere, scuotendo Marlowe. «Punky, svegliati. Dobbiamo andarcene» sussurrò.

Dovette riconoscere il fatto che non gli chiese il motivo. Non si lamentò di voler dormire ancora, né dei dolori che poteva avere per essere stata sdraiata sul pavimento. Si alzò in piedi silenziosamente, si mise lo zaino sulle spalle e lo guardò in attesa di istruzioni.

Le voci nell'altra stanza erano cessate. Bob si avvicinò silenziosamente alla porta, la aprì di uno spiraglio e guardò fuori. Non vedendo nessuno, le fece cenno di avvicinarsi e lei andò subito al suo fianco.

«Usciamo dall'ingresso principale» sussurrò. «Immagino che ormai il nostro scooter sia sparito. Dovremo percorrere l'ultimo tratto a piedi.» Abbassò lo sguardo con rammarico sulle sue ciabatte.

«Non preoccuparti. Ce la faremo» sussurrò lei.

Accidenti, la adorava. Quando il gioco si faceva duro, non cedeva. Incredibilmente, diventava ancora più forte. «Andiamo» le disse, prendendole la mano. «Comportiamoci come due turisti che fanno una passeggiata. Non vogliamo attirare l'attenzione su di noi più di quanto già non facciamo, dato che non armonizziamo con il posto.»

«Pensi che abbiano chiamato la polizia per farci catturare?»

Bob strinse le labbra e annuì. Non aveva prove, ma dal momento in cui erano arrivati in quella casa, il suo istinto gli aveva detto che qualcosa non quadrava. *Se* avevano avvisato le autorità, non capiva perché avessero aspettato così a lungo. Avrebbero potuto fare in modo che la polizia fosse presente al loro arrivo. In base alla discussione che aveva sentito, poteva solo immaginare che uno dei loro ospiti non fosse così ansioso di tradirli.

Qualunque fosse la ragione, era piuttosto sorpreso che non fosse successo prima. L'attrattiva di un doppio compenso era troppo forte da resistere per alcuni. E guardando la povertà in cui viveva la maggior parte delle persone che li aveva ospitati, non poteva certo biasimarle.

Uscì con cautela dalla camera da letto, grato che si trovasse nella parte anteriore della casa, e fece i pochi passi che portavano alla porta d'ingresso. La chiuse alle loro spalle il più silenziosamente possibile, poi condusse Marlowe rapidamente in strada, rimanendo in massima allerta. Dopo aver superato qualche isolato, tagliarono tra due abitazioni fatiscenti, poi percorsero un lungo vicolo.

All'improvviso sentì le sirene di un'auto della polizia.

Il suono sembrò riecheggiare intorno a loro prima che

Bob ne individuasse la posizione; provenivano dalla direzione da cui erano appena arrivati. Non c'era alcuna prova che stessero effettivamente cercando loro, ma fu la conferma che il suo istinto aveva fatto centro: la coppia aveva avvisato le autorità.

«Tranquilla, Punky» la blandì, mentre continuava a camminare a passo spedito per quel paesino.

«Devo togliermi la parrucca?» gli chiese. «Voglio dire, non mi hanno vista senza, quindi probabilmente mi descriveranno alla polizia con i capelli lunghi e biondi.»

Merda, avrebbe dovuto pensarci lui. Annuì. «Sì, dammela» disse, tendendo la mano che non stringeva la sua.

Lei se la strappò dalla testa e gliela porse.

Bob non riuscì a trattenere un sorriso. «Scommetto che ti ha dato una bella sensazione.»

«*Fantastica*» ribatté, sorridendo a sua volta.

Bob gettò la sgradevole parrucca, che l'aveva tenuta al sicuro per giorni, dentro al primo bidone della spazzatura che incontrarono. Marlowe si passò una mano sulla testa; ora i suoi corti capelli neri erano sparati in alto e bagnati di sudore sulle tempie e sulla nuca, ma in ogni caso era da molto che non vedeva una donna più bella di lei.

«Smettila di fissarmi» mormorò con uno sbuffo imbarazzato.

«Non posso farci niente. Sei radiosa.»

Marlowe alzò gli occhi al cielo. «Sei proprio un adulatore. Se lo avessi saputo prima, non avrei detto di sì.»

«Sì che l'avresti fatto. Sono irresistibile» la stuzzicò. Era ben consapevole del pericolo che correvano mentre continuavano ad allontanarsi dalla casa dove probabilmente la polizia li avrebbe arrestati, ma in quel momento mantenerla calma era più importante che mai. Il panico causava errori. E loro non potevano permettersi nemmeno il più piccolo passo falso. Non quando erano così vicini al confine.

«E il tuo ego è enorme» replicò con un sorriso, facendogli capire che stava scherzando. «Ma suppongo che sia giusto così. Sei riuscito a farmi uscire di prigione, a superare quel posto di blocco e a portarci fino a qui.»

«Mi hai aiutato» sostenne. «Senza la tua lucidità e la tua disponibilità a dormire sul pavimento, e *sotto* il pavimento, e a fare tutto il necessario per passare inosservata, tipo indossare quella fastidiosa parrucca e sposare un irresponsabile come me, non ci troveremmo in una situazione così favorevole.»

«È davvero favorevole?» chiese seria. «Voglio dire, so che hai detto che siamo vicini al confine, ma se ci fosse una linea politica sull'estradizione e ci stessero aspettando dall'altra parte? O se la polizia thailandese ci seguisse oltre la frontiera e mi catturasse?»

«Non fasciamoci la testa prima di rompercela. Affronteremo le cose man mano che le incontriamo. Proprio come abbiamo fatto finora.»

«Ok.»

«Ok» concordò.

Attraversarono la città, percorrendo il più possibile vicoli e passaggi tra le case. Continuarono a sentire le sirene, e immaginò che la polizia li stesse cercando. Mancava ancora qualche ora al tramonto, il che rendeva più difficile raggiungere il confine senza essere scoperti. Bob sospettava inoltre che la polizia fosse consapevole del fatto che avrebbero cercato di entrare in Cambogia, e che quindi la strada che correva parallela alla recinzione di frontiera fosse ben pattugliata.

Circa venti minuti più tardi, raggiunsero un'area oltre la periferia della città in cui c'erano delle baracche molto distanziate tra loro. Bob si fermò dietro a quella più vicina alla giungla circostante e fece accucciare Marlowe accanto a lui.

«La prossima parte sarà complicata» disse.

Lei annuì e strinse le labbra.

«Prima di arrivare alla frontiera dobbiamo percorrere circa duecento metri di giungla, poi una strada rurale e un'altra cinquantina di metri di sterpaglie e alberi. Dalle informazioni che mi sono state fornite, c'è una recinzione di rete con il filo spinato in cima che corre lungo il confine. Naturalmente non ci sono alberi per ripararsi, quindi una volta lì dovremo muoverci il più velocemente possibile.»

Rimase di nuovo impressionato per come Marlowe accettò prontamente la situazione descritta.

«Una volta raggiunta la recinzione, arrampicati subito e non voltarti indietro, qualunque cosa accada. Hai capito? Quando arrivi in cima, fai molta attenzione. A parte la polizia, la cosa di cui dobbiamo preoccuparci di più qui è dell'eventuale infezione se dovessimo ferirci.»

«Dell'infezione e non che ci sparino alle spalle mentre ci arrampichiamo?» chiese in tono ironico.

«Ti vogliono indietro viva» disse Bob senza mezzi termini. «Vorranno fare di te un esempio per gli altri, per assicurarsi che gli stranieri siano consapevoli della loro politica di tolleranza zero nei confronti della droga. Il tuo unico compito è quello di salire e scavalcare quella recinzione, e poi correre come il vento. C'è una fattoria a circa due chilometri dal confine. È il tuo obiettivo. I proprietari ci stanno aspettando.»

«Il nostro obiettivo» ribatté accigliata quando lui smise di parlare.

«Cosa?»

«È il *nostro* obiettivo. Non ti lascio, Kendric. Non chiedermi di farlo perché non lo farò. Se le autorità thailandesi vogliono fare di me un esempio, non esiteranno ad arrestarti per favoreggiamento. Accidenti, probabilmente in aggiunta ti metteranno addosso della droga. O lo facciamo insieme o non lo facciamo affatto. Amare e proteggere, nel bene e nel male... ricordi?»

Marlowe sarebbe stata un soldato eccezionale. Bob era orgoglioso di averla al suo fianco. «Il nostro obiettivo» ripeté con dolcezza.

«Dico sul serio» ribadì, aggrottando la fronte. «Non ce la farei senza di te. Non saprei dove andare o cosa fare. Se sono arrivata fin qui è solo grazie a te. Non ti lascerò.»

Bob la prese per le spalle e la fissò negli occhi. «Ce la faresti. Non ho dubbi. Sei intelligente. E testarda. E piena di risorse. Ma ti do la mia parola che farò tutto ciò che è in mio potere per portarci entrambi oltre quel confine. D'accordo?»

«Va bene.» Marlowe fece un respiro profondo. «Sono pronta. Sarà un gioco da ragazzi, giusto?»

«Giusto» ripeté. Non riuscì a trattenersi dal chinarsi e darle un lieve bacio sulle labbra.

Quando fece per scostarsi, lei gli afferrò la maglia e lo fissò per un attimo prima di sbottare: «Ti voglio.»

Bob sbatté le palpebre sorpreso, ma si sentì pervadere da un senso di euforia. «Anch'io ti voglio» ammise.

«Bene. Allora quando avremo attraversato il confine ci faremo una doccia, troveremo un letto morbido e faremo l'amore. Poi dormiremo per ore.»

«Sembra il paradiso.»

«Già.»

Rimasero accovacciati a fissarsi per un altro lungo momento, poi Bob fece un respiro profondo. «Prima ce ne andremo, prima troveremo quel letto» sussurrò.

«Facciamolo.» Gli strinse la mano.

Si alzarono e lui disse: «Attraversiamo velocemente il campo fino agli alberi, senza però correre, per non attirare l'attenzione nel caso ci sia qualcuno in queste baracche. Una volta entrati nella giungla, ci dirigeremo verso la strada successiva, aspetteremo che non ci sia nessuno in vista e poi correremo verso il confine.»

«Capito» replicò Marlowe un po' senza fiato.

Bob immaginò che la sua adrenalina fosse aumentata un po'. Le sirene risuonavano a poca distanza, e quella era la loro unica occasione. Ora o mai più.

Senza dire altro, si avviò lungo la stretta striscia di campo dietro la baracca, tenendola per mano e pregando come non faceva da anni. Adesso aveva molto più da perdere. Il solo pensiero che Marlowe venisse ferita o arrestata lo terrorizzava più di qualsiasi altra cosa avesse mai sperimentato in vita sua. Compreso essere un prigioniero di guerra.

Ma l'avrebbe portata in Cambogia... o sarebbe morto provandoci.

CAPITOLO SETTE

MARLOWE SI SENTÌ ACCAPPONARE la pelle. E non solo a causa degli insetti tropicali che continuava a scacciare via dalle braccia. La sensazione di essere braccati non era piacevole e non aveva dubbi che lei e Kendric avessero a malapena qualche passo di vantaggio rispetto alle autorità.

Per quanto ne sapeva, erano riusciti a entrare nella giungla senza attirare l'attenzione di nessuno, ma passare tra gli alberi era stato più difficile di quanto entrambi si aspettassero. La fitta vegetazione e i cespugli spinosi erano implacabili. C'erano dei punti di terreno umido e paludoso che le avevano risucchiato le ciabatte almeno due volte. Così avevano perso tempo mentre Kendric le ripescava dal fango. Avrebbe voluto lasciarle lì, ma lui si era rifiutato dicendo che era impossibile camminare tra i rami spinosi e le foglie senza qualcosa che le proteggesse i piedi.

Sapeva che aveva ragione, ma odiava che ciò li stesse rallentando. Più si avvicinavano al confine, più sembrava lontano. Il destino non poteva essere così crudele da farli arrivare in prossimità della frontiera solo per essere catturati, no?

Finalmente superarono la giungla e giunsero sul bordo della strada; una striscia d'asfalto a una corsia in mezzo agli alberi. Kendric le aveva detto che alla loro sinistra, a circa quindici chilometri di distanza, c'era uno dei tanti posti di controllo frontaliero che portavano in Cambogia. Davanti a loro invece c'erano altri cinquanta metri di alberi, cespugli di pungitopo, buche di fango risucchia scarpe... e una recinzione con il filo spinato.

«Pronta?» le chiese in tono basso e urgente.

Marlowe annuì, anche se non lo era affatto. Voleva disperatamente lasciare la Thailandia, ma per qualche motivo ebbe l'improvviso presentimento che non ce l'avrebbero fatta. Voleva rimanere nascosta tra gli alberi per un altro giorno. Aspettare che quelle maledette e incessanti sirene si dissolvessero nel silenzio.

«Forza» le disse in tono allegro, alzandosi e porgendole la mano. Marlowe la afferrò e lui la tirò in piedi.

Non erano ancora a metà strada quando sentirono delle grida provenire dalla loro sinistra.

«Merda! Vai, vai, vai!» le ordinò spingendola davanti a sé verso gli alberi.

Cinque secondi. Era il tempo che sarebbe servito per attraversare la strada senza essere visti. Ma, naturalmente, una pattuglia doveva arrivare proprio nel momento più sbagliato.

Marlowe corse con il cuore che le martellava nel petto. Le ciabatte volarono via, ma non se ne accorse nemmeno. Il loro unico obiettivo era raggiungere la recinzione, salirla e scavalcarla.

Kendric le teneva una mano sulla schiena mentre correva

dietro di lei; non aveva dubbi che sarebbe potuto andare molto più veloce, ma non l'avrebbe mai lasciata indietro. Le copriva le spalle, e nulla di ciò che lei poteva dire o fare lo avrebbe spinto a superarla. Ne aveva l'assoluta certezza.

Fu pervasa da un senso di determinazione. Avrebbe fatto sì che quell'uomo non venisse catturato. Gli doveva la libertà. La vita.

Lo amava.

Quel pensiero avrebbe dovuto essere assurdo, persino spaventoso, invece la tranquillizzò. Lo amava già, nonostante lo conoscesse da pochi giorni, e non era possibile che avessero affrontato tutte quelle peripezie, solo per essere catturati proprio ora.

Strinse le labbra, facendo il possibile per ignorare i rumori provocati da qualcuno che stava correndo tra gli alberi dietro di loro urlando qualcosa in thailandese.

«Eccola» ansimò Kendric.

Marlowe alzò lo sguardo e vide la recinzione. Sembrava enorme e inquietante. Fece una smorfia quando scorse le spirali di filo spinato in cima; erano alte quasi quanto lei. Come diavolo avrebbero fatto a passarci sopra?

Si spinse contro la recinzione e fu sorpresa quando la sentì cedere sotto il suo peso.

«Su, Marlowe. Inizia ad arrampicarti!» le disse Kendric.

Invece di ascoltare il suo ordine, abbassò lo sguardo. Quando ci si era buttata contro, la rete aveva oscillato più di quanto si sarebbe aspettata, così cadde in ginocchio e iniziò a scavare via la terra e le foglie da sotto.

«Marlowe! Cosa stai facendo? Dobbiamo passarci sopra. Ora!»

Ma sapeva che non sarebbe mai riuscita a superare quel

filo spinato. Non senza scarpe. Non con la sua altezza. Scavò più in fretta che poté.

Sentì un rumore alle sue spalle, girò la testa e vide due uomini che uscivano dalla foresta e andavano verso di loro.

Il tempo a loro disposizione era scaduto.

Kendric non esitò e li attaccò.

Fu un combattimento agghiacciante. Nessuno diceva nulla, si sentivano solo grugniti e gemiti mentre i due uomini facevano del loro meglio per sottometterlo.

Indecisa se continuare a liberare la parte sotto della recinzione – sentiva di esserci vicina – o dare una mano a Kendric, alla fine si alzò. Si scrollò di dosso lo zaino e si guardò intorno alla ricerca di qualcosa da usare per aiutarlo a combattere.

«Scappa, Mar!» le urlò, mentre lottava con gli uomini. «Maledizione, scappa!»

Lei continuò a cercare; non se ne sarebbe andata senza di lui.

I due tizi dovevano essere parte di una sorta di vigilanza. Da quello che riusciva a vedere non avevano una pistola, il che fu un enorme sollievo. L'ultima cosa che voleva era che sparassero a uno di loro due ora che erano così vicini alla libertà.

Proprio quando si stava lasciando prendere dalla disperazione, finalmente avvistò un grosso ramo. Corse a prenderlo, e cancellò dalla mente ogni pensiero per concentrarsi solo su ciò che doveva fare.

Quando si voltò verso la colluttazione, vide che Kendric aveva reso inoffensivo uno degli uomini, che gemeva sdraiato a terra, ma sembrava che stesse cedendo contro l'altro.

Il vigilante aveva estratto un coltello e stava facendo di tutto per ferirlo. Marlowe si avvicinò il più possibile, in attesa di un'opportunità per colpire.

La sua occasione si presentò quando Kendric afferrò il braccio dell'uomo, quello della mano che teneva il coltello, e sembrò che i due fossero in una situazione di stallo, mentre entrambi cercavano di costringere l'altro a fare la sua mossa.

Andò alle spalle del vigilante e lo colpì con tutta la forza che riuscì a esercitare. Era più piccola dell'uomo, ma più determinata che mai a porre fine a quella faccenda.

Il ramo lo prese sul lato della testa e si frantumò, facendo volare una miriade di frammenti di legno.

Il tizio rimase immobile per un attimo, con gli occhi spalancati dallo shock. Poi si accasciò a terra.

Marlowe lo fissò, altrettanto scioccata. Merda! Lo aveva ucciso? Non era quello il suo piano. Era già abbastanza grave che l'avessero sbattuta in prigione per possesso di droga, per un omicidio le avrebbero dato la pena di morte.

«Andiamo» disse Kendric, afferrandole la mano e facendola girare per tornare verso la recinzione.

Marlowe si riscosse e si mise di nuovo in ginocchio. «Aiutami!» gridò. «Sarà più facile passare sotto che sopra!»

Lui esitò per un istante, ma poi si abbassò accanto a lei e cominciò a scavare freneticamente come meglio poteva a mani nude. Lavorando insieme, riuscirono in fretta a creare un piccolo spazio sotto la recinzione.

«Vai!» le ordinò, spingendola a terra. Incastrò lo zaino sotto la parte di rete che avevano dissotterrato in modo da tenerla alzata. Il passaggio era stretto anche per lei, non era sicura se lui ci sarebbe passato. Ma non le diede la possibilità di protestare. La afferrò per i polpacci e la spinse in avanti.

Marlowe strisciò e si contorse sulla pancia, e con l'aiuto di Kendric si trovò improvvisamente dall'altra parte.

Senza fermarsi a baciare il suolo o a rallegrarsi per essere in Cambogia, si girò a guardarlo. «Tocca a te.»

Lui la fissò, poi spostò lo sguardo sopra la recinzione, poi ai due tizi alle sue spalle che avevano cominciato a muoversi. Per un attimo Marlowe fu contenta di non aver ucciso l'uomo con il ramo, ma poi iniziò ad avere paura.

«Kendric! Dai!»

«Non ci passo» disse, scuotendo leggermente la testa.

«Invece sì!» gridò, in preda al panico. «Devi provarci!»

Fu più sollevata di quanto potesse esprimere quando lui si stese sulla pancia.

«Dammi le mani!» gli ordinò. «Ti tiro.»

Lui la ignorò e fece del suo meglio per infilarsi sotto la recinzione.

Aveva ragione. Non ci stava.

«No, no, no!» cantilenò Marlowe sottovoce, e si inginocchiò accanto alla sua testa ricominciando a scavare. Scagliò la terra dietro di sé cercando freneticamente di ingrandire la buca. Mentre lavorava non notò nemmeno le lacrime che le scendevano sul viso.

Il vigilante che Kendric aveva steso ormai era in piedi e stava avanzando verso di lui con passo un po' instabile.

Singhiozzando, Marlowe gli afferrò la maglia e tirò più forte che poté, ma tutto ciò che riuscì a fare fu tirargli la stoffa fino alle ascelle e praticamente strangolarlo.

Lui grugnì mentre scalciava contro l'uomo che cercava di afferrargli le gambe per tirarlo indietro.

Urlando di rabbia, terrore e frustrazione, Marlowe gli avvolse le braccia sotto le ascelle e usò tutta la sua forza per tenerlo stretto e tirarlo sul lato cambogiano del confine.

Un secondo prima lei e il vigilante stavano facendo una

gara di tiro alla fune, e quello successivo si ritrovò con il sedere per terra e con Kendric per metà sopra le gambe.

Lei e l'altro uomo rimasero per un attimo impalati a guardarsi. Poi lui gridò una serie di parole che poté solo supporre fossero insulti.

Abbassò lo sguardo e vide che Kendric si era girato sulla schiena. Era immobile, e aveva il viso contorto in una smorfia.

«Kendric?» lo chiamò, mettendogli una mano sulla spalla.

Lui fece un respiro profondo, e quando aprì gli occhi e incontrò il suo sguardo, non riuscì a interpretare le emozioni che vi vide.

«Ce l'hai fatta» sussurrò.

Per qualche motivo, lei scosse la testa, negando.

«Sì, ce l'hai fatta» insistette. «Non ci sarei passato lì sotto. Era impossibile. Era troppo piccolo per me. Non avrei dovuto farcela, ma con il tuo rifiuto di arrenderti... eccomi qua.» Si alzò a sedere, tirandosi giù la maglia per coprirsi il busto, poi la strattonò verso di sé.

Marlowe si accoccolò contro di lui, senza curarsi del fatto che erano seduti in mezzo alla terra e che i vigilanti stavano urlando contro di loro, senza dubbio minacciandoli di ogni sorta di cose terribili se non fossero tornati dall'altra parte.

Ma entrambi li ignorarono. Nascose il viso nel suo collo mettendosi a cavalcioni di lui, che a sua volta la strinse così forte da farle quasi male. Ma non aveva intenzione di lamentarsi. Anzi, non voleva più lasciarlo andare.

Non rimasero lì a lungo. I vigilanti avrebbero chiamato i rinforzi e presto l'area si sarebbe riempita di altri agenti. Probabilmente armati. E Marlowe non voleva correre il rischio che sparassero loro attraverso la recinzione.

Si alzarono in piedi, e tenendosi per la vita iniziarono ad

allontanarsi dal confine, mentre gli uomini continuavano a gridare.

«Lo zaino!» esclamò, guardando indietro.

«Non è importante» disse Kendric. «Possiamo trovare altri vestiti e cibo. Non ci serve.»

Marlowe annuì e voltò le spalle alla Thailandia. Non avrebbe più potuto tornarci, lo sapeva, ma di certo non *voleva* farlo. In realtà, l'unica cosa che desiderava era tornare a casa e non lasciare mai più gli Stati Uniti. Ne aveva abbastanza di viaggiare.

Proseguirono incespicando, lei perché era senza scarpe e Kendric a causa del dolore provocato dai tagli di coltello e dai pugni ricevuti durante la colluttazione. Entrarono in un boschetto e fu un enorme sollievo non poter più vedere quella maledetta recinzione. Si stavano lasciando alle spalle la Thailandia una volta per tutte.

Sentivano ancora le urla dei vigilanti, ma continuarono a mettere un piede davanti all'altro.

«Merda» mormorò Kendric, mentre uscivano dal boschetto.

Marlowe fissò il canale davanti a loro. Era largo circa tre metri, il che non era male, ma gli argini su entrambi i lati erano ripidi e non vedeva alcun posto dove poterlo aggirare.

«Dobbiamo attraversarlo. Vedi laggiù?» le indicò un punto in lontananza. «Vedi quella casa? È la nostra destinazione. È una fattoria. La nostra prossima sosta.»

«Ma... l'acqua... fa schifo» disse Marlowe. Era vero. Era salmastra e di colore verde scuro. Mosche e altri insetti ronzavano sulla superficie e avrebbe potuto giurare di vedere anche delle feci galleggiare.

«Già» concordò lui. «Ma possiamo lavarci una volta arrivati alla fattoria.»

Avrebbe voluto protestare. Insistere che non si sarebbe mai avvicinata a quell'acqua. Ma se voleva tornare a casa, doveva farlo.

Fece un respiro profondo, raddrizzò le spalle e annuì.

«Ecco la mia coraggiosa Punky.» Kendric le passò il dorso delle dita sulla guancia.

Quell'affermazione la fece quasi crollare. Avrebbe voluto accasciarsi a terra e piangere. Non era affatto coraggiosa. Probabilmente aveva il viso arrossato e gli occhi gonfi per aver pianto quando pensava che lui non ce l'avrebbe fatta a passare sotto la rete, aveva i muscoli indolenziti, tremava per l'adrenalina e le facevano male i piedi per aver camminato senza scarpe, ma l'ultima cosa che voleva era essere un peso. Avrebbe resistito perché non aveva scelta.

Con sua sorpresa, lui si chinò e la sollevò, tenendola contro il suo petto con un braccio sotto le ginocchia e l'altro intorno alla schiena.

«Kendric! Cosa stai facendo?»

«Non ha senso che tutti e due ci sporchiamo in quell'acqua disgustosa. Ti porto io.»

«Posso camminare» protestò, anche se strinse la presa intorno al suo collo.

«Lo so. Ti prego, lasciamelo fare» disse con dolcezza.

Lo studiò per un attimo con la voglia di controbattere, ma qualcosa nella sua espressione la fece annuire.

«Tieniti forte a me. Avrò bisogno di reggermi con una mano mentre scendo dall'argine» la avvertì.

Marlowe annuì di nuovo e si tenne stretta mentre lui scivolava giù. Sentì un leggero tonfo quando entrò nel canale, ma tra la sua altezza e la poca profondità dell'acqua, che gli arrivava appena oltre le ginocchia, lei rimase ben al di sopra della superficie.

Lui cominciò a guadare il canale dall'odore ripugnante. Guardandosi intorno vide che erano *davvero* feci quelle che aveva notato dall'alto. Un mucchio di letame fresco di mucca che galleggiava davanti a loro mentre avanzavano verso la sponda opposta, che era molto più ripida. Era ovvio che non sarebbe riuscito a uscire con lei in braccio.

Proprio mentre si stava preparando a essere immersa in quell'acqua, Kendric la sorprese sollevandola verso l'alto e facendola atterrare precariamente a carponi sull'argine inclinato. Le mise la mano sul sedere per tenerla ferma. «Sali, Punky. Io mi reggo e spingo da qui sotto.»

Non era sicura che avrebbe funzionato, ma non esitò a iniziare a strisciare verso il terreno piatto a diversi metri sopra di lei. Alla fine non le ci volle molto per arrivare in cima, soprattutto grazie alla spinta finale di Kendric. Volò verso l'alto e riuscì a malapena a non finire con la faccia nella terra.

Si girò in tempo per vederlo mentre cercava di sollevarsi sulla sponda, ma il terreno si sgretolò sotto il suo peso e lui cadde all'indietro nell'acqua malsana.

Si rialzò e fece una smorfia, storcendo disgustato il naso. Era bagnato fradicio, ma non disse una parola. Si spostò più a sinistra di circa due metri e mezzo, in un punto in cui il terreno non era stato smosso, e in pochi secondi fu accanto a lei.

Marlowe avrebbe voluto abbracciarlo. Ringraziarlo. Dirgli quanto si era spaventata, quanto fosse orgogliosa di lui. Quanto fosse stata preoccupata di come sarebbero usciti dalla Thailandia... ma lui la fermò alzando una mano.

«No, non toccarmi, Punky. Quell'acqua è disgustosa, dobbiamo lavarci. Poi ti stringerò così forte che ti lamenterai che ti sto rendendo claustrofobica.»

«Non credo proprio» gli disse con un piccolo sorriso. «Ti va di fare una passeggiata con questa piacevole temperatura di quasi quaranta gradi e gli insetti che vogliono mangiarci vivi, fino a quella fattoria dove i proprietari ci accoglieranno, o forse no, calorosamente?»

Lui ridacchiò, poi si fece serio.

«Che c'è?» gli chiese, quando non disse nulla.

Scosse la testa. «*Tu*. Ho ammirato un bel po' di donne per il loro aspetto. O perché mi facevano ridere. O perché erano coraggiose in situazioni che avrebbero messo in ginocchio altri. Ma tu... le fai sfigurare tutte, Punky. So che era necessario fare le cose che abbiamo affrontato finora, ma non sono mai stato così orgoglioso di qualcuno in vita mia come lo sono di te. Non sono mai stato più felice di avere qualcuno al mio fianco, di condividere il mio nome con qualcuno, come lo sono con te.»

«Kendric» sussurrò Marlowe, sopraffatta.

«Giusto. Non è il momento né il luogo adatto perché sono coperto di merda di vacca cambogiana e chissà cos'altro, e non posso abbracciarti o baciarti. Ma non credere che abbia dimenticato la nostra conversazione di prima. Sui nostri piani per stasera.»

«Nemmeno io.»

«Bene. Andiamo. Diamoci da fare.»

Le porse la mano e Marlowe non esitò a prenderla. Era appiccicosa, ma lo ignorò. Quella mano forte e calda era la sua ancora. Con lui al suo fianco, poteva fare qualsiasi cosa. Sopravvivere a tutto. Erano una squadra. Non si era mai sentita così con nessuno in vita sua. Ora non riusciva a immaginare di non svegliarsi ogni giorno tra le braccia di quell'uomo. Di non sentire la sua risata. Di non vedere il suo sorriso. Di non tenere la sua mano.

Non aveva idea di cosa le avrebbero riservato i giorni successivi, ma pregava che la parte peggiore del loro viaggio fosse superata. Che da lì in poi tutto sarebbe filato liscio e che presto sarebbero stati su un aereo per tornare negli Stati Uniti. Il contatto di Kendric li aveva portati fin lì, nonostante l'ultima coppia di traditori. Doveva confidare che le cose avrebbero continuato ad andare come previsto.

CAPITOLO OTTO

PIÙ TARDI, quella sera, Bob sospirò frustrato. Il proprietario della fattoria ovviamente sapeva di doverli ospitare, ma non era contento dell'attenzione che aveva portato alla sua porta il loro passaggio clandestino del confine. Le autorità cambogiane si erano presentate poco prima del loro arrivo, chiedendogli se avesse visto nella sua proprietà due fuggitivi americani scappati dalla Thailandia. L'uomo aveva risposto negativamente, e i poliziotti se n'erano andati per la loro strada dopo una rapida perquisizione.

Ciò significava che per quella sera avrebbero dovuto rimanere nascosti per poi proseguire il viaggio il giorno successivo. Non che fosse molto diverso dai giorni precedenti... solo che ora sembrava fossero in una situazione più pericolosa, quindi era ancora più rischioso rimanere a lungo nello stesso posto. Inoltre, erano ancora troppo vicini al confine per i suoi gusti, ma avevano bisogno di riposare e riorganizzarsi.

A Marlowe servivano delle scarpe e lui era dolorante a

causa della colluttazione. Il vigilante armato di coltello lo aveva colpito più volte procurandogli alcune ferite superficiali sulle braccia che dovevano essere curate. Anche la schiena gli pulsava. Bob sapeva esattamente la causa di quel particolare dolore.

La maledetta recinzione.

Marlowe aveva dissotterrato e sollevato la rete e ci era passata sotto senza troppi problemi, ma lui non era stato altrettanto fortunato. Il vecchio metallo arrugginito gli aveva scavato la carne quando si era dimenato. Anche senza vedere il danno, sapeva che non era messo bene, soprattutto dopo essere caduto in quel canale disgustoso.

Ma non poteva fare letteralmente nulla per le ferite, e di certo non gli avrebbero impedito di accertarsi che Marlowe fosse al sicuro. Willis aveva organizzato un volo dall'aeroporto internazionale di Phnom Penh. Era il più grande del Paese e non troppo lontano dai contatti dell'uomo che avrebbero facilitato i controlli di sicurezza per farli arrivare a Tokyo, dove avrebbero preso un aereo per tornare sulla costa orientale degli Stati Uniti.

Al momento si trovavano nella stalla del contadino, in un box vuoto in mezzo ad altri due in cui c'erano dei buoi, che probabilmente il proprietario usava per arare i campi. Invece di una doccia calda, era stata offerta loro una canna collegata a un lato della stalla, ma almeno l'acqua era più pulita della melma schifosa in cui era finito dentro.

L'uomo aveva dato loro una ciotola di riso fritto da dividere, un lenzuolo e due asciugamani, e poi aveva lasciato rapidamente la stalla. Non era stato il più caloroso dei benvenuti, ma erano vivi e insieme, quindi Bob ne era grato.

Aveva fatto del suo meglio per lavarsi in modo approfondito, sapendo che c'era il serio rischio d'infezione dopo aver esposto i tagli all'acqua di quel canale, poi aveva appeso la maglia e i pantaloni sullo steccato del box ad asciugare, per quanto possibile in quel clima umido.

Quando Marlowe apparve all'ingresso della stalla dopo aver usato la canna per lavarsi c'era ancora molta luce nel cielo, e alla sua vista Bob si obbligò a rimanere seduto. La osservò appendere gli indumenti sullo steccato.

Aveva preventivamente steso il lenzuolo su uno spesso letto di fieno, e si coprì l'inguine con l'asciugamano assicurandosi di dare le spalle al muro, perché l'ultima cosa che voleva era che Marlowe desse di matto per le brutte lacerazioni. Da quello che poteva dire, il sangue continuava un po' a colare dalle ferite, e probabilmente aveva bisogno di qualche punto di sutura, ma quello avrebbe dovuto aspettare.

Per ora voleva abbracciarla, per dimostrarle quanto erano profondi i suoi sentimenti... anche se non poteva dirlo a parole. Si rifiutava di trattenerla o di farla sentire in obbligo nei suoi confronti se non provava le stesse cose.

«Sai... tutto questo è un po' strano» disse, rimanendo davanti a lui incerta. Si era avvolta l'asciugamano intorno al corpo, ma Bob poteva comunque vedere gran parte delle cosce. Deglutì a fatica e le tese la mano.

Non poté fare a meno di sentirsi soddisfatto quando gli si avvicinò subito. La aiutò a sedersi, poi prese la ciotola del riso, ne raccolse un po' con il cucchiaio e lo portò alle sue labbra.

«Posso farlo da sola.»

«E allo stesso tempo tenere fermo quell'asciugamano con una stretta mortale?» le chiese con un piccolo sorriso.

Lei alzò gli occhi al cielo, scrollò le spalle, si chinò in avanti e aprì la bocca.

Lui fece scivolare dentro il cucchiaio e non riuscì a distogliere lo sguardo quando si leccò un po' dell'olio che le era rimasto sulle labbra.

«Buono?» le chiese.

«A essere sincera, sì, è delizioso.»

«Ho sempre fame dopo una scarica di adrenalina» le disse, prima di prendere un'altra cucchiaiata e porgergliela. Condivisero il riso fino a mangiarlo tutto, poi Bob mise da parte la ciotola.

Nella stalla si percepivano i lievi rumori degli animali. Il fatto che non fossero agitati lo fece sentire relativamente tranquillo. Si sdraiò ignorando il dolore che gli procurò alla schiena quel movimento, e facendo attenzione a non rimuovere l'asciugamano dall'inguine tese il braccio. «Vieni qui, Punky.»

Lei si accomodò tra le sue braccia come se l'avesse fatto per tutta la vita, invece che solo negli ultimi giorni. Gli posò la testa sulla spalla e quando si sistemò meglio per stare sdraiata più comodamente, l'asciugamano che le avvolgeva il corpo si aprì, permettendogli di sentire la sua pelle nuda contro la propria. Rabbrividì.

Marlowe sollevò un attimo la testa. «Stai bene?»

«In realtà, sì. Benissimo» rispose.

Rimasero così a lungo, ascoltando i rumori degli animali intorno a loro, sentendosi più rilassati di quanto non lo fossero stati nell'ultima settimana. Bob sapeva che non erano ancora liberi, e non si sarebbe rilassato completamente finché non fossero stati sul suolo americano, ma almeno ci erano molto più vicini.

«A cosa stai pensando?» gli chiese in un sussurro. Gli aveva posato un braccio sullo stomaco e gli stava accarezzando

distrattamente il fianco con le dita. Bob era sorprendentemente comodo su quel lenzuolo, nonostante fosse steso sopra
il fieno. L'aria era ancora calda e umida, ma avere Marlowe
praticamente sopra di lui gli sembrò... giusto.

«A quanto mi sta piacendo.»

«Già» concordò lei. E dopo un attimo aggiunse: «Mi
sembra di conoscerti da anni... è strano? So che probabilmente è solo per la situazione intensa in cui ci siamo ritrovati,
il fatto di essere in fuga e di nasconderci, ma non mi sono mai
sentita così a mio agio con qualcuno come con te. Non sto
cercando di farti pressione in alcun modo, né di farti dire
qualcosa di simile, volevo solo... che tu lo sapessi.»

Aveva riassunto quasi perfettamente quello che lui stava
provando. «Non dico mai nulla che non penso» replicò lui.
«Non mi mostro d'accordo con le persone solo per educazione
e non sono mai stato accusato di essere politicamente
corretto. Al lavoro April non mi lascia mai rispondere al telefono o alle mail perché sa che non ho la pazienza di essere
gentile quando la gente si comporta da stronza. Quindi fidati
quando ti dico che non c'è *nessun* posto in cui preferirei essere
in questo momento, se non qui con te tra le mie braccia. In
Cambogia. In questo box puzzolente.»

Marlowe strinse il braccio sul suo busto e sollevò la testa, e
lui fissò i suoi bellissimi occhi marroni. «Kendric?»

Sorrise. Aveva l'abitudine di farlo. Di pronunciare il suo
nome prima di fare una domanda o di dirgli qualcosa. «Sì?»

«Ho perso un sacco di peso nell'ultimo mese, quindi le mie
tette non sono niente di speciale. E ho bisogno di una decina
di docce calde prima di sentirmi di nuovo completamente
pulita... ma ti voglio ancora.»

Quella donna lo faceva impazzire. Aveva più coraggio lei

nel dito mignolo di quanto ne aveva la maggior parte delle persone in tutto il corpo. Le strinse il braccio intorno alla vita e rotolò fino a farla sdraiare sotto di lui. Anche il suo asciugamano scivolò via, così ora erano entrambi completamente nudi. Il suo cazzo era già duro come la roccia contro la sua coscia.

Provò una fitta di dolore alla schiena muovendosi, ma la ignorò. Al momento la sua attenzione era tutta per Marlowe.

«Sei la donna più bella che abbia mai visto, Punky. Hai retto incredibilmente bene nell'ultima settimana... accidenti, nell'ultimo mese. E devo dire che le tue tette sono stupende, semplicemente perché sono le *tue*.» Si sollevò un po' di più e fece scorrere lentamente una mano lungo il suo corpo. Dal collo alla spalla, sul seno, sfiorando brevemente il capezzolo che si era inturgidito e stava praticamente implorando la sua bocca, e sulla pancia, fermandosi poi sull'esterno della coscia.

«Per quanto riguarda il tuo corpo, ti adatti a me come se fossi stata creata per stare qui. Perciò è perfetto.»

«Kendric» sussurrò, chiaramente sopraffatta.

«Sono stato con alcune donne da quando sono uscito dall'esercito, ma non ho mai desiderato nessuna di loro più di quanto volessi respirare. Ci sono andato a letto perché ero irrequieto, ma sarei stato altrettanto felice di andare a fare paracadutismo per bruciare un po' di quell'energia nervosa. Il che spiega perché mi ci voleva troppo tempo e concentrazione per venire. Ma con te... ti desidero così tanto, Marlowe, che quasi non riesco a controllarmi e a non esplodere subito.»

«Allora prendimi. Sono tua» disse, facendo scorrere le mani su e giù sulle sue braccia.

Era vero. *Era* sua. Nella tasca dei pantaloni aveva un certificato di matrimonio che lo attestava.

Gli balenarono nella mente i loro nomi in fondo al documento. Kendric e Marlowe Evans. Non aveva mai pensato che si sarebbe sposato, ma ora era quasi ossessionato dall'idea. Lei era sua, così come lui era suo.

Poi ebbe un altro pensiero e chiuse gli occhi per la frustrazione.

«Cosa c'è che non va?»

«Non posso proteggerti.»

Lei aggrottò le sopracciglia confusa. «Kendric, mi hai protetta benissimo per una settimana.»

Era così adorabile. «No, Punky. Non ho preservativi. Non posso proteggerti dal rischio di rimanere incinta.»

«Oh. Ehm... ok, è imbarazzante, ma... siamo adulti, no? Possiamo parlarne. È da un po' che non ho il ciclo. Credo sia a causa dello stress, o forse perché ho mangiato poco e sono dimagrita tanto. Probabilmente non posso rimanere incinta in questo momento, nemmeno se lo volessi. Quindi... non c'è problema.»

Sì che c'era. Bob odiava il pensiero che il suo corpo avesse praticamente interrotto le normali funzioni perché non riceveva le sostanze nutritive di cui aveva bisogno. «Possiamo aspettare» disse, anche se quelle parole gli fecero quasi male fisicamente. Ma non avrebbe fatto nulla che potesse metterla a rischio.

«Voglio dei figli» si lasciò sfuggire. «Cioè, li ho *sempre* voluti. È quello che desidero davvero dalla vita: essere una mamma a tempo pieno. Non è un'opinione popolare, e naturalmente dovrò lavorare per mantenermi, ma fare la mamma è l'unico "lavoro" che ho sempre desiderato fare. Voglio vedere i miei figli crescere. Essere presente quando vanno a scuola e accoglierli a casa nel pomeriggio. Voglio imparare a cucinare, magari a cucire e, onestamente, non mi dispiace nemmeno fare le faccende di casa.

Quello che voglio dire è che se, ed è un enorme se, rimanessi incinta stando con te... non ne sarei sconvolta. Ho trentacinque anni. Sto invecchiando. E non ti chiederei nulla, né soldi, né sostegno, né niente che tu non voglia dare.»

«Se tu avessi un figlio da me vorrei far parte della sua vita» la avvertì. «Non sarei un padre stronzo che non supporta i suoi figli o la loro madre.»

Si fissarono per un lungo, interminabile momento.

Poi all'improvviso lui ridacchiò. «Guardaci, un giorno siamo sposati e quello successivo pianifichiamo la nostra famiglia.»

Ridacchiò anche lei. «È ridicolo.»

«Ma lo è davvero?» Per qualche motivo, nulla di quella situazione sembrava ridicola.

«No. Mi sembra giusto» sussurrò infine Marlowe.

Ed eccola lì, ancora una volta, a essere più coraggiosa di quanto lui avrebbe potuto immaginare.

«Fai l'amore con me, Kendric. Ti prego. Qualsiasi cosa accada, lasciamola accadere. Domani le autorità cambogiane potrebbero trovarmi e riportarmi in Thailandia. Potremmo venire punti da una zanzara infetta. Venire sbranati da un bue selvatico. Non lo so. So solo che se non avrò la possibilità di sentirti dentro di me, almeno una volta, lo rimpiangerò per il resto della vita.»

Aveva ragione. Quel momento era un dono, e lui aveva pensato di fare l'amore con lei quasi ogni minuto da quando aveva detto "lo voglio". E anche prima, se doveva essere sincero. Fin da quel bacio.

Erano marito e moglie. Tutto ciò che aveva fatto nella vita

sembrava averlo portato a quel momento. Lei era la sua ricompensa.

Bob sollevò la testa senza esitare. All'inizio la baciò dolcemente, dicendole senza parlare che l'avrebbe protetta. Che si sarebbe assicurato che non le accadesse nulla. Che l'avrebbe trattata con cura.

Ma a quanto pareva non era ciò che voleva Marlowe, perché gli afferrò subito i capelli, inclinò la testa e gli infilò la lingua in bocca. Le loro lingue duellarono e si accarezzarono, e Bob ansimò mentre tirava indietro la testa per prendere l'ossigeno tanto necessario.

Lei fece scivolare la mano lungo il suo corpo e gli avvolse le dita intorno al cazzo.

«Porca puttana» mormorò Bob, mentre lo toccava con carezze decise e sicure. Le afferrò il polso e le tolse la mano. «Se continui così ancora un po' non faremo più l'amore, perché per me sarà finita» la avvertì.

«Sei giovane» replicò con un sorriso, «ti riprenderai subito.»

Ma lui voleva solo venire nel profondo del suo corpo. Aveva bisogno di reclamarla nel modo in cui gli uomini avevano fatto per secoli con le loro donne. Era antiquato e un po' da cavernicoli, e molto imprudente, ma non gli importava. In quel momento, in quella stalla, dopo tutte le cose che avevano affrontato, avrebbe preso ciò che lei era disposta a offrire. Avrebbe rivendicato quella donna come sua.

Si sporse in avanti facendo una smorfia per le fitte che le ferite sulla schiena gli provocarono, e strinse la bocca intorno a uno dei suoi capezzoli; non aveva mentito, i suoi seni erano piccoli, ma i capezzoli erano estremamente sensibili. Lei inarcò la schiena ed emise un piccolo grido mentre lui succhiava, e gli afferrò di nuovo i capelli per tenerlo contro di sé.

Bob leccò e succhiò, e anche se gli piaceva molto ciò che stava facendo, voleva di più. Così fece scivolare la mano lungo il suo corpo sfiorandola con le dita tra le cosce. Lei gemette e aprì le gambe, dandogli accesso alle sue parti più intime.

Era già bagnata fradicia e il battito del suo cuore accelerò. Lo voleva anche lei. Non lo stava facendo per gratitudine. Lo desiderava davvero, tanto quanto lui.

Bob avrebbe voluto prendersi il suo tempo per adorarla dalla testa ai piedi. Ma il suo cazzo aveva altre idee, infatti uno schizzo di liquido preseminale uscì dalla punta. Ormai era al limite. Aveva bisogno di fare sua quella donna nel modo più primordiale.

Si mise in ginocchio e le afferrò l'interno delle cosce, aprendola ancora di più. Poi si strinse la base del cazzo e si spostò in avanti, con lo sguardo fisso sulla sua fica.

«Sì» gemette Marlowe, e sembrò quasi un'implorazione. Gli mise le mani sulle cosce piantandogli le unghie... anche se lui improvvisamente esitò.

Bob sapeva che fare l'amore con lei gli avrebbe cambiato la vita. Non sarebbe mai riuscito a lasciarla andare. Sarebbe diventato uno di "quegli" uomini. Quelli ridicoli e sdolcinati che chiamavano e mandavano messaggi alle loro donne quattordici volte al giorno per assicurarsi che stessero bene. Sarebbe stato un uomo che regalava fiori senza motivo. Che scuoteva la testa e sorrideva quando lei spendeva troppi soldi.

Che adorava la terra su cui camminava.

E non gli importava.

Lo aveva già in pugno e lei non se ne rendeva nemmeno conto.

«Kendric?» sussurrò Marlowe un po' a disagio.

Merda, la sua esitazione l'aveva fatta dubitare di sé stessa. Le prese la mano e la riportò sul suo cazzo, e sospirò quando la avvolse intorno. Il suo tocco era fantastico. Meraviglioso.

«Fallo tu. Mettimi dentro di te» disse con un basso ringhio.

«È passato un bel po' per me» ammise timidamente.

«Ci andrò piano.»

La vide annuire, poi mordersi il labbro mentre lo accarezzava prima di tirare il suo uccello duro verso il basso e infilare la punta tra le sue pieghe.

Bob vide le stelle. Letteralmente le *stelle*, cazzo. Lo stava aspettando il paradiso. Con una spinta decisa avrebbe potuto sperimentarlo. Ma sarebbe andato piano, anche a costo di morire.

Marlowe era stretta, e nonostante fosse bagnata il suo corpo non lo stava lasciando entrare facilmente.

Impiegò ogni grammo di controllo che aveva, ma si rifiutò di fare qualcosa che avrebbe potuto farle male o rendere quell'esperienza, la loro prima volta, qualcosa che non fosse piacevole e indimenticabile.

Reggendosi con una mano usò l'altra per sfiorarle il clitoride. Lei sussultò al primo tocco, ma il suo corpo si rilassò abbastanza da permettere alla punta del suo cazzo di scivolare un po' più dentro.

«Oh!» esclamò.

«È bello, Punky?» le chiese, conoscendo già la risposta, ma volendo sentire ancora la sua voce roca.

«Sì! È bellissimo. Di più, Kendric.»

Le avrebbe dato tutto ciò che desiderava. Continuò ad accarezzarle il clitoride, usando di tanto in tanto i suoi umori per spingersi dentro.

Poco dopo lei iniziò a sollevare il bacino verso di lui, implorandolo di darle di più. A ogni movimento, riusciva a scivolare sempre di più nel suo corpo. Bob non sapeva se si stava rendendo conto di muoversi.

E in un attimo, si stava spingendo su e giù e praticamente lo stava prendendo da sotto.

Era una delle cose più sensuali ed erotiche che avesse mai sperimentato. Rimase fermo su di lei facendo il possibile per tenere la mano sul suo clitoride e continuare ad accarezzarlo. Marlowe chiuse gli occhi e piegò la testa indietro, concentrandosi sull'orgasmo che stava montando.

Gli piaceva da morire, e non vedeva l'ora che esplodesse intorno a lui.

Mentre la osservava prendersi il suo piacere, all'improvviso si rese conto di una cosa. Marlowe aveva dei fili di paglia nei capelli. Quando aveva rotolato era uscito dal lenzuolo, e ora lei ci era proprio sdraiata sopra. La stessa paglia su cui probabilmente all'inizio della giornata c'era stato qualche animale. Era inaccettabile.

Senza staccarsi da lei, Bob le mise le mani sui fianchi e rotolarono di nuovo. Se c'era qualcuno che doveva stare sdraiato su quella roba ruvida, era lui.

Marlowe sussultò e lo guardò dalla sua nuova posizione. Aveva le gambe spalancate intorno ai suoi fianchi, e il suo cazzo era per metà dentro di lei.

«Prendimi, Marlowe Evans» disse con voce roca, stringendole forte la vita. «Con l'intensità che vuoi. Profondo quanto vuoi.» Portò di nuovo una mano sul suo clitoride e si rese conto che in quella posizione aveva un accesso migliore. Senza darle la possibilità di sentirsi a disagio per il fatto di essere sopra, nel caso non fosse abituata, la accarezzò con forza.

Lei si bloccò un attimo e inarcò la schiena. I suoi capezzoli erano turgidi e stava già ansimando. «Kendric» gridò, iniziando finalmente a muoversi e cercando di fargli tenere le dita dove voleva.

Bob fissò il suo cazzo. Non era ancora completamente dentro e desiderava tanto tirarla giù. Ma avrebbe potuto farle male. Così strinse i denti e lasciò che fosse lei ad avere il controllo completo del loro amplesso.

Marlowe abbassò lo sguardo sul punto in cui erano uniti, poi ansimò. «Non sei ancora dentro del tutto» sbottò, leggendogli nel pensiero.

Le sorrise. «Sono grande» sostenne senza presunzione. «Prendi solo quello che ti senti.»

Rimase scioccato quando lo guardò negli occhi e disse: «Ti voglio tutto.» Poi si dimenò e dondolò avanti e indietro, e un attimo dopo Bob sentì tutto il peso del suo corpo su di lui... lo aveva preso completamente dentro di sé.

Gemettero entrambi, e il suo cazzo pulsò. Averla in quel modo gli dava una sensazione *meravigliosa*. Era così bagnata, stretta e incredibilmente calda, che praticamente lo stava bruciando. Non avrebbe più voluto andarsene da lì.

Strofinò le dita sul suo clitoride ed ebbe l'improvviso bisogno di sentirla venire sul suo cazzo. Di percepire i suoi muscoli contrarsi intorno a lui. E quello diventò il suo obiettivo.

Lei sussultò e lo strizzò, e le sue palle inviarono un altro schizzo di liquido preseminale nel profondo del suo corpo.

«Porca miseria, Kendric! È bellissimo. Sono così piena!»

«Vieni per me, Marlowe. Vieni sul mio cazzo. Fammelo sentire. Sei con me, lasciati andare, piccola.»

Non sapeva bene cosa stesse dicendo, solo che voleva rassicurarla. Dirle che ci sarebbe stato quando si fosse abbandonata al piacere. Le accarezzò più forte il clitoride, e lei cominciò a ondeggiare più velocemente, ma non si staccò da lui nemmeno di un centimetro. Lo tenne dentro di sé il più a fondo possibile.

Bob sentì le sue palle ritirarsi, prepararsi a rilasciare il loro carico, e strinse i denti, praticamente aggrappato a un filo. Era una sensazione troppo bella. Le sue emozioni stavano riversando tutto ciò che provava per la sua donna, compreso l'amore.

Le fissò il viso con stupore, mentre lei si avvicinava sempre più al culmine. Le sue unghie gli incisero la pelle nuda del petto. Non percepì il dolore dei tagli o la paglia ruvida che gli grattava le ferite sulla schiena; sentiva e vedeva solo Marlowe.

All'improvviso lei si bloccò, ogni muscolo del suo corpo si irrigidì. Stava per venire. Le sarebbe servito solo un piccolo stimolo per volare nell'estasi.

Bob le pizzicò il clitoride e fu ricompensato da un urlo strozzato, poi il suo cazzo si ritrovò come in una morsa, mentre lei si perdeva nell'orgasmo.

———

Marlowe non riusciva a respirare. Non riusciva a vedere. Non riusciva a pensare. Poteva solo soccombere all'orgasmo più intenso che avesse mai sperimentato. Non sapeva quanto tempo rimase persa nel piacere, ma quando finalmente aprì gli occhi e li abbassò sull'uomo che amava, lui le stava sorridendo.

«È stata la cosa più magnifica che abbia mai visto. Grazie» disse Kendric con riverenza.

Avrebbe dovuto essere *lui* quello da ringraziare. «Sei...? Scusa, dovrei saperlo, ma ero troppo occupata a volare tra le stelle e non ho capito nulla di ciò che stava accadendo intorno a me... o in me» aggiunse con una piccola scrollata di spalle.

Il suo sorriso si fece più ampio. «No. Ero troppo impegnato a osservare e a sentire il tuo piacere.»

Le si infiammarono le guance.

«Cosa devo fare per farti venire?» chiese con audacia. Era una donna determinata a soddisfare il suo uomo, non una sedicenne che sperimentava il sesso per la prima volta.

«Non molto. Ci sono così vicino che è quasi ridicolo» rispose lui un po' imbarazzato.

Marlowe lo testò contraendo i muscoli interni, stringendolo con forza nel profondo del suo corpo, e fu ricompensata da un gemito e dalle sue dita che le strinsero i fianchi.

Si sollevò lentamente, poi si abbassò di nuovo.

«Sì, proprio così. Piano e costante» le disse ansimando.

Marlowe sorrise, amando il potere che apparentemente aveva su di lui, e si sollevò ancora una volta. Rimase un attimo sospesa, stupita dagli umori che sentì scivolare fuori.

«Porca puttana, è una sensazione incredibile!» ansimò Kendric, poi portò una mano tra di loro e si accarezzò la parte del cazzo che era fuori dal suo corpo, sfiorandole le pieghe.

«Siamo fradici» disse inutilmente. «Ti sento sulle palle. È fantastico. Voglio di più. Muoviti, Marlowe, a meno che non ti faccia male.»

Non le faceva male. Per niente. Sì, era grosso, e le ci era

voluto un po' per riuscire a prenderlo tutto, ma ora era bagnata e rilassata dall'orgasmo e voleva tutto ciò che lui aveva da darle.

Non aveva mentito prima. Desiderava davvero dei figli. Non pensava che quella notte avrebbero concepito un bambino, non con tutto quello che stava affrontando il suo corpo, ma se *fosse* rimasta incinta, avrebbe amato il loro piccolo con tutta sé stessa.

Cominciò a muoversi su e giù, stringendo i muscoli interni, volendo che lui provasse lo stesso piacere che aveva sperimentato lei.

«Marlowe... sì! È bellissimo. Non ne hai idea.»

Amava che sembrasse fuori controllo, il modo in cui farfugliava ogni suo pensiero. Ma voleva di più, desiderava il suo completo abbandono, e iniziò a muoversi più velocemente. Mentre lei lo cavalcava con intensità, il rumore della loro pelle che sbatteva risuonò in tutta la stalla.

Proprio quando i muscoli delle cosce cominciarono a tremarle per lo sforzo, Kendric la afferrò per i fianchi e la tirò giù. Era così profondamente dentro di lei che fece quasi male. Poi il suo bacino iniziò a sussultare... e venne con un ringhio.

Fu la cosa più intima che Marlowe avesse mai fatto. L'espressione di Kendric era quasi di dolore mentre la riempiva. Lo stava ancora fissando quando lui aprì gli occhi e andò con una mano a stuzzicarle di nuovo il clitoride, facendola sobbalzare per la sorpresa.

«Ancora uno» le ordinò. «Ho bisogno di sentirti venire di nuovo intorno a me.»

Il suo tocco era quasi insopportabile, ma non in senso negativo. Cercò di allontanarsi per avere un momento di sollievo, ma lui la tenne ferma. «Kendric» gemette, mentre il piacere dentro di lei la stava travolgendo molto più in fretta di prima.

«Così. Stringimi. Sento i tuoi muscoli contrarsi sul mio cazzo. È incredibile. Se potessi vivere dentro di te, lo farei. Per quanto mi piaccia riempirti con il mio seme, questo lo amo ancora di più. Sentire il tuo piacere dall'interno. È stupefacente, Marlowe.»

Le sue parole le caddero addosso come una calda cascata tropicale. Non poté fare a meno di ondeggiare su di lui, sul suo cazzo, mentre la portava sempre più vicina alla vetta. Non era il tipo di donna che aveva orgasmi multipli durante un rapporto sessuale. Accidenti, spesso le era successo di non averne affatto. Invece si stava avvicinando velocemente a raggiungere il secondo, e sembrava sarebbe stato più intenso del precedente.

«Sei *mia*, Marlowe. Hai preso il mio nome. Ora stai prendendo il mio cazzo. È tuo. Tutto di me è tuo. Fallo, Punky. Lasciati andare. Sono con te.»

La sua parte pratica aveva la sensazione che le stesse dicendo quelle cose perché erano in preda all'eccitazione dell'amplesso. Un amplesso *davvero* straordinario. E, probabilmente, una volta calate le endorfine e tornati alla realtà, si sarebbe vergognato delle cose che aveva dichiarato. Ma per il momento lasciò che quelle parole penetrassero nella sua anima.

Quando la portò a raggiungere l'estasi le uscì un piccolo grido. Si contorse e tremò nelle sue mani e lo sentì gemere sotto di lei.

Una volta che riuscì a respirare di nuovo, era ormai senza forze. Kendric, rimanendo sprofondato nel suo corpo, se la attirò contro il petto. Sentì gli umori scivolare tra i loro corpi e pensò di essere contenta di non dover dormire in quella parte umida. Lui la strinse e le accarezzò la schiena con le sue grandi mani.

«Porca miseria» borbottò, quando le sembrò di riuscire a parlare.

Lui ridacchiò, e Marlowe sorrise sentendo la sua risata riverberare dentro di sé, dato che era sdraiata su lui.

«È stato fantastico. Sul serio. Non avevo mai provato qualcosa del genere» le disse.

Sollevò la testa e aggrottò le sopracciglia. «Davvero?»

«Sì. Mi prendo cura delle donne con cui vado a letto, ma non mi è mai successo di essere dentro una di loro mentre veniva.»

Marlowe pensò che avrebbe dovuto metterla a disagio che il suo uomo parlasse di aver fatto sesso con altre donne, ma dato che aveva appena ammesso che gli aveva fatto provare un'esperienza mai avuta prima, ed era ancora profondamente dentro di *lei*, non se ne preoccupò.

«Sappi che vorrò farlo di nuovo» la avvertì. «Probabilmente ogni volta che verrai. Sarà un problema?»

Fu il suo turno di ridere. «Me l'hai davvero chiesto?» replicò, abbassando di nuovo la guancia sul suo petto.

«Non ero sicuro se potevi pensare che fosse strano» si difese.

«Quando ti va di farmi venire, fallo pure» lo stuzzicò. Sentì il suo cazzo contrarsi dentro di lei e non riuscì a trattenere un sorriso. Lui sembrava non avere fretta di muoversi. Si limitò a rimanere sdraiato lì, lasciandosi usare come cuscino, mentre le accarezzava la schiena, le braccia, i capelli.

«Kendric?»

«Sì?»

Non le era sfuggito che l'aveva chiamata Marlowe Evans quando erano nel bel mezzo dell'amplesso. Voleva essere davvero sua moglie, più di qualsiasi altra cosa al mondo, ma sapeva bene che la loro situazione non era normale. Era incredibilmente estrema e dovevano fare affidamento l'uno sull'altra in cose che altre coppie non avrebbero mai dovuto affrontare. Non poteva pretendere nulla da lui una volta tornati nel mondo reale.

«Pensi davvero che riusciremo a tornare a casa?»

«Sì». La sua risposta fu immediata e decisa. «Ti riporterò a casa, Marlowe.»

Lei sospirò. Era strano che ora quasi non volesse più tornarci? Probabilmente sì. Sapeva che le cose tra lei e Kendric sarebbero cambiate quando se ne fossero andati da lì.

«Ci vorranno tre o quattro giorni per arrivare all'aeroporto. Una volta lì chiamerò il mio contatto, e quando lo informerò della tua situazione e di cosa sta succedendo in Thailandia ci farà avere i passaporti, con nomi falsi se lo riterrà necessario. Saremo a casa tra meno di una settimana.»

«Bene.» La sua replica suonò un po' debole alle sue stesse orecchie.

«Cosa c'è che non va?» le chiese, in totale sintonia con i suoi sentimenti.

«È solo che... non fraintendermi, voglio andare a casa, ma...» Si interruppe.

«Puoi dirmi qualsiasi cosa» la rassicurò.

«Mi sono abituata ad averti intorno» disse, cercando di usare un tono leggero per non far sembrare troppo serie le sue parole.

Ma Kendric non rise. Non fece una battuta. Invece le ordinò: «Guardami, Marlowe.»

Fece un respiro profondo e sollevò la testa per poterlo guardare in faccia.

«Voglio vederti quando torniamo. Non so come faremo, visto che io sono pronto a stabilirmi definitivamente nel Maine e tu sarai ovunque andrai a vivere, ma non voglio che ci perdiamo di vista.»

Il suo cuore accelerò. Cosa stava dicendo esattamente? Non aveva il coraggio di chiederglielo apertamente. «Lo vorrei anch'io.»

«Bene» replicò, suonando sollevato. «Voglio farti conoscere i miei amici. Ti adoreranno. Probabilmente cercheranno di convincerti a trasferirti a Newton. E se non starai attenta, April ti troverà un appartamento prima ancora che arriviamo.»

Marlowe appoggiò di nuovo la testa sul suo petto e tracciò con le dita dei piccoli cerchi sulla sua pelle. Non pensava che le sarebbe dispiaciuto vivere a Newton. Sembrava il tipo di città in cui sarebbe stato sicuro crescere dei bambini. Aveva avuto avventure sufficienti nella vita. «Anche mio fratello ti amerà» gli disse.

«Non vedo l'ora di conoscerlo.»

Inaspettatamente, le spuntarono le lacrime agli occhi. Desiderava quelle cose. Stare tra le braccia di Kendric, parlare, condividere. Ma era abbastanza intelligente da sapere che nulla era mai così facile.

Lui avrebbe dovuto fare i conti con il fatto che i suoi amici si sarebbero arrabbiati per essere stati tenuti all'oscuro delle sue missioni. E anche se diceva di essere pronto a sistemarsi, non era sicura che fosse proprio così. Sarebbe tornato nel Maine e inevitabilmente si sarebbe annoiato di nuovo. Come poteva competere con la scarica di adrenalina che Kendric provava salvando gli altri? Era impossibile.

Il pensiero che lui andasse chissà dove e si mettesse in pericolo era qualcosa che non sarebbe riuscita a sopportare. Soprattutto dopo aver sperimentato in prima persona quanto potessero essere rischiose le sue missioni. Ma chiedergli di non farlo non sarebbe stato giusto nei suoi confronti. Lui era ciò che era e non voleva trattenerlo.

La verità era che stare con lei sarebbe stato noioso. Aveva deciso di avere una vita tranquilla e semplice, ma non era nel suo stile e non si sarebbe mai trovato bene. Era nato per aiutare gli altri. Per vivere al limite.

«Stai piangendo? Ti ho fatto male? Merda!» esclamò, cercando di spostarsi da sotto di lei.

Ma Marlowe lo strinse a sé e scosse la testa. «No! Non potresti mai farmi del male. Sono solo un po' emotiva. Sai, tutto ciò che è successo si sta facendo sentire.» Odiava avergli detto quella piccola bugia, ma non era del tutto falsa.

Lui si rilassò di nuovo e le sue mani tornarono ad accarezzarle la schiena. «Va tutto bene, Punky. Sei al sicuro. Partiremo domattina. Ora che siamo fuori dalla Thailandia penso che sia un po' più sicuro viaggiare di giorno. Ti procureremo delle scarpe e dei vestiti puliti, e quando arriveremo all'aeroporto chiamerò il mio contatto e ce ne andremo da qui.»

Annuì e chiuse ancora una volta gli occhi. Era ancora dentro il suo corpo e non si era mai sentita così al sicuro come in quel momento. Anche se si trovavano in una stalla e desiderava ancora fare una vera doccia con il sapone, era soddisfatta come non si sentiva da molto tempo.

«Dovrei spostarmi così da darci una ripulita» mormorò.

Ma lei lo strinse più forte. «No. Va bene così.»

Kendric ridacchiò. «A quanto pare qualcuno non vorrà dormire nella parte umida, eh?»

In un certo senso le sue parole sembrarono insinuare che potessero avere un futuro insieme, altre notti a fare l'amore e a decidere chi avrebbe dormito dove. «Il sesso senza preservativo sporca» disse lei dopo un attimo.

«Non avevo capito quanto» replicò, completamente rilassato sotto di lei.

Marlowe sollevò ancora una volta la testa. «Davvero?»

«Sì. Prima non ero ancora pronto a diventare padre.»

Quelle parole aleggiarono pesanti intorno a loro. Non era sicura delle connotazioni che presentava quell'affermazione. Intendeva dire che non era pronto prima, ma lo era *adesso*? Sospirò. «Non mi dà fastidio» disse dopo un minuto. «Cioè, non so se mi piacerebbe andare in giro sentendo il tuo sperma scivolare tra le mie gambe, ma questo, stare qui sdraiata con te ancora dentro di me, è... intimo.»

«Già» concordò.

Lo sentì indurirsi di nuovo e sorrise contro il suo petto.

«Marlowe?»

«Sì?» rispose, sentendo l'eccitazione e il desiderio divampare ancora una volta mentre lui si gonfiava.

«Sei indolenzita?»

«No.»

«Ti voglio di nuovo» dichiarò senza mezzi termini.

«Puoi stare tu sopra» gli disse un po' timidamente, raddrizzandosi.

Ma lui scosse la testa. «No. Non voglio che la tua pelle tocchi la paglia.»

Lei lo guardò accigliata. «Perché?»

«Perché graffia. Ed è sporca.»

«Quindi va bene per te ma non per me?»

«Esatto.»

«Non è giusto» protestò.

Kendric si limitò a scrollare le spalle. «Non mi interessa. Amare e proteggere, custodire e onorare, rispettare e sostenere. È quello che ho promesso, e prendo sul serio i miei giuramenti.»

Le si sciolse il cuore.

«Inoltre, so che ti piace stare sopra. E a me piace vederti lì. Prendimi, donna. Voglio riempirti di nuovo.»

Lei alzò gli occhi al cielo. «Sei davvero prepotente.»

«È un bene che tu lo abbia capito adesso. Muoviti, donna. Ti prego.»

E così fece.

————

Parecchie ore più tardi, Marlowe si svegliò lentamente tra le braccia di Kendric. Gli animali si stavano muovendo intorno a loro, quindi aveva la sensazione che il proprietario della fattoria sarebbe apparso presto. Dovevano alzarsi, vestirsi e iniziare a dirigersi verso l'aeroporto.

Ma non riusciva a muoversi. Era ancora sdraiata sopra di lui, anche se dopo l'ultima volta che avevano fatto l'amore erano riusciti a coprirsi con metà del lenzuolo. Erano venuti entrambi di nuovo e avevano passato almeno un'ora a parlare delle loro vite, degli hobby, delle cose che amavano e odiavano, e Kendric le aveva raccontato altre storie sui suoi amici e su alcune delle missioni a cui aveva partecipato mentre era nell'esercito.

Le aveva anche parlato di Newton, la città del Maine in cui viveva. Le era venuta l'acquolina in bocca quando le aveva accennato del Granny's Burgers. Era rimasta affascinata dal suo amico principe e aveva rabbrividito tra sé e sé solo al pensiero di andare nel Liechtenstein per incontrare il re e la regina e celebrare un matrimonio formale e pubblico, come prima o poi avrebbero dovuto fare Cal e June.

Non aveva potuto fare a meno di pensare che la sua cerimonia era stata perfetta: solo loro due. Avrebbe custodito nel cuore il ricordo della signora che versava l'acqua sulle loro mani per benedirle e di Kendric che diceva "lo voglio". E anche se avevano trascorso la prima notte di nozze chiusi in quel piccolo spazio sotto il pavimento, era stata una delle esperienze più belle che avesse mai vissuto.

In quel momento era avvinghiata a lui proprio come la prima notte di nozze, ma questa volta erano entrambi nudi e appagati dai molteplici orgasmi. Marlowe si sentiva completamente rilassata.

Ma quando Kendric sussultò violentemente contro di lei, si allarmò subito.

«Cal! Dov'è Cal?»

«Shhh, va tutto bene» disse per placarlo.

«Chappy! Stai bene? Ti prego, tieni duro!»

«Sono al sicuro» lo rassicurò, accarezzandogli il petto e cercando di calmarlo.

Kendric le aveva accennato che non dormiva bene, che aveva degli incubi, ma fino a quel momento non ci aveva dato molto peso visto che durante il viaggio lui aveva dormito raramente. A quanto pareva, aveva abbassato la guardia abbastanza da far entrare il suo cervello nella fase REM e ora stava avendo uno di quegli incubi di cui aveva parlato. Le si spezzò il cuore.

«Marlowe! Scappa! Vai, vai, vai!»

Sbatté le palpebre. La stava sognando? La cosa la addolorò ancora di più, sapendo che il fatto di averla aiutata a fuggire gli aveva fornito nuovo materiale per gli incubi.

«Toglietele le mani di dosso! No! Marlowe! Ti tirerò fuori! Te lo prometto! Non arrenderti! Ti troverò!»

«Sono qui, sono al sicuro» tentò di nuovo, ma non la sentì.

Kendric si alzò a sedere, staccandola dal suo petto con facilità, come se non fosse nemmeno stata aggrappata a lui. «Sto arrivando! No, lasciatela stare! Marlowe! Non toccatela, bastardi! Nooooooo!»

L'ultima parola fu più che altro un lamento e lei cercò disperatamente di svegliarlo, di fermare qualsiasi cosa stesse accadendo nella sua testa. Si mise a cavalcioni sulle sue cosce e gli prese il viso tra le mani. «Kendric! Svegliati! Sono qui. Nessuno mi sta toccando. Siamo al sicuro in Cambogia. Per favore, svegliati!»

Pensò per un attimo che non stesse funzionando, che lui fosse ancora bloccato nell'orrore che stava sognando, ma poi sbatté le palpebre e incontrò il suo sguardo.

«Ecco. È tutto a posto. Stiamo bene entrambi. Svegliati per me. Sono proprio qui.»

«Marlowe?» chiese con voce roca.

«Sì, sono io.»

«Merda» sussurrò, seppellendo il viso nel suo collo. «Stai bene?»

«Sto bene. Vuoi parlare del sogno?»

«No.»

La sua risposta fu immediata e decisa.

«Ok, ma è tutto a posto.»

Si sdraiò bruscamente e Marlowe emise uno strillo sorpreso. La tenne stretta a sé mentre respirava affannosamente con gli occhi chiusi, cercando ovviamente di scrollarsi di dosso i postumi dell'incubo.

Lei iniziò ad accarezzarlo, rassicurandolo che stavano tutti bene e che era stato solo un brutto sogno.

A un certo punto Kendric borbottò: «Odio sognare. Lo *detesto*.»

«È per questo che non ti permetti di dormire molto, vero?»

Annuì. «Ho degli incubi da quando sono stato fatto prigioniero. Ho parlato con psicologi e psicoterapeuti e anche con alcuni specialisti del sonno. Tutti hanno detto la stessa cosa. Che alla fine sarebbero spariti. Ma sono passati anni e sono ancora vividi come quando siamo stati salvati.»

«È perché tieni tanto ai tuoi amici» disse con fermezza. «Altrimenti non ti preoccuperesti così per loro.»

«Non ricordo mai molto ciò che sogno. Solo che sono agitatissimo e cerco di arrivare a loro senza farcela» ammise. Aprì gli occhi e la guardò. «Però non sono mai riuscito a riprendermi così velocemente come questa volta. Di solito mi ci vogliono ore per sentirmi di nuovo me stesso. Ma con te qui... che mi tocchi... aiuta.»

Era bello sapere di poter aiutare almeno un po'. «Bene.»

Rimasero sdraiati per qualche minuto, poi Kendric sospirò. «Dobbiamo alzarci. Non voglio che il contadino veda il tuo sedere.»

Marlowe ridacchiò. «Be', nemmeno io voglio che veda il tuo» replicò.

«Non credo che il mio possa interessargli» ribatté con un sorrisetto.

«Non si sa mai. È un sedere davvero bello» protestò.

«Come fai a saperlo? Ieri sera non l'hai visto. Eri troppo impegnata ad ammirare il mio cazzo e a starci sopra.»

Marlowe si sentì infiammare le guance. «Vabbè.»

Lui scoppiò a ridere. «Dio, sei adorabile. Prendi gli asciugamani e puliscciti con la canna, io mi accontenterò del lenzuolo. Poi ci metteremo in cammino. Parlerò con il contadino per vedere se ha delle scarpe per te e ci fermeremo nel primo negozio che troveremo per comprarti dei vestiti.»

«Sei troppo buono con me.»

«Non è vero.» La tirò giù e la baciò dolcemente. «Grazie per ieri sera. Mi hai fatto un regalo che conserverò per sempre.»

«Non ti ho dato niente» protestò.

«Mi hai dato *te*» dichiarò. Si alzò con lei in braccio, la mise in piedi e le porse gli asciugamani che avevano messo in disparte la sera prima. «Vai, prima che arrivi il contadino.»

Lei annuì e si avvolse un asciugamano intorno al corpo prima di avviarsi per uscire dalla stalla. Si voltò un attimo e vide che lo sguardo di Kendric era ancora incollato su di lei. Non si era mosso per vestirsi. Nella tenue luce dell'alba che filtrava attraverso le assi del fienile, ammirò il suo fisico. Era così muscoloso, sembrava forte come gli alberi che diceva di tagliare nel Maine. Le era difficile credere di aver passato la notte con lui. Che la desiderasse. Ma era evidente dalla sua crescente erezione che non era stato con lei per un senso di compassione.

Gli fece un piccolo sorriso e uscì dalla stalla, dirigendosi verso il rubinetto esterno. Per quanto avesse voglia di tornare a letto con Kendric, si sentiva sporca e dovevano davvero partire. Essere così vicini al confine la rendeva nervosa. Come se qualcuno avrebbe potuto comparire da un momento all'altro e trascinarla in prigione. Prima si fossero diretti verso l'aeroporto, meglio si sarebbe sentita.

CAPITOLO NOVE

QUATTRO GIORNI PIÙ TARDI, Bob sapeva di essere in guai seri. Le sue ferite non erano migliorate, anzi, si erano infettate, e anche solo sfiorargli la schiena faceva irradiare dolori in tutto il corpo. Non mangiava perché non riusciva a mandare giù nulla, e diventava sempre più debole di giorno in giorno.

All'inizio aveva cercato di tenere nascosta a Marlowe la sua sofferenza, ma non era stupida. Aveva capito subito che qualcosa non andava. Solo due giorni prima aveva dovuto ammettere il problema quando gli aveva avvolto il braccio intorno al busto, dopo che lui era inciampato mentre camminavano e si era scostato da lei senza riuscire a trattenere un gemito di dolore.

Marlowe aveva insistito per sollevargli la maglia e dare un'occhiata alle ferite, e gli era bastato sentirla inspirare bruscamente per capire tutto ciò che c'era da sapere. Avrebbe voluto portarlo da un medico, ma lui si era rifiutato. Doveva tornare a casa. Aveva già superato delle infezioni in passato, aveva subito percosse e torture e ne era uscito bene. Poteva tirare avanti fino al ritorno negli Stati Uniti.

Ma nelle ultime dodici ore aveva capito che non ce l'avrebbe fatta.

Ogni passo era una tortura. Ogni movimento lo trasportava di nuovo in quella cella oltreoceano, quando sembrava che i suoi aguzzini stessero affilando i coltelli nella sua pelle.

Finalmente era riuscito a portarla nella piccola stanza nel retro di un negozio vicino all'aeroporto, l'ultimo posto che Willis aveva organizzato per loro, poi era caduto a terra... e non era più stato in grado di alzarsi.

Marlowe era stata incredibilmente forte negli ultimi giorni, incoraggiandolo e facendo del suo meglio per pulire le ferite sulla schiena con quello che era riuscita a trovare, ma l'infezione che stava dilagando nel suo corpo aveva vinto.

«Kendric?» la sentì gridare agitata, mentre lui stava sdraiato a faccia in giù sul pavimento.

«Sto bene» borbottò, sapendo di mentire spudoratamente. «Devo solo dormire un'oretta. Poi chiamerò Willis e ce ne andremo.»

«Va bene. Tu dormi. Io sarò qui accanto a te.»

E quella fu l'ultima cosa che Bob ricordò prima di svenire.

———

Marlowe camminava avanti e indietro per la stanza. Era piccola, tanto da permetterle a malapena di fare circa cinque passi per andare da una parete all'altra. Aveva capito che Kendric stava male, ma non si era resa conto di quanto fosse peggiorata la situazione. Le aveva nascosto bene la sua sofferenza, ed era da due giorni che non le permetteva di pulirgli le ferite. Quando era svenuto e gli aveva sollevato la maglia per controllare quanto fossero gravi i danni, si era sentita mancare.

Le lacerazioni erano verdognole, rosso vivo sui bordi, e spurgavano pus. E avevano un odore terribile. La sua pelle era calda al tatto e gonfia per l'infezione. Aveva bisogno di assistenza medica immediata, ma non aveva idea di come procurargliela senza che uno – o entrambi – venisse arrestato.

Era attanagliata dal panico mentre camminava. Non riusciva a pensare a quanto fosse vicino il ritorno a casa, ma solo all'uomo che amava steso sul pavimento. Li aveva portati fino all'aeroporto, ma ora si chiedeva seriamente se stesse per morire. I suoi respiri erano brevi e veloci, e aveva il terrore di essere sul punto di perderlo.

Non aveva idea di come contattare quel Willis. Durante il viaggio Kendric lo aveva chiamato dai telefoni pubblici o pagato i negozianti per usare i loro cellulari, ma non le aveva mai detto il numero di quell'uomo. Aveva controllato nel suo portafoglio e sapeva che erano senza soldi. Non aveva idea di come avesse pensato di contattare Willis per la faccenda dei passaporti e dei voli, ma non aveva importanza. Al momento non era in grado di fare altro che rimanere sdraiato sul pavimento.

Marlowe si mordicchiò l'unghia del pollice e ripensò agli ultimi quattro giorni. Si era fatto male passando sotto quella recinzione e poi l'aveva portata in braccio per attraversare quel canale maleodorante. Lei era rimasta asciutta, ma l'acqua piena di feci aveva ovviamente infettato le sue ferite. Poi, nella stalla, si era sdraiato con la schiena sulla paglia in modo che lei la toccasse il meno possibile. Probabilmente anche in quel caso altri germi avevano contribuito all'infezione.

Le ferite avevano suppurato durante il tratto verso l'aeroporto e lui non aveva detto una parola al riguardo. Probabilmente perché non voleva che lei si preoccupasse. Be', non era servito a molto. Ora era preoccupatissima. Pietrificata, in realtà.

E doveva fare qualcosa. Ma cosa? Non aveva soldi, né documenti. Non parlava la loro lingua. Era una maledetta fuggitiva.

Di tanto in tanto Kendric si lamentava o borbottava, ma per il resto del tempo era praticamente svenuto. Era terrificante, e sapeva di dover cercare aiuto, ma non aveva nulla di valore da poter barattare con qualcuno in cambio dell'uso del telefono. Tutto ciò che possedeva erano i vestiti che indossava. Letteralmente.

Kendric gemette di nuovo e lei smise di camminare per osservarlo.

Nella sua mente si formò un piano. Odiava doverlo fare, ma non aveva davvero altra scelta.

Si inginocchiò accanto a lui e gli sollevò il braccio. Gli slacciò rapidamente il costoso orologio che avevano usato per attraversare la Thailandia e la Cambogia; aveva il GPS e la bussola... e sperava che Kendric non si sarebbe arrabbiato troppo con lei per averglielo preso con l'intenzione di barattarlo con l'uso di un telefono.

Le veniva da vomitare, era preoccupata per lui e nervosa all'idea di uscire da sola. Fece un respiro profondo. Doveva farlo. Era letteralmente l'unica che poteva aiutarlo. C'era la seria probabilità che morisse per sepsi se non avesse ricevuto dei liquidi e degli antibiotici.

«Torno presto» gli disse.

Ma lui non si mosse.

«Ci hai portati fino a qui, e io mi occuperò di farci tornare a casa. Andrà tutto bene, mi senti, Kendric?»

Ancora una volta, non rispose. Marlowe non poté fare a meno di ripensare a qualche giorno prima, quando era sembrato così forte e imponente. Quando aveva fatto l'amore con lei. Quando l'aveva fatta sentire bella per la prima volta dopo anni.

Avrebbe fatto di tutto per assicurarsi che quel salvataggio non finisse con la sua morte.

La sua determinazione si rafforzò. Si chinò e lo baciò sulla fronte, poi andò alla porta. La aprì e si guardò indietro un'ultima volta. Kendric respirava troppo in fretta e non sopportava di vederlo così vulnerabile sdraiato sul pavimento. Facendo un altro respiro profondo, si voltò e uscì per cercare aiuto.

Un'ora più tardi era accaldata, sudata, frustrata e nervosa come mai in vita sua.

Il primo posto in cui aveva provato era stato il negozio nella cui stanza sul retro si erano nascosti, seguito da innumerevoli altri. Ma finalmente aveva trovato un commerciante vicino all'aeroporto che era disposto a lasciarle fare una chiamata internazionale con il telefono del suo negozio, in cambio dell'orologio. Non era mai stata così contenta che Kendric le avesse fatto memorizzare il numero della sua attività.

Non sapeva che differenza di fuso orario ci fosse, ma pensò che dovesse essere più o meno la stessa di quando si trovava sul sito archeologico in Thailandia, quindi nel Maine sarebbero stati indietro di circa undici ore rispetto a lì... almeno sperava. Perché ciò significava che doveva esserci qualcuno in ufficio. Compose con attenzione il numero, 555-824-8733, e trattenne il respiro.

«Jack's Lumber, buongiorno. Come posso aiutarla?»

Per un attimo Marlowe fu così sollevata che qualcuno avesse risposto che non riuscì nemmeno a parlare.

«Pronto?»

«Salve, scusi! Ci sono!» sbottò. «Sto cercando Chappy, Cal o JJ. Per favore, è un'emergenza.»

«Sono April, la loro assistente» disse la donna all'altro capo del telefono. «Posso chiedere chi parla?»

Era fatta. Era quasi surreale comunicare con April, una donna di cui Kendric aveva parlato molto, che ammirava e sulla quale lui e i suoi amici facevano affidamento.

«Mi chiamo Marlowe Kennedy e sono in Cambogia con Kendric Evans. Ha un gran bisogno di aiuto e mi ha fatto memorizzare questo numero di telefono per sicurezza, e ho davvero urgenza di parlare con uno dei suoi amici.»

A suo merito, April non fece domande che le avrebbero fatto perdere altro tempo. Si limitò a dire: «Attendi in linea, per favore» poi apparentemente si mise il telefono contro il petto, o qualcosa del genere, e urlò a squarciagola per chiamare i suoi datori di lavoro.

«Chappy! Cal! Jack! Venite qui! Subito! È un'emergenza!»

Grata che la donna stesse prendendo seriamente la sua chiamata, Marlowe attese quella che le sembrò un'eternità prima che April tornasse al telefono.

«Ti metto in vivavoce, tesoro. Sono tutti qui, dicci qual è il problema.»

Fece un respiro profondo, e parlò. «Ripeto, mi chiamo Marlowe e sono in Cambogia con Kendric. Sono un'archeologa, stavo lavorando in uno scavo in Thailandia. Sono stata accusata di qualcosa che non ho commesso e sono finita in prigione. Mio fratello lavora a Washington, ha molte conoscenze e credo che abbia contattato un certo Willis, che lavora con Kendric e gli ha affidato la missione. Lui è venuto in Thailandia, mi ha fatto uscire di prigione e ora siamo in fuga. Siamo riusciti ad arrivare in Cambogia, vicino all'aeroporto, e presto saremmo dovuti tornare negli Stati Uniti. Ma Kendric si è ammalato.»

La sua voce si spezzò, ma si costrinse a continuare. «Non so come contattare questo Willis, non abbiamo soldi, Kendric è svenuto e ho paura che muoia! Per favore, ha parlato così tanto di tutti voi. Lo aiuterete?»

«Marlowe, sono JJ. Sai chi sono?»

«Sì» rispose, asciugandosi le lacrime che erano scese mentre parlava. «Sei Jackson Justice. Quello che ha deciso di uscire dall'esercito e di giocare a sasso-carta-forbice per scegliere dove vi sareste stabiliti una volta congedati.»

«Porca puttana, sa davvero chi siamo» mormorò un uomo dall'accento britannico.

«Tu sei Cal Redmon, del Liechtenstein» blaterò Marlowe. «Sei quello che ha sofferto di più quando eravate prigionieri di guerra a causa di quegli stronzi di carcerieri, e non hai idea di quanto Kendric ti ammiri.»

«Ho paura di sentire quello che Bob ha detto di *me*» disse un terzo uomo.

Marlowe sospirò. «E tu devi essere Chappy. Se proprio vuoi saperlo, credeva che fossi pazzo per aver sposato una donna che conoscevi da pochi giorni e che era rimasta intrappolata nella tua baita durante una tempesta di neve, ma ora pensa che tu e Carlise siate fatti l'uno per l'altra ed è molto felice per voi.»

«Siete in Cambogia?» chiese JJ, dirottando la conversazione.

Marlowe fece un altro respiro profondo. «Sì, vicino all'aeroporto internazionale di Phnom Penh. Vi prego, non arrabbiatevi con Kendric! Vi ha mentito sulla zia malata, e sta collaborando con Willis perché si sentiva... irrequieto... lì nel Maine. Lo ama» disse rapidamente. «Ama lavorare con voi, il clima e tutto il resto, ma ha detto che aveva bisogno di qualcosa di più. Così fa delle missioni per Willis per aiutare a salvare le persone in giro per il mondo.

Ma credo abbia deciso ufficialmente di smettere. Mentre cercavamo di raggiungere l'aeroporto, mi ha detto più di una volta che pensa di poter soddisfare in un altro modo il suo bisogno di aiutare gli altri. Forse lavorando con un gruppo di salvataggio su fune o fare il volontario in un gruppo di ricerca e soccorso. Vi vuole così tanto bene che sarebbe distrutto se lo cacciaste dall'attività e smetteste di parlargli» disse, prima di rendersi conto che stava di nuovo blaterando.

«Rilassati, Marlowe, non lo cacceremo» la rassicurò JJ.

«Anche se dovremo scambiare due paroline con lui» sostenne Chappy con severità.

«È incredibile che non ci abbia detto cosa stava facendo. Che razza di segaiolo» aggiunse Cal.

«Lo aiuterete?» chiese in preda all'ansia.

«Ovvio. Dicci dove siete e che problemi ha Bob» le ordinò JJ.

Marlowe fece del suo meglio per descrivere il luogo in cui si trovavano. Non riusciva a ricordare il nome vero e proprio del negozio, soprattutto perché non era in inglese, ma disse loro che vendeva una certa varietà di generi alimentari, poi descrisse tutti gli altri negozi intorno. Continuò facendo una sintesi della sua fuga dalla prigione e di come lei e Kendric fossero riusciti a malapena ad attraversare il confine.

«Si è tagliato la schiena sulla recinzione e poi ha guadato un canale di acqua malsana. Dopo di che abbiamo dormito in una stalla, e non credo abbia aiutato. Le ferite sono davvero disgustose ora. Sono gonfie, rosse e verdi, e c'è molto pus. Le ho pulite meglio che potevo, ma non è servito. Sta delirando, e perde e riprende conoscenza a tratti.

Non mi interessa quello che potrebbe succedere a me, ma per favore, *vi prego*, potete venire a prenderlo? Ho paura di portarlo in ospedale, non so nemmeno come potrei fare fisicamente. Le autorità thailandesi e cambogiane ci stanno cercando, e non posso permettere che vada in prigione per avermi aiutata. Non ha fatto nulla di male.»

«E *tu*?» la interruppe Chappy.

Marlowe chiuse gli occhi. «No» sussurrò. «Lo giuro. Non faccio uso di droghe. Non ne vendo. Non ho niente a che fare con le pillole di Yaba che sono state trovate nella mia roba. Sono abbastanza sicura che sia stato il mio collega a metterle lì. L'ho sorpreso a rubare manufatti dal sito archeologico. Monete antiche. E credo che mi abbia denunciata per farla franca.»

«Porca miseria» sussurrò April.

«Come si chiama?» chiese JJ bruscamente.

«Ehm... Ian West» rispose, non sapendo perché volesse saperlo. Scosse la testa e aggiunse: «Non conta. *Per favore*. Non mi importa davvero per me stessa. Tornerò in prigione se servirà a ottenere l'aiuto per Kendric. Non può morire. Non può! Non me lo perdonerei mai.»

Marlowe aprì finalmente gli occhi e vide il negoziante guardarla accigliato. Il tempo dell'uso del telefono stava per scadere e aveva bisogno che quegli uomini le credessero.

«Puoi darci un secondo per parlare?» le chiese JJ.

Le sue parole non la rassicurarono. «Sì, ma... non so per quanto ancora potrò stare in linea. L'uomo che mi ha lasciato usare il telefono sembra impaziente.»

«Ci vorrà solo un minuto. *Non* riagganciare. Capito?» le ordinò.

«Sì.»

«Bene. April, mettici in muto per un attimo.»

Ci fu un bip e Marlowe si aspettò di ascoltare della musica o il silenzio... invece riuscì ancora a sentire gli amici di Kendric. Qualunque cosa avesse premuto April, non era il pulsante per silenziare la chiamata.

«Non posso credere che Bob ci abbia mentito per tutti questi anni!» esclamò Chappy. «Se si annoiava, bastava che ce lo dicesse. Saremmo andati con lui in queste missioni di salvataggio!»

«Credo che lo sapesse, ma probabilmente ha anche visto quanto eravamo felici di stare qui» replicò Cal.

«Niente di tutto ciò ha importanza in questo momento. Dobbiamo trovare il modo di portarlo via dalla Cambogia e in ospedale» disse JJ con urgenza.

«Pensi che l'aeroporto sia stato allertato? Che gli verrà impedito di lasciare il Paese?» chiese Chappy.

«Non lo so. Ma è una possibilità. Devo scoprire chi è questo Willis, e vedere che cosa aveva in mente di fare per la loro estrazione» continuò JJ.

«Cosa facciamo con la donna? È probabile che sia stata inserita su una lista di ricercati. Non è che possa entrare in aeroporto e passare tranquillamente la dogana» osservò Chappy.

«Posso usare le conoscenze della mia famiglia e far uscire Bob senza troppi problemi» disse Cal. «Sapete che dopo quello che avete fatto per me quando eravamo prigionieri di guerra, i miei genitori hanno spinto perché voi tre veniste aggiunti alla lista non ufficiale delle persone che la famiglia reale è disposta ad aiutare. Ma non possiamo includere Marlowe. La protezione reale si estende ai nostri parenti stretti, ovviamente, quindi Carlise e June sono coperte. Ma Marlowe non è una parente diretta. Dovrà cavarsela da sola, a meno che non riusciamo a capire come aiutarla.»

«Se riesci a trovare un aereo da mandare in Cambogia» disse JJ, «vedrò cosa riesco a scoprire su suo fratello e su Willis. *Doveva* esserci un piano per farla tornare. Un documento d'identità e un passaporto falsi. Ci vorrà solo un po' di tempo per scoprirlo prima di proseguire con tutto il resto.»

Le si rivoltò lo stomaco al pensiero di essere lasciata lì a cavarsela da sola, ma lo avrebbe fatto se ciò avesse significato che Kendric avrebbe ricevuto l'aiuto di cui aveva bisogno. Tuttavia, non poté non approfittare di una pausa nella conversazione e dire: «Scusate?»

«Ma che diavolo, April? Pensavo lo avessi silenziato» brontolò JJ.

«Pensavo anch'io di averlo fatto! È un telefono nuovo, devo aver premuto il tasto sbagliato.»

Marlowe non ne era così sicura. Qualcosa nel tono dell'altra donna le fece pensare che avesse lasciato la linea aperta di proposito. Ma non aveva tempo di rimuginarci sopra.

«Mi dispiace, ma ho sentito quello che stavate dicendo. E vi prego di non pensare che mi stia rimangiando quello che ho detto prima sul fatto di far uscire Kendric e lasciarmi qui. Non è così. Voglio dire, va bene lo stesso, ma... Cal, riguardo a quello di cui parlavi... farebbe differenza se ti dicessi che io e Kendric siamo sposati?»

Calò un silenzio di tomba e si sentì prendere dal panico pensando che si fosse interrotta la comunicazione. Poi Chappy disse: «Porca puttana! Davvero?»

«Sì. Non mentirei mai su una cosa del genere» rispose.

«A quanto pare si è mosso in fretta quanto noi» sostenne Cal, suonando quasi divertito. «Com'è successo? Perché so per certo che non era sposato due settimane fa, quando è partito.»

«Stavamo andando verso il confine, e la proprietaria di uno dei rifugi era una donna all'antica o molto religiosa, chi lo sa. Aveva accettato di nasconderci per un giorno, ma non aveva capito che eravamo un uomo e una donna. Credo pensasse che Marlowe fosse un nome da uomo. Comunque, il nascondiglio era minuscolo e lei si è rifiutata di farci stare lì insieme a meno che non fossimo marito e moglie. Abbiamo pensato che non fosse un grosso problema, così... abbiamo accettato.»

«Potete dimostrarlo?» le chiese JJ.

«Quella sera la signora ci ha dato un certificato di matrimonio prima che ce ne andassimo. È in thailandese e probabilmente non è ancora stato registrato» si sentì in dovere di precisare. «E comunque lo abbiamo fatto solo per evitare di cercare un altro posto sicuro in cui stare.»

«Bob non fa *nulla* che non voglia fare» disse Chappy. «Avrebbe potuto inventarsi qualcos'altro invece di sposarsi, se lo avesse veramente voluto.»

Alle parole dell'uomo, rabbrividì di piacere fino alle dita dei piedi infilati nelle scarpe economiche che Kendric le aveva trovato. *Era* rimasta sorpresa dalla rapidità con cui lui aveva accettato di sposarsi, ma aveva pensato che non avesse avuto voglia di trovare un altro posto dove nascondersi.

«Sto ancora cercando di capacitarmi del fatto che Chappy, poi Cal e ora Bob sono stati tutti costretti a dividere il letto con donne con cui poi si sono sposati» disse April, suonando piuttosto felice per i suoi amici e datori di lavoro.

«A posto allora» dichiarò Cal, ignorando il commento della donna. «Tu e Bob siete sposati, il che significa che i miei uomini possono riportarvi entrambi negli Stati Uniti senza problemi. Non muovetevi da lì, Marlowe. Stiamo per venire a prendervi.»

«Davvero? Presto?» chiese.

«Be', non io in particolare» chiarì. «Siamo troppo lontani per arrivare lì con la rapidità che sembra serva a Bob. Il Liechtenstein è più vicino. Farò una telefonata dopo che avremo riattaccato. I miei uomini avranno i documenti e i passaporti per voi, e spero che non ci siano difficoltà con la dogana. Con la famiglia reale che garantisce per entrambi, non dovrebbero esserci problemi.»

Le sembrava troppo bello per essere vero, ma non aveva intenzione di dire nulla. «Va bene.»

«Torna da Bob e rimanete nascosti. Vi troveranno. Mi assicurerò che ci sia un medico con la squadra di estrazione, così riceverà l'aiuto di cui ha bisogno durante il viaggio verso il Maine.»

«Maine?» domandò sorpresa. Pensava che sarebbero andati nel Paese natale di Cal.

«Sì. Immagino che i favori che sto per riscuotere saranno sufficienti per farti uscire dalla Cambogia, ma di certo non vogliono ospitare una fuggitiva nel loro Paese... questione politiche, capisci?»

Marlowe non era sicura di capire, ma borbottò comunque il suo assenso.

«Vi faremo arrivare a Bangor e porteremo subito Bob in ospedale» continuò Cal. «Il tuo compito è di tenerlo in vita finché i miei connazionali non arriveranno. Capito?»

«Sì.» La sua risposta fu più decisa di prima. Era così sollevata che avrebbe potuto piangere. Ma trattenne le lacrime. Non poteva crollare adesso. Doveva tornare da Kendric.

«Sei stata brava, Marlowe» disse JJ in tono calmo. «Grazie per aver chiamato.»

«Grazie a *voi*» replicò, scuotendo leggermente la testa. «Non sapevo cos'altro fare.»

«Non vedo l'ora di conoscer...»

La linea si interruppe bruscamente mentre April stava parlando, e Marlowe si voltò per vedere che il negoziante aveva chiuso la connessione.

Le disse qualcosa in khmer, la lingua ufficiale della Cambogia; di sicuro che il tempo a sua disposizione era scaduto. Marlowe gli restituì il ricevitore e lo ringraziò in inglese, poi si voltò rapidamente e uscì dal negozio. Doveva tornare da Kendric. Ora che sapeva che l'aiuto stava arrivando, si sentiva cautamente ottimista.

Quella sensazione durò fino a quando non entrò nella stanza dove lui era ancora disteso sul pavimento. Non si era svegliato mentre era via. Oltretutto, sembrava peggiorato. I suoi respiri erano più brevi, e quando sollevò il lenzuolo che gli aveva steso sopra, le ferite sulla schiena sembravano ancora più infiammate di prima.

«Devi resistere, Kendric» sussurrò, prendendo l'ultima bottiglia d'acqua che lui aveva procurato prima che fosse troppo debole per fare qualsiasi altra cosa. Versò un po' del prezioso liquido su un angolo pulito del lenzuolo e fece del suo meglio per togliere il pus verde dai tagli. Dovevano essere ricuciti, e avrebbe ucciso per avere una crema antibiotica, ma tutto ciò che poteva fare era cercare di pulire le ferite ed eliminare quella sgradevole roba purulenta infetta.

«I tuoi amici stanno arrivando» gli disse, ignorando le lacrime che le scendevano sulle guance. «Ti prego, tieni duro. Presto saranno qui. E poi voleremo su un aereo reale. Non è fantastico?»

Cercò di fargli bere un po' d'acqua, tenendogli la testa sollevata per facilitare l'operazione, ma non era sicura di esserci riuscita.

Continuò a parlargli. Blaterò per ore, fino a farsi venire la voce roca. Aveva bisogno di fargli sapere che non era solo, sperando che continuasse a combattere l'infezione che si propagava nel suo corpo.

Non sapeva quando sarebbero arrivati i soccorsi e nemmeno come li avrebbero trovati, ma Cal sembrava pensare che non avrebbero avuto problemi a localizzarli usando le informazioni che aveva fornito. Si fidava di quegli uomini. Sapeva che lo avrebbero aiutato.

Sperava che Kendric non si sarebbe arrabbiato troppo con lei per aver rivelato il suo segreto su ciò che aveva fatto alle loro spalle. Ma alla fine non importava se fosse successo, se avesse deciso di non volerla più vedere. Finché lui fosse stato vivo e in salute, avrebbe affrontato le conseguenze delle sue azioni.

Aveva fatto tutto ciò che poteva. Ora non c'era altro da fare che aspettare... e pregare.

CAPITOLO DIECI

L'ESTRAZIONE dalla Cambogia si svolse sorprendentemente senza problemi.

Dopo sedici ore molto stressanti, quattro uomini e una donna si presentarono alla porta della stanza dove erano nascosti Marlowe e Kendric e si misero subito al lavoro per spostarlo dal pavimento a una barella. La donna abbaiò ordini in una lingua che sembrava tedesco, mentre gli inseriva una flebo nel braccio. Poi sollevò il lenzuolo per guardargli la schiena, emise un verso preoccupato, lo coprì e diede altri ordini agli uomini.

Marlowe si ritrovò a seguire i soccorritori mentre caricavano Kendric su un furgone, per poi far salire anche lei e partire verso l'aeroporto.

L'autista evitò il terminal principale e si diresse verso un edificio più piccolo. Mostrò il suo documento d'identità all'uomo che si trovava in una guardiola, e le sembrò che non avessero nemmeno rallentato. Arrivarono direttamente a un aereo con la bandiera del Liechtenstein dipinta sulla fiancata, e tutti saltarono fuori dal furgone e cominciarono ad aiutare con la barella.

Un attimo dopo Marlowe stava salendo la scaletta per entrare nel lussuoso velivolo.

Nella parte posteriore la dottoressa iniziò a controllare Kendric, mentre due uomini bloccavano la barella per assicurarsi che non si muovesse durante il decollo.

«Prego, si accomodi» disse una donna accanto a lei con un forte accento straniero, facendola sobbalzare. Non l'aveva nemmeno vista avvicinarsi.

«Partiremo non appena la dottoressa darà il via libera» proseguì. «Vuole qualcosa da mangiare o da bere?»

Marlowe aveva tanta sete, ma il pensiero di mettere qualcosa nello stomaco in quel momento le dava la nausea. «No, grazie. Sto bene così. Quando... come... non dobbiamo passare la dogana o qualcosa del genere?»

La donna sorrise. «È già tutto sistemato. Ho incontrato le autorità e mostrato loro i vostri documenti.»

Le consegnò due passaporti blu scuro con la scritta *Fürstentum Liechtenstein* nella parte alta. Al di sotto di una sorta di stemma c'era la parola *Reisepass*. Marlowe ne aprì uno confusa e vide la sua foto, che era la stessa del suo passaporto americano che le autorità thailandesi le avevano sequestrato, e il nome Marlowe Evans.

L'altro conteneva il nome e la foto di Kendric.

Alzò lo sguardo verso la donna. «Non capisco» sussurrò.

«Suo marito è un membro non ufficiale della famiglia reale, per decreto.» Scrollò le spalle. «Tecnicamente non è un passaporto legale e verrà confiscato prima che scendiate dall'aereo, ma era il modo più veloce per farvi uscire dal Paese senza troppi problemi.» Le fece l'occhiolino. «Da quello che ho capito le autorità della Thailandia stanno cercando Marlowe Kennedy, non Evans. Se per favore può accomodarsi, presto ci alzeremo in volo.»

Marlowe praticamente cadde sul sedile più vicino. Era scioccata. Cal li aveva aiutati in un modo inimmaginabile. Avrebbe voluto piangere per la gratitudine, ma i suoi occhi erano già gonfi e le sembrava di non avere più lacrime.

Venti minuti più tardi, quando furono in volo e le sembrò di poter respirare, respirare *davvero*, per la prima volta dopo un mese e mezzo, si slacciò la cintura di sicurezza e andò dove si trovava Kendric.

Quando si avvicinò, la dottoressa stava scrivendo qualcosa su una cartella, con la fronte aggrottata.

«Starà bene?» le chiese.

La donna rispose con un forte accento straniero. «Sì, direi di sì. Per fortuna siamo arrivati in tempo. Sta molto male. L'infezione si è diffusa agli organi.»

«Ma si riprenderà?» chiese, in preda alla preoccupazione.

«Gli stiamo somministrando dei liquidi e una dose massiccia di antibiotici. Ha bisogno di alcuni punti di sutura sulle ferite sulla schiena, ma non possiamo farlo finché l'infezione non è sotto controllo. Ho pulito i tagli, compresi quelli sulle braccia e sulle mani. Sono di coltello?» domandò.

Marlowe annuì.

La dottoressa le rivolse uno sguardo rassicurante. «Dobbiamo solo aspettare che gli antibiotici facciano effetto. Tra qualche giorno sarà in piedi.»

«Davvero?» chiese, sentendosi riempire di speranza.

«Sì. È giovane e forte. Sono sicura che si riprenderà bene.»

Sentì le ginocchia cedere e allungò una mano per soste-
nersi su un sedile.

«Si sieda» le ordinò. «Dovrei dare un'occhiata anche a lei.»

«No» disse scuotendo la testa. «Sto bene.»

«A essere sincera, non ha un bell'aspetto. È troppo magra
e ha gli zigomi infossati. È chiaramente disidratata e potrebbe
avere un'infezione anche lei.»

«Starò meglio dopo aver fatto qualche pasto decente» insistette. «È Kendric quello che mi preoccupa.»

La donna aggrottò le sopracciglia, ma non insistette. «Va
bene. Ma dovrebbe bere dell'acqua. Reidratarsi. Mangiare
qualcosa.»

«Lo farò» promise, non del tutto sicura di *riuscire* a buttar
giù qualcosa. Ma ora che sapeva che lui sarebbe guarito,
avrebbe almeno bevuto.

———

Diverse ore più tardi, Marlowe sentì che stava per crollare. Il
volo per il Maine durava più di diciotto ore e ne mancavano
ancora undici. Pur essendo esausta, non riusciva a dormire.
Era troppo preoccupata per Kendric. Non si era mai
svegliato, e anche se la dottoressa aveva detto che si sarebbe
ripreso bene, non poteva riposare finché non gli avesse
parlato e avesse visto con i suoi occhi che era in via di
guarigione.

Era seduta accanto alla sua barella quando lui emise un
lamento. Marlowe si alzò subito e gli prese la mano.
«Kendric?»

Non le rispose, ma iniziò ad avere degli spasmi.

«Stia indietro» ordinò la dottoressa.

Ma non appena gli lasciò la mano lui cominciò a dimenarsi sulla barella. «Marlowe!» urlò.

La forza e il volume del grido fecero sussultare entrambe di sorpresa.

«Marlowe!» continuò. «Dove sei? Marlowe!»

«Sono qui» gli disse, ma uno degli uomini le afferrò il braccio impedendole di tornare al suo fianco. «Mi lasci!» esclamò, lottando per liberarsi dalla sua presa.

«È agitato» incalzò la donna.

«Ma non mi dica!» esclamò, senza curarsi di suonare irritata.

«Lasciatela andare! No! Marlowe, sto arrivando!»

Kendric stava cercando di spingersi giù dalla barella mentre la dottoressa provava a tenerlo fermo, cosa che sembrò solo agitarlo di più.

«Se non la smette, staccherà la flebo. Venite a tenerlo fermo mentre lo sedo» disse a uno degli uomini.

«No! Mi lasci provare a calmarlo. Per favore!» la implorò.

La dottoressa guardò Kendric, poi lei, poi di nuovo il suo paziente. Infine sospirò e fece un passo indietro. «Lasciala andare» disse al tizio che la teneva bloccata.

Non appena fu libera, corse di nuovo accanto alla barella, gli afferrò la mano e gli mise l'altra sulla spalla. «Sono qui, Kendric. È tutto a posto. Sto bene. Rilassati.»

Aveva gli occhi aperti, ma fissava il vuoto. «Punky?»

«Sì. Sono qui.»

«Non lasciarmi. Non lasciarmi mai!»

Quelle parole fecero accelerare il suo cuore. «Non lo farò. Sono qui.»

Anche se quasi incosciente, lui si girò su un fianco e la tirò verso di sé.

«Aspetti, no» iniziò la dottoressa, ma Marlowe si stava già muovendo: salì sulla barella e si sdraiò davanti a lui, che la circondò con un braccio stringendola forte.

La donna disse qualcosa in tedesco e Marlowe pensò che probabilmente era un bene che non capisse la lingua. Trattenne il respiro, pregando di non essere costretta a spostarsi. Lì, tra le braccia di Kendric, si sentiva meglio di quanto non fosse successo da ore.

«Cerchi di tenerlo calmo» borbottò la dottoressa dopo un attimo. Prese il lenzuolo che era caduto quando lui si era dimenato e li coprì.

Marlowe chiuse gli occhi e fece un sospiro di sollievo.

E all'improvviso sentì le palpebre incredibilmente pesanti. Non sarebbe riuscita a tenerle aperte un secondo di più. Tra le sue braccia aveva la sensazione di essere nel posto a cui apparteneva. L'aveva stretta spesso in quel modo durante la loro fuga dalla Thailandia, ed era dove si sentiva più al sicuro.

Si stupì di essere riuscita a placarlo allo stesso modo in cui lui calmava *lei*. Ora era tranquillo, il suo respiro era più lento e la sua pelle non era più calda come prima. Pregò che significasse che gli antibiotici stavano facendo ciò per cui erano stati creati... guarire completamente l'uomo che amava.

Lo baciò sul petto, poi si accoccolò di più a lui. «Ti amo» sussurrò.

Non pensava di averlo detto ad alta voce, o che addirittura lui avrebbe capito quelle parole, perciò rimase scioccata quando le rispose altrettanto sommessamente: «Ti amo anch'io.»

Le si riempirono di nuovo gli occhi di lacrime. Credeva di averle esaurite, ma a quanto pareva si sbagliava. Kendric non era esattamente lucido, ma lei avrebbe comunque fatto tesoro delle sue parole per il resto della vita.

Si addormentò pochi secondi dopo, di un sonno profondo e ristoratore, frutto di troppe ore passate in preda alla preoccupazione, allo stress e al terrore che uno – o entrambi – venisse catturato e portato in Thailandia per essere rinchiuso.

———

Un paio d'ore più tardi, Bob aprì gli occhi e cercò di capire dove si trovava. Non riconobbe l'ambiente circostante e si scervellò per cercare di ricordare cosa diavolo fosse successo. Le *uniche* cose che riconobbe furono la donna tra le sue braccia – il suo profumo e la sensazione del suo corpo accoccolato contro di lui – e, purtroppo, il dolore alla schiena.

«È sveglio?» chiese una voce femminile.

Sobbalzò sorpreso, trattenendo un gemito per la fitta causata dal movimento, e ruotò il collo per guardare al di sopra della spalla. Dietro di lui c'era una donna che non aveva mai visto prima, e gli stava spalmando una sorta di unguento sulle ferite.

«Sì» rispose con voce roca.

«Bene. Sua moglie era preoccupata. Le ho detto che sarebbe stato bene ora che la stiamo curando, ma non era convinta.»

Bob riabbassò la testa. Si sentiva molto debole, ma più stava sveglio più la sua mente si schiariva. L'ultima cosa che ricordava era di essere arrivato nella stanza che Willis aveva predisposto per lui e Marlowe, in attesa che organizzasse la faccenda dei documenti e un volo per lasciare la Cambogia.

Notò che l'aereo su cui si trovavano non era di certo uno

di linea. La donna che gli stava curando le ferite aveva un accento tedesco e c'erano alcuni uomini seduti qua e là. Indossavano delle uniformi dall'aspetto ufficiale... e improvvisamente capì dove si trovava.

«Questo è uno degli aerei reali del Liechtenstein» disse. «Riconosco la bandiera sullo schienale dei sedili.»

Non era una vera e propria domanda, ma la donna dietro di lui rispose comunque. «Sì. Sua moglie ha chiamato i vostri amici. Il principe Redmon ha messo in moto le cose per farvi venire a prendere. Stiamo andando nel Maine, dove lui e gli altri vi stanno sicuramente aspettando.»

«Cosa? Come?»

«Non lo so. Mi hanno convocata su quest'aereo e mi hanno informata sulle sue condizioni mentre andavamo in Cambogia. Per sapere cos'è successo prima del nostro arrivo, dovrà chiedere a sua moglie quando si sveglierà.»

Bob chiuse gli occhi e strinse la presa su Marlowe. Sua moglie. Accidenti se suonava bene. «Ci sono stati problemi per farci uscire?»

La dottoressa ridacchiò. «Assolutamente no. Nessuno oserebbe mettersi contro la famiglia reale. Avevate tutta la documentazione adeguata, ovviamente falsa, e i passaporti del Liechtenstein.»

Bob era confuso. Cal in qualche modo era riuscito a procurare loro i passaporti del suo Paese? Porca puttana, quell'uomo aveva più influenza di quanto avesse pensato. Era in debito con lui. Enormemente. Anche se sapeva che non gli avrebbe permesso di fare un bel niente per ringraziarlo.

«Non si è calmato finché lei non è salita sulla barella» continuò la donna. «E subito dopo è praticamente crollata.

Non credo che abbia dormito molto di recente. Dovrebbe prendersi più cura di lei.»

Prese a cuore quel piccolo rimprovero. Aveva fatto un bel casino. Sapeva che le sue ferite erano infette, eppure lo aveva nascosto a Marlowe perché non voleva che si allarmasse. Aveva pensato di avere almeno il tempo di tornare negli Stati Uniti prima di doversi preoccupare delle cure mediche. Ovviamente si era sbagliato. Quando erano arrivati nella stanza vicino all'aeroporto, era già messo male.

Come aveva fatto Marlowe a salvarli? Aveva un grande vuoto, e non lo sopportava. Ma non l'avrebbe svegliata per chiederglielo. Era come un peso morto contro di lui; aveva chiaramente bisogno di dormire.

«Dovrebbe anche farle fare una visita. È minuta, e non ha mangiato. Le ho fatto bere un po' d'acqua, ma ha bisogno di molto di più.»

Bob annuì, poi inspirò bruscamente quando lei gli tastò una delle ferite sulla schiena.

«Scusi» disse, senza sembrare particolarmente dispiaciuta. «Queste hanno bisogno di essere ricucite, ma prima deve passare l'infezione. Ora le sto drenando. Ci sono degli antidolorifici nella flebo, ma se ne vuole altri, me lo faccia sapere.»

Gli stava facendo un male cane, ma non chiese altri farmaci. Il dolore era il risultato della sua stupidità. Inoltre, aveva sopportato di peggio quando era stato prigioniero. «Per ora sono a posto» replicò.

Quando la dottoressa finì con la schiena, si occupò per un attimo della flebo, gli fece un cenno con la testa, poi girò intorno alla barella per sedersi in uno dei posti nella parte anteriore dell'aereo, lasciando a lui e a Marlowe un po' di privacy. Prima di andarsene, gli aveva detto che mancavano ancora tre ore all'atterraggio a Bangor. Era stato chiaramente privo di sensi per molto tempo.

Aveva la sensazione che una volta arrivati avrebbe dovuto rispondere a molte persone; doveva assicurarsi che il fratello di Marlowe sapesse che era al sicuro e chiamare Willis per aggiornarlo, e sicuramente avrebbe dovuto parlare con i suoi amici, cercare di spiegare la vita segreta che stava conducendo.

Accarezzò la testa di sua moglie e fu sorpreso quando lei si mosse. Spostò la mano sulla nuca e gliela strinse, sostenendole la testa mentre lei la piegava indietro per guardarlo.

«Kendric?»

«Sì, Punky, sono io.»

Scoppiò subito a piangere; affondò il viso nel suo petto continuando a singhiozzare contro di lui.

Bob fece del suo meglio per non farsi prendere dal panico, convincendosi che fosse un modo di scaricare la tensione accumulata per tutto ciò che era successo mentre lui era incosciente, e si limitò a tenerla stretta.

Poco dopo, lei tirò su con il naso e lo guardò di nuovo. «Stai bene.» Non era una domanda.

«Sì» la rassicurò comunque.

«Ero così preoccupata.»

«Mi dispiace tanto...» iniziò, ma lei scosse la testa.

«Non hai nulla di cui dispiacerti.»

Bob fu sollevato che non avesse cercato di alzarsi, di allontanarsi dal suo abbraccio. Non sapeva se sarebbe riuscito a lasciarla andare. Stava perfettamente bene dove si trovava. Come se fosse destinata a stare tra le sue braccia.

Mentre fuggivano dalla Thailandia e attraversavano la

Cambogia, aveva tentato, senza molta convinzione, di resistere ai sentimenti che provava per quella donna, sapendo che alla fine si sarebbero separati. Ma anche se non conosceva i dettagli di come era arrivato su quell'aereo, i suoi sentimenti erano cambiati ancora una volta... erano diventati più profondi.

Marlowe si era presa cura di entrambi mentre lui era incosciente. Era riuscita a farli uscire dalla Cambogia in sicurezza, ed era ancora più orgoglioso di lei di quanto non lo fosse stato prima, il che la diceva lunga visto che era già rimasto profondamente impressionato da come aveva affrontato la situazione.

«Ti va di raccontarmi come siamo finiti su un aereo reale del Liechtenstein, in viaggio verso il Maine?» le chiese.

E la sua Marlowe, come al solito, non esitò. Gli raccontò tutto.

Di quanto si era spaventata, del fatto che aveva preso il suo orologio e lo aveva barattato per una telefonata. Che aveva chiamato la Jack's Lumber e parlato con i suoi amici e con April. Che la dottoressa e gli ufficiali reali erano arrivati e li avevano portati all'aeroporto e sull'aereo. Gli disse dei passaporti falsi e di quanto la dottoressa avesse insistito per convincerla che lui sarebbe guarito.

E ammise anche di aver raccontato ai suoi amici ciò che lui stava facendo alle loro spalle, per spiegare chi era e come si fossero trovati in quella situazione.

Non tralasciò nulla e, quando finì, Bob provò un po' di vergogna per aver fallito nei suoi confronti, e immenso orgoglio per come lei aveva gestito la situazione.

«Avrei dovuto darti il numero di Willis» le disse sommessamente.

«Sì, ma quel che è fatto è fatto» replicò con una piccola scrollata di spalle.

Aveva una capacità di perdonare stupefacente. Dopotutto, il suo comportamento avrebbe potuto farla finire di nuovo in prigione.

«Kendric, smettila» lo rimproverò, leggendogli nel pensiero. «È tutto a posto. Ti rimetterai e torneremo presto a casa. Anche se *sono* arrabbiata con te per qualcosa.»

Bob non ne fu sorpreso. C'erano molte cose per cui avrebbe dovuto essere arrabbiata con lui. «Ah, sì?»

«Avresti dovuto dirmi che ti eri fatto male strisciando sotto quella rete, soprattutto dopo essere entrato in quell'acqua disgustosa.» Sbuffò e si sollevò su un gomito. «È stato stupido. E non me lo sarei mai aspettata da un ex operatore della Delta Force» lo rimproverò.

«Ma è qualcosa che un uomo fa per sua moglie. Per la donna a cui tiene. E questo non ha nulla a che fare con il fatto che io sia più forte, un uomo o un ex soldato. In quel momento, tutto ciò a cui riuscivo a pensare era cercare di proteggerti. Fare di tutto e di più per tenerti al sicuro.»

Marlowe lo fissò per un lungo momento, poi fece un respiro profondo. «Devo dirti una cosa.»

Bob si irrigidì. Cosa c'era che non gli aveva ancora detto? Si era fatta del male mentre cercava aiuto? «Cosa?»

«Ti amo.»

Gli ci volle un momento per afferrare il significato delle sue parole, ma prima che lui potesse replicare, continuò.

«Non te lo dico per cercare di intrappolarti in qualcosa che non vuoi, ma queste ultime ventiquattro ore... quando pensavo che avresti potuto morire... sono state terribili. E ho capito quanto tengo a te. Se tu fossi morto, non sono sicura se sarei sopravvissuta. Così ho dovuto dirti ciò che provo. Ma non mi aspetto che tu faccia o dica qualcosa al riguardo. Voglio solo che tu sappia quanto sei straordinario. E quanto mi fai sentire bene. Questo è... è tutto.»

Il cuore di Bob sembrò crescere come quello del Grinch alla fine del film. Aveva sempre pensato che quella donna fosse coraggiosa, ma ora non aveva il minimo dubbio che lo fosse dieci volte più di lui.

«È un bene che tu la pensi così, dato che anche per me è lo stesso.»

Lei lo fissò per un attimo, poi sbatté le palpebre. «Davvero?» sussurrò.

Bob si ripromise di non far passare mai nemmeno un giorno senza dirle quanto l'amava. «Sì, davvero. Ti amo, Marlowe Evans. Più di quanto abbia mai pensato di poter amare qualcuno.»

«Porca vacca.»

Le sorrise. «È una buona cosa anche che siamo già sposati, perché se non lo fossimo, avrei tormentato i miei amici affinché trovassero un prete, un officiante o come si chiama, per farlo venire in ospedale.»

«Non sono ancora sicura che la nostra cerimonia sia legale» gli disse con un piccolo sorriso.

«Ho in tasca un certificato di matrimonio che dice il contrario» replicò. «Almeno, spero sia ancora in tasca.»

Marlowe annuì e si rilassò.

«Faremo un'altra cerimonia quando uscirò dall'ospedale, per essere sicuri. Ma il nostro anniversario sarà sempre il giorno in cui abbiamo pronunciato le nostre promesse in Thailandia.»

Marlowe si abbassò e tornò ad accoccolarsi sul suo petto.

«È incredibile che dalla mia visita in Thailandia ne sia uscito qualcosa di buono. Voglio dire, non è un brutto Paese. Anzi, è bellissimo. C'è così tanta storia, e la maggior parte della gente è molto accogliente e aperta.»

Bob fece un respiro profondo. La sua Marlowe era stata maltrattata in modo orribile, eppure aveva ancora la capacità di essere gentile e generosa con quelle persone.

«Possiamo mandare dei soldi a quella donna?»

Sapeva esattamente di chi stava parlando. Quella che aveva insistito perché si sposassero. «Sì. Chiederò a Willis di farlo.»

«Bene. Kendric?»

Sorrise. Aveva quasi perso la possibilità di sentirla pronunciare il suo nome prima di fare una domanda. Era una delle tantissime piccole cose che già amava di lei. «Sì?»

«Non spaventarmi mai più in questo modo. D'ora in poi, se prenderai anche la più piccola scheggia, voglio che me ne parli. Ho avuto tanta paura.»

Bob la strinse di più. «Lo farò. Te lo prometto.»

Lei annuì. Passarono alcuni minuti e pensò che si fosse addormentata di nuovo, ma poi gli disse: «Mi dispiace di aver dovuto rivelare ai tuoi amici il fatto che vai a salvare le persone.»

«A me no» la rassicurò. «Era arrivato il momento. Odiavo mentire e, a dire la verità, l'eccitazione per quelle missioni è ufficialmente svanita. Mi piace aiutare la gente, ma non voglio più mettermi così in pericolo.»

«Bene. È quello che ho detto loro, insieme a ciò che mi hai accennato in Cambogia, che potresti entrare in una squadra di salvataggio su fune o fare il volontario in un gruppo di ricerca e soccorso. Saresti bravissimo in entrambi. Non che tu non lo sia nel lavoro di manutenzione alberi o nel guidare gli escursionisti sul sentiero degli Appalachi, ne sono certa.»

«So cosa intendevi. E anche se sono ansioso di vedere quali sono le mie possibilità per il futuro, ora ho qualcos'altro per occupare il mio tempo.»

Sollevò lo sguardo su di lui. «Davvero? Cosa?»

«Tu.»

Vide i suoi occhi diventare lucidi prima che li chiudesse.

«Cioè, se vuoi. Vorrei che ti trasferissi nel Maine con me, Punky. Che vivessi con me. Ti insegnerò a cucinare, se vuoi, oppure cucinerò tutto io. Adorerai Carlise e June, e anche April. Se vuoi lavorare ti troveremo qualcosa da fare, o se vuoi continuare a viaggiare verrò con te e ti farò da guardia del corpo o qualcosa del genere.»

A quello riaprì gli occhi. «No!» esclamò, poi fece un respiro profondo. «Non voglio più viaggiare. Sarò contenta anche di stare a casa.»

«Ok. Dico solo che renderemo possibile qualsiasi cosa tu voglia fare.»

«Voglio stare con *te*» sussurrò. «Avere una famiglia.»

Il cuore di Bob palpitò. «Sì» disse con fervore.

Si scambiarono un sorriso.

«Ti fa male la schiena?» gli chiese.

«No» mentì.

Marlowe alzò gli occhi al cielo. «Vabbè. Meno male che dovevi dirmi di qualsiasi scheggia.»

Bob sorrise. «Sembri ancora stanca. Mancano un paio d'ore all'arrivo. Dormi, Punky.»

«Non sono più stanca.» Ma un enorme sbadiglio smentì le sue parole.

Lui ridacchiò. «Certo. Ti credo.»

«Ok, forse un po' lo sono, ma mi riposerò solo per un'altra ora. Voglio avere il tempo di rendermi presentabile per quando incontrerò i tuoi amici.»

«Sei già presentabile.»

Lei alzò di nuovo gli occhi al cielo. «Sono un disastro. I miei capelli saranno tutti arruffati, puzzo e sono sporca. Devo darmi una ripulita prima di atterrare. Non voglio che i tuoi amici pensino che sei con una creatura selvaggia della giungla.»

«Ma sei la *mia* creatura selvaggia della giungla» disse Bob con orgoglio. «E ti amo esattamente come sei.»

Lei sembrò sciogliersi tra le sue braccia. «Anch'io ti amo.»

La prese per la nuca e le baciò dolcemente la fronte. «Dormi, Punky. Io resto qui.»

«Lo so» replicò, poi si addormentò profondamente.

Bob la strinse forte. Stare su un fianco era scomodo, ma non si mosse di un millimetro. Quella donna aveva letteralmente salvato la vita di entrambi... e lo amava. Due cose che non avrebbe mai pensato sarebbero state possibili quando l'aveva conosciuta due settimane prima. Ora aveva accettato di trasferirsi a Newton con lui. Per creare una famiglia. Non poteva essere più felice di così.

CAPITOLO UNDICI

MARLOWE SI SVEGLIÒ INTONTITA e confusa. Aprì gli occhi e si rese conto di essere ancora sulla barella con Kendric, ma li stavano trasportando in un enorme edificio che poteva essere solo l'ospedale di Bangor.

«Ehi... siamo... *che cosa...*? Kendric, non mi hai svegliata» lo rimproverò.

Lui ridacchiò. «Ci ho provato. Mi hai dato una sberla e detto di darti altri dieci minuti.»

«Non è vero!» disse inorridita.

«D'accordo, non è vero. Ma dormivi così profondamente che non ho avuto il coraggio di svegliarti. Hai dormito anche durante il trasferimento in ambulanza e il viaggio fino a qui.»

Marlowe girò la testa a destra e a sinistra e vide tre uomini che camminavano accanto alla barella mentre le porte automatiche davanti a loro si aprivano.

«Oh, merda» mormorò, portandosi una mano sui capelli per cercare di lisciarli almeno un po'.

Ma Kendric gliela prese e se la portò alle labbra. «Sei a posto.»

Lei scosse la testa. Non era vero. Si era vista nello specchio del piccolo bagno dell'aereo prima di sdraiarsi tra le sue braccia. Era un disastro. E *aveva davvero* voluto almeno provare a darsi una sistemata prima di incontrare i suoi amici. Ma ormai era troppo tardi.

Sollevò il mento. Doveva fare buon viso a cattivo gioco. Era così e basta.

Vennero trasportati lungo un corridoio e dentro un ambulatorio. Entrarono anche i tre uomini. Fece per muoversi, ma Kendric la strinse forte per un attimo, come se non volesse lasciarla andare, poi le baciò la fronte e infine allentò la presa.

Lei portò le gambe giù dalla barella e si mise in piedi, e sarebbe caduta di faccia se uno degli uomini non le avesse afferrato il braccio.

«Piano» le disse.

«Marlowe?» chiese Kendric preoccupato.

«Sto bene. Ho solo un po' di vertigini per essermi alzata troppo in fretta» lo rassicurò. Poi si girò verso i suoi amici e tese la mano all'uomo che ancora le stringeva il gomito. «Ciao, io sono Marlowe.»

Lui sorrise. «Chappy.»

«E io sono JJ» disse un altro.

La strinse anche a lui, poi si girò verso l'ultimo rimasto. Non aveva pensato a cosa avrebbe detto una volta incontrato Cal faccia a faccia, e ora era così sopraffatta che non poté fare a meno di gettarglisi addosso e abbracciarlo forte.

Lui ridacchiò e ricambiò l'abbraccio.

«Grazie» sussurrò. «Grazie di cuore.»

«Doveva essere la mia battuta» le disse Cal. «Non hai idea

di quanto significhi per me l'uomo su quella barella. Di ciò che ha fatto per me. Farvi uscire dalla Cambogia e tornare a casa è stata una piccola cosa rispetto a quello che gli devo.»

«Chiudi il becco» disse Kendric con un tono irritato. Lei sorrise a Cal quando la lasciò andare, mentre lui continuava. «Non mi devi un cazzo e lo sai. Credo di essere io quello in debito con *te*, adesso.»

«Discuteremo dopo su chi deve qualcosa a chi» intervenne JJ. «Prima voglio che un medico dia un'occhiata alle tue ferite per capire quale sia il prossimo passo da fare per assicurarsi che tu guarisca bene, in modo da poter tornare a lavorare. Mentre tu eri a prenderti cura della *zia malata*, noi ci siamo fatti il culo per fare anche la tua parte. C'è stata un'enorme bufera di vento, e siamo stati sommersi di lavoro.»

Marlowe capì dalla sua espressione che JJ stava scherzando, ma si sentì comunque in colpa.

«A questo proposito» iniziò Kendric. «Io...»

JJ alzò la mano. «Non adesso. Ne parleremo più avanti, quando sarai guarito e tornato a casa. Per ora, sappi che è tutto posto. Per tutti noi. Capito?»

Lui annuì e Marlowe fu così sollevata da sentirsi la testa leggera.

Un uomo in camice bianco entrò nella stanza e si presentò come il dottor Galloway. Salutò Kendric e si concentrò subito su di lui, chiedendogli di girarsi a pancia in giù per poter vedere con cosa avrebbe avuto a che fare.

«Chappy, potresti portare Marlowe... da qualche altra parte?»

«Cosa? Perché?» protestò lei.

«Perché non vuole che tu debba assistere a quello che succederà» disse Chappy, mettendole una mano sulla schiena.

«Gli farà male e vorrà piagnucolare, gemere e piangere come una mammoletta, e non potrà farlo se ci sei tu.»

Kendric scosse la testa con un'espressione esasperata, ma dato che non lo contraddisse, pensò che potesse esserci un po' di verità in ciò che il suo amico aveva detto. Avrebbe voluto restargli vicino, ma nemmeno *lei* era sicura di poter guardare di nuovo la sua schiena. Aveva già abbastanza nausea.

«La porto giù alla caffetteria e le prendo qualcosa da mangiare» si offrì Chappy.

«E magari trova un posto dove possa farsi una doccia e cambiarsi i vestiti.»

«Certo» acconsentì.

Marlowe si avvicinò a Kendric e si chinò sulla barella. Il dottore stava aspettando con un po' di impazienza dietro di lui, ma non le importava. Le sembrava strano dirgli che lo amava davanti a tutti quegli estranei, così si limitò a baciarlo delicatamente sulle labbra. «Non appena ti porteranno in una stanza, io sarò lì.»

«Niente stanza» ribatté lui con fermezza. «Voglio andare a casa.»

Marlowe si accigliò, si raddrizzò e lo ammonì severamente. «Farai tutto quello che il dottore ti dirà di fare. E se ciò significa rimanere qui per il prossimo mese, così sarà.»

I ragazzi ridacchiarono tutti, anche Kendric. «Normalmente farei tutto quello che vuoi, Punky, ma non questa volta. Voglio andare a casa.»

Stava di nuovo per controbattere, ma lui la fermò prima che potesse dire una parola. «Inoltre, ci sarai tu a controllare che non faccia qualcosa di stupido. Giusto?»

Si sentì sciogliere dentro. «Già» sussurrò.

«Ottimo. Allora vai con Chappy. Mangia. Fatti la doccia.

Cambiati. Per quando avrai finito, il dottore dovrebbe aver smesso di torturarmi e potremo andare a casa.»

«Ok» replicò arrendevole.

«Bene.» Alzò lo sguardo verso il suo amico e gli fece un cenno.

Marlowe sentì la mano dell'uomo sul gomito e si lasciò condurre fuori dalla stanza. Le sembrava sbagliato lasciare Kendric, ma era in buone mani. Non c'era la possibilità che qualcuno irrompesse nella stanza e lo rapisse per portarlo in una prigione buia da qualche parte. Erano entrambi al sicuro... ed era incredibile.

———

«Parla» ordinò Bob a JJ. Era sdraiato a pancia in giù mentre il medico puliva e cuciva le sue ferite. La forte dose di antibiotici che gli era stata somministrata durante il viaggio verso il Maine stava facendo effetto molto rapidamente. Anche se non era guarito completamente dalle infezioni, il dottore aveva detto che non ci sarebbero stati problemi a ricucire le ferite più brutte.

Marlowe aveva ragione. Di sicuro avrebbero voluto tenerlo lì, ma non aveva intenzione di cambiare idea. Ci sarebbe stata lei a vigilare, e non dubitava che avrebbe fatto tutto ciò che avrebbe ordinato il medico, e al minimo segno che qualcosa non andava o che non stava guarendo con la rapidità secondo lei necessaria, lo avrebbe riportato subito dal dottore.

Avere qualcuno che si prendeva cura di lui − no, avere sua *moglie*, che lo amava, che vegliava e si preoccupava per lui − era incredibile. In passato, quando stava guarendo dalle ferite riportate durante la prigionia, non aveva avuto nessuno. A parte i suoi amici, che si stavano occupando dei loro danni. Era stato da solo e non gli era dispiaciuto affatto. Ora, sapendo quanto si era perso, era ansioso di immergersi in ogni grammo dell'amore e della preoccupazione di Marlowe.

Nonostante il medico gli avesse somministrato un anestetico locale, Bob sentiva comunque un leggero dolore mentre lui lavorava sulla sua schiena. Aveva bisogno di distrarsi, e parlare con JJ e Cal sarebbe servito allo scopo.

«Ditemi quanto siete incazzati, cos'ha detto Marlowe quando vi ha chiamati, e come diavolo faccio a trovarmi qui adesso.»

«Non sono incazzato» disse JJ. «Davvero» insistette, quando Bob gli lanciò un'occhiata scettica. «Sono più ferito che altro. Avresti dovuto dircelo. Avresti dovuto dirlo a *me*. Avrei capito.»

Bob scosse la testa. «Non sono sicuro di averlo capito nemmeno *io*. Mi era andato benissimo trasferirmi qui e avviare l'attività. Mi va ancora bene. Ma dopo qualche mese ho cominciato a essere irrequieto. Ero nervoso. Avevo bisogno di qualcosa di più.»

«Di cosa?»

«Di eccitazione. Della scarica di adrenalina che avevo quando eravamo in missione. All'inizio è stato fantastico. Partivo, facevo quello che dovevo fare e tornavo nel giro di una settimana. Venivo pagato bene, voi eravate al sicuro qui nel Maine e io aiutavo altre persone. Ma ora...» Si interruppe.

«Ora?»

«In questa missione la maggior parte delle cose sono andate lisce... almeno fino alla fine. Il piano di Willis per entrare nella prigione, anche se era folle, ha funzionato.

Marlowe è uscita, io l'ho raggiunta e abbiamo attraversato il Paese. Più i giorni passavano, più tempo trascorrevo con lei... più qualcosa cambiava.»

«La ami» disse Cal, intromettendosi per la prima volta.

«Già. La parola amore in realtà sembra così banale per ciò che provo per lei. È una donna forte. Coraggiosa. E resiliente. Ha fatto quello che le ho chiesto e non si è lamentata nemmeno una volta, nonostante fosse sottoposta a uno stress tremendo e ne avesse tutto il diritto. Quando quella donna in Thailandia ha suggerito che avremmo dovuto sposarci, ho lasciato credere a Marlowe che avesse dovuto convincermi, ma in realtà non ho battuto ciglio.»

«È stato un bene che foste sposati» sostenne Cal. «Se non fosse stata unita a te legalmente, sarebbe stato quasi impossibile convincere la mia gente a farla uscire dal Paese, considerando che era una ricercata.»

«Grazie ancora per tutto» disse con emozione.

«Non c'è di che. E se mi ringrazi ancora, mi incazzo.»

Gli fece un sorrisetto.

Cal alzò gli occhi al cielo. «Merda. Ora mi ringrazierai ogni maledetto giorno solo per irritarmi, vero?»

«È probabile.» Bob riportò lo sguardo su JJ. «Adesso dimmi di Willis. E di Ian West. E del fratello di Marlowe.»

«E cosa dovrei dire?»

«Non fare così. So che non appena Marlowe ha detto i loro nomi ti sei subito messo all'opera. Hai avuto un giorno e mezzo per indagare su di loro. Dimmi cos'hai scoperto.»

JJ sospirò. «Va bene. Ho rintracciato Willis. Era sollevato di sapere che eravate al sicuro. Quando non ti ha sentito per parlare dei piani per il volo di ritorno, ha iniziato a preoccuparsi.»

«Sì, ho fatto un casino e non ho dato a Marlowe nessuna info per contattarlo. Non pensavo ne avrebbe avuto bisogno.»

«Ma le hai fatto memorizzare il numero della Jack's Lumber» disse JJ.

«Se fosse successo qualcosa, sapevo che vi sareste presi cura di lei. E l'avete fatto.»

«Ovvio che sì, stronzo» borbottò Cal.

Ridacchiarono tutti.

«Giusto. E suo fratello?»

«Sa che è stata portata qui. Immagino che prima o poi farà un viaggio nel Maine» lo informò JJ.

Bob non ne fu sorpreso. Anzi, era contento. Se Tony non avesse contattato Willis, lui non avrebbe mai conosciuto Marlowe e lei sarebbe stata ancora a marcire in quella prigione di Bangkok. «E Ian West?»

«La situazione è un po' più complicata.»

Si preparò ad ascoltare mentre il suo amico continuava.

«È tornato a casa sua, a Boston, quasi sei settimane fa.»

«Davvero?» chiese sorpreso. Aveva immaginato che l'uomo avrebbe voluto tornare negli Stati Uniti per liberarsi delle monete, ma se l'aveva fatto già da parecchie settimane, significava che non aveva nemmeno completato il mese obbligatorio allo scavo. Invece, era partito poco dopo l'arresto di Marlowe.

«Già. A quanto pare ha avuto un'emergenza familiare e ha dovuto lasciare la Thailandia.»

«Sì, certo. Emergenza familiare un cazzo. Voleva tornare qui per vendere le dannate monete che aveva rubato da quel sito» sbottò Bob.

«Ho chiesto a Tex di scoprire come intende liberarsene. Non è che può mettere un annuncio sui social o sui giornali» disse JJ.

«E questa volta non perderemo tempo. Ci siamo trascinati con la situazione di June. Siamo stati incuranti. Non succederà di nuovo» dichiarò Cal con fermezza.

Bob annuì. Avevano commesso un grave errore con la situazione della matrigna e della sorellastra di June. Avevano capito che lo "stalker" era un espediente, che le due avrebbero fatto di tutto per avere l'attenzione di Cal, e i suoi soldi, ma non avevano sospettato che arrivassero ad assumere qualcuno per ucciderla. Nessuno avrebbe più commesso quell'errore, Tex compreso.

«Allora, cos'ha scoperto?»

«Ancora niente, ma sta setacciando il dark web alla ricerca di qualsiasi riferimento a monete antiche in vendita. Ha promesso che si sarebbe fatto vivo presto. Vuole rimediare a ciò che è successo a June, anche se continuiamo a dirgli che non è stata colpa sua» spiegò JJ.

«Se West scopre che Marlowe non è più in quella prigione in Thailandia, potrebbe farsi prendere dal panico. Fare qualcosa di stupido, tipo contattare le autorità. Tecnicamente, Marlowe è ancora una fuggitiva» disse Bob, dando voce alla preoccupazione che gli frullava in testa da qualche giorno, cioè da quando erano entrati in Cambogia e le possibilità di tornare negli Stati Uniti erano aumentate in modo esponenziale.

«Lo sappiamo. Non perderemo di vista tua moglie» gli promise Cal con decisione. «Starà con te, o con uno di noi quando andiamo a trovare le nostre donne, oppure potrà stare in ufficio con April. Nessuno le torcerà un solo capello. Nel modo più assoluto.»

Bob si rilassò un po' sentendo l'affermazione dell'amico. Cal, più di chiunque altro, sapeva cosa si provava quando qualcuno che amava gli veniva quasi portato via da sotto gli occhi.

«Però deve sapere come stanno le cose» lo avvertì JJ. «In modo che sia sempre attenta a ciò che la circonda.»

Fu pervaso da un senso di disagio. Non perché volesse nasconderle qualcosa, ma perché non era sicuro di come avrebbe reagito. Aveva la sensazione che non si sarebbe fatta intimidire dal suo ex collega. Avrebbe voluto fermarlo. Assicurarsi che non traesse profitto dal furto di quegli inestimabili manufatti che lo aveva sorpreso a rubare. «Glielo dirò quando torneremo a casa» disse agli amici.

«Ha bisogno di un po' di roba. Vive vicino al fratello? Le porterà un po' delle sue cose?» chiese JJ.

Bob alzò le spalle. «Non lo so. È stata via così spesso per gli scavi, spostandosi da un Paese all'altro, che al momento non ha un appartamento negli Stati Uniti, ma solo un deposito dove tiene la maggior parte dei suoi averi.»

«Mi informerò. Nel frattempo April le darà una mano.»

«Anche June» aggiunse subito Cal. «E sai che Carlise vorrà essere presente.»

«Aspettati presto delle visite, fratello» disse JJ con un piccolo sorriso. «April e le altre non sono state contente di essere rimaste a Newton. Volevano venire a Bangor con noi. Ma abbiamo pensato che sarebbe stato meglio non travolgervi subito.»

«Grazie» replicò. Ma in fondo non gli sarebbe dispiaciuto se fossero state presenti. Voleva che Marlowe si amalgamasse nella sua vita e con i suoi amici il prima possibile. Voleva che conoscesse Carlise, June e April. Perché non aveva dubbi che sarebbero andate tutte perfettamente d'accordo senza problemi.

Poi gli venne in mente un'altra cosa. «Ho bisogno di un favore.»

«Chiedi pure.»

«Spara.»

Ecco perché voleva così tanto bene a quegli uomini. «Marlowe non sa cucinare. Non la sto denigrando, è solo un dato di fatto. Ve lo dirà lei stessa. E non sono sicuro di voler stare in piedi molto nei prossimi giorni. Potete organizzare per farci avere dei pasti? Senza esagerare» li avvertì. «Ma Marlowe ha bisogno di riprendere il peso che ha perso in prigione, e non sono sicuro che ramen, SpaghettiOs e crocchette di pollo siano la cosa migliore per lei in questo momento.»

I suoi amici risero.

«Consideralo fatto. Ci assicureremo che abbiate dei pasti salutari finché non ti rimetterai in piedi» lo rassicurò JJ.

«Lo apprezzo molto. E un'altra cosa...» si sentì in dovere di dire. «Per la cronaca, quelle pillole non erano sue. Ian l'ha incastrata.»

Cal sembrò incazzarsi e JJ strinse le labbra.

«Non posso credere che tu abbia sentito il bisogno di dirlo» disse Cal scuotendo la testa. «Sappiamo che non avresti accettato il lavoro se l'avessi ritenuta colpevole delle accuse. Ti conosciamo, Bob. Puoi anche essere stato un coglione e aver agito alle nostre spalle, averci mentito su una zia malata e finto di essere felice quando non lo eri, ma non sei il tipo di persona che rischia la vita per una bugiarda e una spacciatrice.»

Nonostante le sue parole fossero state dure, tirò un sospiro di sollievo. «Grazie, Cal.»

«Bah. Piantala di ringraziarmi» borbottò, voltandosi verso

la porta. «Vado a chiamare June, così la smette di preoccuparsi.»

Quando se ne fu andato, Bob si voltò verso JJ. Cal sembrava certo che Marlowe non fosse colpevole... ma lui non aveva detto una parola. «Allora? Ci credi che non sia coinvolta?»

«Certo. Mi è bastato vedere com'era aggrappata a te su quella barella per capire che è innocente.»

Bob inclinò la testa e fissò l'amico. «Ah sì?» indagò.

«Già» confermò. «Come ha detto Cal, ti *conosciamo*. Non l'avresti sposata, non avresti rischiato di perdere la nostra amicizia, non avresti rischiato la vita se non fossi stato completamente sicuro che non aveva fatto ciò di cui era stata accusata. E il modo in cui la tenevi stretta mi ha fatto capire tutto quello che avevo bisogno di sapere. La ami, e questo spiega tutto per me.»

Gli si strinse la gola. Non si meritava degli amici così leali. «Non comprendevo il comportamento di Chappy e Cal. Non capivo come avessero potuto innamorarsi così tanto delle loro mogli in così poco tempo. Ma dal momento in cui ho posato gli occhi su Marlowe, mi è entrata dentro. Più le stavo vicino, più mi innamoravo. Quando quella donna thailandese ci ha detto che dovevamo essere sposati per poter restare a casa sua, sono stato intimamente felice. *Eccitato*. Lei significa tutto per me, JJ. E odio che l'uomo che l'ha fatta finire in prigione sia ancora in giro. Che viva libero senza nessuna conseguenza.»

«Pagherà per quello che ha fatto» dichiarò l'amico con fermezza. «Ce ne assicureremo.»

Bob inspirò bruscamente e trattenne un gemito quando il medico tastò a fondo una delle sue ferite.

«Scusi» disse il dottor Galloway. «La dottoressa del Liechtenstein ha fatto un buon lavoro nel pulire queste ferite, ma voglio solo assicurarmi che tutta l'infezione sia stata rimossa prima di chiudere quest'ultimo taglio.»

«Vado a vedere come se la cavano Marlowe e Chappy, e a informare April della situazione. Hai bisogno di qualcosa?» chiese JJ.

Avrebbe voluto dirgli che, sì, aveva bisogno di Marlowe... ma si limitò a scuotere la testa. «Non dimenticatevi di me. Voglio andare a casa» avvertì. «Non fare giochetti, JJ. Per favore.»

«Ho capito. Ti porteremo a casa, non preoccuparti.»

«Grazie.»

«Sono contento che tu stia bene» gli disse, mettendogli per un attimo la mano sulla spalla. «Ammetto che quando Marlowe ci ha detto dov'era, *dov'eri*, sono rimasto sicoccato. Ma la mia mente ha pensato subito a come riportarti a casa. Sei mio fratello, Bob, e per rubare un detto dei Navy SEAL, un fratello non abbandona mai un altro fratello. Tornerò più tardi per controllare come stai e per assicurarmi che i documenti per dimetterti siano pronti.»

E con quello, uno dei suoi tre migliori amici lasciò la stanza.

Bob abbassò la testa e appoggiò la guancia sulla mano, mentre il medico finiva di pulire e ricucire. C'era mancato un pelo. Lo sapeva più di chiunque altro. Ed era a casa e in via di guarigione solo grazie a Marlowe e ai suoi amici.

Guardando sua moglie alcune persone avrebbero potuto considerarla debole. Per il suo fisico, perché era una donna, ma lui lo sapeva bene. Era più forte di chiunque altro avesse mai conosciuto. E avrebbe passato il resto della vita ad assicurarsi che lei sapesse quanto fosse in gamba. Che si sentisse amata fin nel profondo.

Si fece anche la promessa di assicurarsi che Ian West pagasse per ciò che aveva fatto. Per aver incastrato la sua donna e averla fatta sbattere in prigione per quello che avrebbe potuto essere il resto della sua vita. Finché quell'uomo non avesse subito le conseguenze delle sue azioni, probabilmente avrebbe di nuovo rubato il patrimonio di un paese da sotto il loro naso e, se fosse stato scoperto, avrebbe fatto ricadere la colpa su qualche altro uomo o donna innocente.

Be', non sarebbe più successo finché Bob fosse stato vivo. Ian West avrebbe rimpianto il giorno in cui aveva fatto del male a Marlowe. Punto.

———

Marlowe si era sentita una persona completamente diversa dopo la lunga doccia calda che aveva fatto in ospedale. Si era strofinata tre volte ogni centimetro del corpo e lavata i capelli due, mentre Chappy aveva fatto pazientemente la guardia. Poi l'aveva accompagnata alla caffetteria proibendole di alzarsi finché non avesse finito tutto il cibo che le aveva comprato. In seguito l'aveva portata al negozio di souvenir, ed era rimasto lì con le braccia incrociate, ancora una volta senza cedere, finché lei non aveva scelto una maglietta, dei calzini e un paio di pantofole comodissime, e in più una maglia per Kendric. Le aveva anche procurato un paio di pantaloni di una divisa sanitaria, e ora che erano tornati da lui doveva ammettere di sentirsi molto meglio.

Il medico lo dimise con un'espressione accigliata e due

pagine intere di informazioni che Marlowe promise di seguire alla lettera.

Il viaggio verso Newton nel lussuoso SUV di Cal fu illuminante. Non si era mai seduta su un sedile così comodo, né aveva mai sentito una pelle così morbida.

Una volta arrivati all'appartamento di Kendric, fu evidente che lui fosse molto a disagio. Marlowe non aveva idea di che ora fosse, se non che era notte perché fuori era buio. Il suo orologio interno era completamente scombussolato da tutti i viaggi internazionali e dalle dormite che si era fatta durante quello verso il Maine.

JJ, Chappy e Cal aiutarono il loro amico a entrare in casa e a mettersi a letto. JJ disse qualcosa sul fatto che sarebbe tornato l'indomani mattina con del cibo, ma Marlowe lo sentì a malapena perché era più preoccupata di assicurarsi che Kendric fosse sistemato.

Solo quando gli altri se ne andarono e rimasero loro due nella sua stanza, ebbe un momento per riflettere su tutto ciò che era successo.

«Punky, vieni qui» le disse, tendendole una mano.

Era a pancia in giù nel suo enorme letto, con indosso solo un paio di boxer. Delle bende coprivano le ferite sulla sua schiena.

Si avvicinò e si sedette accanto a lui.

«Stai bene?» le chiese.

Marlowe lo fissò sorpresa. «Sì, perché? Dovrei chiedertelo io.»

«Perché ne hai passate tante di recente. Ho l'impressione che da molto tempo a questa parte tu non abbia avuto voce in capitolo su ciò che ti succedeva. E non voglio che pensi di essere bloccata qui, o di non avere altre possibilità di scelta. Il mio cellulare dovrebbe essere qui da qualche parte, non lo porto mai con me quando vado in missione. Probabilmente è scarico, ma puoi chiamare tuo fratello e farti venire a prendere in qualsiasi momento. Credo che abbia già intenzione di venire a trovarti, ma se vuoi puoi accelerare i tempi.»

«Pensi che voglia andarmene?»

«Non vuoi?»

Per la prima volta, Marlowe si sentì a disagio. Era il suo modo di chiederle di andarsene senza doverlo dire apertamente? Si era pentito di averle detto che la amava? Era stato semplicemente grato per il suo aiuto e ora che era a casa, al sicuro, e con i suoi amici in un ambiente familiare, aveva cambiato idea?

«Merda. Non mi piace questa esitazione» mormorò. Si sollevò su un gomito e non nascose la smorfia di dolore causata dal movimento. «Per la cronaca, ti voglio qui. Con me. Nel mio letto. Come mia moglie. Ti amo, Marlowe. Così tanto che mi spaventa. Non voglio che tu te ne vada, ma non ti costringerei mai a fare *qualcosa* che non desideri. Se preferisci andare a stare da tuo fratello per un po', per ristabilirti, non ti ostacolerò.»

«Non voglio andare da lui» disse in fretta, sollevata più di quanto potesse esprimerlo a parole. «Anch'io ti amo, Kendric. Credo di amarti da quando sei apparso dal nulla fuori da quella prigione.»

«Bene. Solo un'altra cosa allora, prima di metterci a dormire.»

«Sì?» incalzò, quando lui non continuò.

«Ho bisogno che trovi il nostro certificato di matrimonio e lo attacchi al muro. Al suo posto.»

Marlowe sorrise e sentì le farfalle nella pancia. Si alzò

subito e andò nell'altra stanza, dove Cal aveva lasciato cadere lo zaino con i loro vestiti. A Kendric avevano dato anche un altro paio di pantaloni di una divisa da indossare a casa. La maglietta che aveva in Cambogia era stata gettata via prima ancora che salissero sull'aereo, ma i pantaloni erano dentro lo zaino. Cercò nella tasca posteriore e tirò fuori il pezzo di carta piegato e stropicciato. Lo aprì mentre tornava in camera, dove lui la stava aspettando.

La osservò mentre faceva del suo meglio per stirarne le pieghe e si guardava intorno alla ricerca di qualcosa per appenderlo alla parete.

«C'è una scatola di puntine da disegno nel mio cassettone» le disse.

Marlowe rise. «Posso osare chiedere il perché?»

«No.»

Lei ridacchiò di nuovo. Non le importava affatto che suo marito avesse una scatola di puntine in camera. Ne prese una rossa e indicò uno spazio vuoto sopra la testiera del letto. «Lì?»

«Perfetto.»

Non esitò a fare un piccolo foro nel documento. Più avanti lo avrebbe incorniciato e il buco avrebbe aggiunto un po' di carattere al certificato già logoro.

«Perfetto» ripeté. «Ora vieni a letto.»

Tese una mano e Marlowe indugiò solo un secondo prima di afferrare l'orlo della maglietta che indossava e toglierla. La stampa raffigurava Bigfoot accanto a una montagna e sotto c'era la parola MAINE a caratteri cubitali. Quando l'aveva vista nel negozio di souvenir l'aveva fatta sorridere, e non aveva saputo resistere.

La lasciò cadere sul pavimento e si sfilò i pantaloni. Non

portava il reggiseno. Quello che le avevano dato in prigione lo aveva gettato via quando erano ancora in Cambogia, e comunque non era che ne avesse bisogno. Si infilò sotto le coperte accanto a suo marito, che si girò subito su un fianco e la prese tra le braccia. Sospirarono entrambi soddisfatti.

«Non credo che riuscirò mai più a dormire senza di te» le mormorò tra i capelli. «Non ricordo quando è stata l'ultima volta che *non* mi sono svegliato a causa di un incubo prima che ti conoscessi. È un miracolo. Tu sei il mio miracolo.»

Marlowe non gli disse che sull'aereo e nella stalla di quel contadino in Cambogia aveva urlato chiamandola. Non le piaceva ricordare la disperazione che aveva sentito nella sua voce. Se averla vicina lo aiutava a dormire, avrebbe trascorso ogni notte proprio dove si trovava ora per il resto della vita.

«Bentornata a casa, Punky» le disse con dolcezza.

Sospirò felice. *Era* a casa. Per la maggior parte della sua vita adulta si era sentita come un seme di un dente di leone trasportato dal vento. Senza un posto dove stabilirsi, sempre a seguire la corrente, da un lavoro all'altro. Ma essere nel Maine, con Kendric... era come se fosse giunta finalmente nel posto in cui era destinata a stare.

Sentì le sue labbra sulla tempia e sorrise, accoccolandosi ancora di più a lui. Stare pelle a pelle dava una sensazione divina. Le fece pensare al loro amplesso in quella stalla in Cambogia. Le fece ricordare com'era stato averlo dentro di lei. Come l'aveva fatta venire.

Desiderava farlo di nuovo, ma per il momento si sarebbe goduta il fatto di essere al sicuro. E amata.

CAPITOLO DODICI

BOB SI SENTIVA QUASI quello di prima. L'ultima settimana e mezza l'aveva trascorsa a conoscere Marlowe senza la pressione e lo stress dell'essere dei fuggitivi. Avevano dormito, guardato la TV, fatto visita ai loro amici e trascorso tre giorni con suo fratello, che si era presentato lì il giorno successivo al loro arrivo a Newton.

Era stato evidente quanto i due fossero legati. Tony aveva raccontato loro la sua parte della storia, di quanto era stato terrorizzato quando aveva saputo dell'incarcerazione di Marlowe e di aver fatto tutto ciò di legalmente possibile per farla uscire. Quando non aveva funzionato, si era rivolto a Gregory Willis. A quanto pareva, l'agente dell'FBI aveva approfittato del vantaggio di poter chiedere a Tony di ricambiare il favore in futuro. E, coincidenza, Willis aveva anche un amico che in passato era stato incarcerato per motivi politici a Pechino, e ci erano voluti due anni di trattative per riportarlo a casa. Quindi, era particolarmente sensibile al fatto che qual-

cuno venisse rinchiuso in un paese straniero per un reato che
non aveva commesso.

Il ricongiungimento tra fratello e sorella era stato emozio-
nante, e tutti coloro che vi avevano assistito, in particolare gli
amici di Bob che in quel momento si trovavano a casa sua, si
erano commossi.

L'atmosfera era un po' cambiata quando l'uomo aveva
scoperto che si erano sposati mentre si trovavano in
Thailandia.

All'inizio non era stato contento, pensando che Bob
avesse approfittato della situazione disperata di Marlowe. Ma
poi era riuscito a parlargli per qualche minuto in privato rassicurandolo che non le avrebbe mai fatto del male. Che lei era
la sua priorità. Doveva essersi convinto della sua sincerità
perché quando se n'era andato per tornare a Washington, al
suo lavoro e alla sua famiglia, gli aveva stretto la mano dicendogli di prendersi cura di sua sorella. Era sembrata un'appro-
vazione, e ciò aveva significato molto per lui.

Gli avevano già tolto i punti, e sebbene fosse un po' rigido
e dolorante e dovesse ancora prendere gli antibiotici che gli
erano stati prescritti per almeno altri dieci giorni, si sentiva
piuttosto bene.

Marlowe stava recuperando un po' del peso che aveva
perso con l'aiuto di Carlise, June e April. Le tre ragazze erano
state fantastiche, erano andate a casa loro ogni giorno
portando dei pasti deliziosi, per poi rimanere per conoscerla
meglio. Vederla andare d'accordo con le donne dei suoi amici
aveva provocato una sensazione di calore nel profondo di lui.
Voleva che fosse in sintonia con loro, perché così sarebbero
aumentate le possibilità che volesse rimanere. Perché Bob
desiderava davvero che restasse.

Non le aveva ancora parlato di Ian, ma dopo aver fatto una videochiamata con Tex, si era reso conto che era giunto il momento. L'ex SEAL aveva finalmente trovato su un sito di aste nel dark web un post dove cercava di vendere le monete, e sembrava che ci fossero degli acquirenti interessati. Aveva anche informato lui e i suoi amici che Ian era ancora in contatto con un paio di abitanti del posto che stavano lavorando negli scavi in Thailandia.

Bob sapeva che ciò significava che qualcuno avrebbe potuto dirgli della fuga di Marlowe, se non lo avevano già fatto. E ciò avrebbe reso l'uomo giustamente nervoso.

Doveva aggiornarla, in modo che si guardasse le spalle e avesse voce in capitolo su quello che sarebbe accaduto in futuro.

Odiava far riaffiorare i brutti ricordi, visto che sembrava che lei si fosse ambientata benissimo a Newton, ma doveva essere fatto. Sperava solo che la notizia non la spaventasse e la facesse tornare dalla sua famiglia a Washington.

Più tempo trascorreva con lei, più desiderava passarne. E non si trattava di sesso, anche se non vedeva l'ora di avere il via libera dal medico per fare di nuovo l'amore.

No, era il fatto di svegliarsi con lei accoccolata accanto. Di insegnarle a cucinare e ridere insieme quando i suoi tentativi erano dei veri e propri fallimenti. Era osservarla conoscere i suoi amici e le loro donne e vederla rifiorire con la sua ritrovata libertà.

Non si era nemmeno reso conto di quanto fosse stato solo prima. Forse era quello il motivo per cui si era sentito così inquieto da quando aveva lasciato l'esercito, sempre alla ricerca di modi per tenersi occupato. Anche se le sue giornate erano più o meno le stesse di prima di andare in Thailandia, ora sembravano molto più appaganti. Era curioso verso il futuro che non aveva mai immaginato di poter avere.

Bob aveva chiesto a JJ di andare lì quando avrebbe parlato con Marlowe di Ian West, e ora stava preparando per pranzo dei panini farciti di carne macinata in vista dell'arrivo dell'amico. Marlowe era in salotto e stava parlando al telefono con Tony. La sentì assicurargli che stava bene, che no, non si annoiava, e che tutti quelli che aveva incontrato erano stati accoglienti ed estremamente gentili.

Il fatto che non sentisse il bisogno di parlare con il fratello a porte chiuse, che non le importasse se lui ascoltava la sua parte di conversazione, fu un'altra cosa che lo fece sentire più vicino a lei.

Alla fine riattaccò e andò in cucina. Saltò su uno degli sgabelli intorno alla piccola isola e appoggiò il mento sulla mano. «Mi sento in colpa» disse.

«Per cosa?»

«Perché sei quello ferito ma cucini solo tu.»

«Ti *piace* cucinare?»

Sembrò sorpresa della domanda. «Ehm... non particolarmente. Lo sai.»

«Allora perché dovresti farlo?»

«Perché tu stai male. Perché voglio dare una mano. Perché non voglio che pensi che mi stia approfittando di te in qualche modo.»

Bob non poté fare a meno di ridacchiare. «Stavo male, ma ora non più.» "Non più" forse era un po' esagerato, ma ogni giorno che passava si sentiva sempre meglio. «E *dai* una mano» proseguì. «Ieri hai piegato i nostri vestiti, hai cambiato le lenzuola e hai messo via i piatti. E per quanto riguarda l'approfittarsi di me... non lo stai facendo. Neanche lontanamente. Mi piace averti qui, Punky. Non ho mai pensato molto a come fosse vivere con una donna, ma tu lo rendi incredibilmente facile.»

«Kendric» si lamentò sommessamente. «Devi smetterla di essere così gentile.»

«Perché?» le chiese, desiderando sinceramente saperlo. Smise di mescolare la carne e si girò a guardarla.

«Perché sì.»

«Non è una risposta» la rimproverò con dolcezza. «E non potrò mai *non* essere gentile con te. Voglio viziarti. Accudirti. Renderti la vita il più semplice possibile.»

«Posso fare la stessa cosa per te?» gli chiese inclinando la testa.

«Non lo sai? Lo stai già facendo. Sono stato scapolo per molto tempo. Mi sono cucinato i pasti e ho pulito la casa. Ho lavato i miei vestiti e i pavimenti. Mi sono svegliato da solo, sono andato a letto da solo. Averti qui, condividere le faccende quotidiane, tenerti tra le braccia quando dormiamo... è meraviglioso. Farò tutto il necessario per renderti felice.»

«Lo sono» disse lei senza esitazione.

«Anch'io.» Girò intorno all'isola e le si mise davanti. Grazie all'altezza dello sgabello, le loro teste erano quasi allo stesso livello. Le prese il viso tra le mani e si chinò un po'. «È passata più di una settimana. Come ti senti? E sii sincera. Hai avuto quell'incubo la notte scorsa... vuoi parlarne?»

Marlowe gli afferrò i polsi e incontrò il suo sguardo. «Sto bene, Kendric. Voglio dire, sì, ho dei momenti in cui mi sembra surreale essere qui. Al sicuro, libera. Ma a essere sincera mi sento più stabile e protetta di quanto non lo sia stata da molto tempo. Prima mi preoccupavo di quale lavoro mi sarebbe stato assegnato, in che parte del mondo sarei andata, ma sapere che la prossima settimana mi sveglierò nello stesso posto in cui sono ora... è un sollievo.»

Quelle parole si avvolsero intorno alla sua anima. «Bene.»

«E che mi dici di te?» gli chiese. «Hai sognato? Ho dormito come un sasso quasi tutte le notti e non voglio che tu mi nasconda i tuoi incubi. Vorrei aiutarti, se ne stai avendo.»

Bob non ci aveva pensato fino a quel momento, ma si stupì nel rendersi conto che non ricordava di aver avuto un solo incubo da quando era tornato a casa. Oh, aveva fatto dei sogni, ma riguardavano lui e Marlowe nudi che si davano piacere, o bambini senza volto che correvano all'impazzata mentre lui e i suoi amici li osservavano con sguardi tolleranti e amorevoli.

«No» disse stupito.

«No, cosa?» domandò, aggrottando le sopracciglia.

«Non ho avuto incubi. Non ho mai sognato di essere un prigioniero da quando siamo tornati a casa.»

Lei lo fissò a occhi spalancati. «Davvero? Non è che stai mentendo per cercare di farmi sentire meglio?»

«Sì, davvero. E no, non sto mentendo.»

«È fantastico» replicò con un enorme sorriso.

«Sei tu» le disse. «Stringerti tra le braccia, averti al mio fianco, sembra calmare i demoni nella mia mente.»

Non fu sorpreso quando lei scosse la testa. «Non sono io.»

«Puoi pensarlo, ma ti sbagli.»

«Be', sono contenta comunque. Ma non voglio nemmeno che tu me li nasconda. Se li hai, li affrontiamo. Va bene? Non essere imbarazzato o altro.»

Bob non credeva di potersi imbarazzare di qualcosa con quella donna. «Lo stesso vale per te. So quanto possano essere terribili gli incubi. Possono sfinirti e darti la sensazione di non aver dormito. Se dovesse succedere, faremo un pisolino o ci rilasseremo in qualche modo, così ti sentirai riposata.»

Gli sorrise. «Ok.»

«Ok.» Bob si chinò e posò le labbra sulle sue. Gemettero entrambi quando quel tocco casto si trasformò rapidamente in qualcosa di più. Le infilò la mano tra i capelli corti e la tenne ferma mentre approfondiva il bacio. Lei piantò le dita sul suo petto e rispose allo stesso modo.

Quando il campanello risuonò nell'appartamento, sussultarono sorpresi.

Bob si tirò indietro e fissò la sua donna per un lungo momento. Lei si leccò le labbra, che erano gonfie per il bacio. Poi sentirono di nuovo il campanello.

«Dovremmo rispondere» gli disse.

«Sì» concordò, ma non si mosse.

Gli sorrise, poi si morse il labbro inferiore.

«Stasera» ringhiò lui. «Stasera ti mostrerò quanto sono orgoglioso che tu sia mia moglie. Quanto sono felice che tu sia qui. Quanto apprezzo tutto quello che hai fatto per me quando non ero cosciente.»

«Hai parlato con il dottore?» gli chiese, con gli occhi che brillavano di interesse e desiderio.

«No. Ma conosco il mio corpo.» Quando lei si accigliò, Bob le passò un pollice sul labbro inferiore. «Farò attenzione.»

Il campanello suonò di nuovo, più e più volte, come se JJ fosse ufficialmente stanco di aspettare che aprissero la porta.

Bob avrebbe tenuto fuori il suo amico per sempre. La replica di Marlowe era più importante in quel momento.

«Ok» disse quasi timidamente.

Provò un impeto di possessività, e il suo cazzo diventò

subito duro al pensiero di essere ancora una volta dentro di lei.

«Ok» acconsentì. Si chinò, le diede un rapido bacio e le sfiorò la guancia con le dita, poi si allontanò per andare ad aprire.

«Un po' di pazienza!» gridò, mentre afferrava la maniglia.

Come previsto, c'era JJ alla porta con un sorriso da idiota. «Era ora» disse all'amico.

«Vabbè.»

«C'è un profumo delizioso» continuò entrando.

Il suo commento gli ricordò che doveva finire di preparare il pranzo. Chiuse la porta e tornò in cucina. Una parte di lui non avrebbe voluto affrontare quella conversazione. Avrebbe preferito occuparsi da solo di Ian West senza coinvolgere Marlowe, ma non sarebbe stato giusto. Inoltre, con le informazioni che stavano per darle lei avrebbe potuto proteggersi meglio.

Non che Ian avesse in qualche modo fatto intendere di volerla cercare, ma non voleva correre il rischio.

Chiacchierarono mentre lui continuava a preparare il pranzo e Bob non riusciva a staccare gli occhi da lei. Aveva l'abilità di far sentire a proprio agio chiunque le stesse intorno. Come se fossero amici da una vita. L'aveva visto accadere con Carlise, June e April, e ora lo stava facendo con JJ.

Quando finirono di pranzare, Bob portò i piatti nel lavello e li lasciò a mollo, poi si spostarono nel piccolo salotto. Si sedette sul divano accanto a Marlowe e JJ si accomodò sulla poltrona alla loro destra.

«Hai notizie di Ian, per caso?» JJ chiese a Marlowe, andando dritto al motivo principale per cui si trovava lì.

Lei aggrottò la fronte. «No. Perché? Sta bene? Si sa niente delle monete?»

Non si sorprese che volesse sapere se stava bene. Nonostante tutto quello che quell'uomo le aveva fatto, non riusciva ad augurare del male a nessuno.

«Sta bene» rispose JJ.

«Maledizione» mormorò.

Bob non riuscì a trattenersi dal ridere. Meno male che aveva pensato che Marlowe fosse un pezzo di pane. Persino JJ ridacchiò.

«Scusate, non è stato bello» disse con un'alzata di spalle. «Ma sul serio, quello che ha fatto è stato terribile. Non solo ha rubato dal sito dello scavo, ma mi ha messo davvero nei guai quando ha pensato che avrei potuto fare la spia.»

«Be', è a casa, a Boston. Vive ancora con i suoi genitori» la informò. «Ma abbiamo saputo dalle nostre fonti che sta cercando di vendere le monete e ha un potenziale acquirente.»

«No! Non possiamo permettergli di farla franca!» protestò.

«Stiamo lavorando per assicurarci che quelle monete non finiscano nella collezione personale di qualcuno.»

«Come?»

Si accigliò. «Sappiamo che alcune persone sul dark web sono interessate, ma le offerte sono state fatte tramite terzi, da gente molto brava a coprire le sue tracce. Ma non abbastanza. Il nostro uomo, Tex, è riuscito a mettersi in contatto con due delle persone che hanno fatto un'offerta, e quando hanno capito che le loro vere identità erano state scoperte, e sono state avvisate le autorità, ovviamente il loro interesse è scemato.»

«Ma ci sono altre persone che vogliono comprarle? A quanto?»

«Sì, e l'offerta più alta al momento è di un milione ciascuna.»

«Tre milioni di dollari? Porca miseria!» esclamò. «Sapevo che valevano molto, ma non mi aspettavo che si potessero vendere a una cifra *così* alta.»

«Già.»

«Allora... come facciamo a impedire la vendita se non sappiamo chi potrebbe essere l'acquirente?»

JJ sospirò. «Ci stiamo lavorando, con l'aiuto del nostro uomo. Lo sta facendo anche l'FBI. Ma cercare di fare in modo che Ian restituisca le monete invece di venderle comporta una grossa incognita, e riguarda te.»

«Me?» chiese stupita.

«Sì. Il fatto è che qualsiasi problema dovessimo causare a Ian, potrebbe rivoltarsi contro di te.»

«In che senso?»

«Potrebbe dire alle autorità che sei una delle evase dalla prigione della Thailandia, Marlowe. Se dovesse scoprire che sei coinvolta nel tentativo di fermare la vendita di quelle monete, potrebbe potenzialmente farti sbattere di nuovo in galera, a meno che non ci siano prove concrete che sia stato lui a mettere la droga nella tua tenda.»

«Non possiamo coinvolgere la stampa?» chiese. «Riguardo alle monete, intendo? Fare una soffiata anonima?»

«Forse. Anche se non sono sicuro che la storia otterrà la pubblicità che vogliamo o di cui abbiamo bisogno per spaventare a sufficienza l'acquirente tanto da bloccare la vendita.»

«Già, le monete non vanno di moda» concordò. «È un problema con molti degli scavi a cui ho partecipato. La gente è ansiosa di offrire sovvenzioni quando c'è la possibilità di trovare roba abbastanza interessante ed eccitante da incuriosire tutto il mondo, ma quando si tratta di un po' di ossa, di cocci di ceramica o di poche monete, spesso non vale il loro tempo o la loro attenzione.»

Nessuno disse nulla per un minuto intero.

Poi Marlowe si raddrizzò rapidamente. Era chiaro che le fosse venuta un'idea, e per qualche motivo Bob sapeva che non gli sarebbe piaciuta.

«E se lo chiamassi? Se gli dicessi che so che è stato lui a farmi arrestare e che voglio partecipare alla vendita per tenere la bocca chiusa?»

«Cosa?» chiesero contemporaneamente i due uomini.

«Potrei dirgli che se non restituisce quelle monete, andrò alle autorità e alla stampa. Potrei rendere la vendita così rischiosa che nessuno oserebbe comprarle. Inoltre, nessuno lo assumerebbe più per lavorare ai loro scavi. Verrebbe bandito. Mi rendo conto che potrebbe mettermi nei guai se sapesse che non sto più marcendo in quella prigione in Thailandia, ma se riuscissi in qualche modo a fargli ammettere che non solo ha rubato le monete, ma ha anche piazzato la droga nella mia tenda, dovrebbe essere sufficiente a scagionarmi, giusto?»

«No» dichiarò Bob.

Allo stesso tempo JJ mormorò: «Non è una cattiva idea.»

«Cosa? No!» Ripeté con più forza. «Non voglio che Marlowe abbia a che fare con quello stronzo. E stiamo parlando di tre milioni di dollari. Sono un sacco di soldi, e la gente diventa pazza e disperata quando la posta in gioco è così alta.»

«Kendric» disse Marlowe con dolcezza, mettendogli una mano sul ginocchio.

Ma l'aspetto che aveva la prima volta che l'aveva incontrata gli era rimasto impresso nella mente. Quanto era magra.

Abbattuta. Ora non assomigliava minimamente a quella donna, e non voleva fare nulla che potesse riportarla in quello stato.

Anche solo *parlare* con Ian avrebbe potuto indurlo a rivolgersi alle autorità per informarle di essere stato contattato da un'evasa. La minaccia di essere estradata in Thailandia avrebbe potuto scatenarle altri incubi come quello che aveva avuto la notte precedente. I suoi lamenti gli avevano spezzato il cuore e non aveva potuto fare altro che tenerla stretta e sussurrarle in continuazione che era al sicuro.

Non voleva nemmeno *pensare* a quanto avrebbero sofferto entrambi se fosse tornata in prigione.

«Non conosciamo West. Sì, è giovane, ma non *tantissimo*. E se lo chiami e cerchi di ricattarlo, potrebbe reagire violentemente» disse Bob.

«E se non lo faccio venderà le monete, saranno perse per sempre e non avremo alcuna prova che le abbia rubate» replicò Marlowe. «Probabilmente ruberà di nuovo da un altro sito archeologico perché è avido, e ovviamente non ha alcuna morale visto che non ci ha pensato due volte a mandarmi in prigione per il resto dei miei giorni! Inoltre, ho *bisogno* di dimostrare la mia innocenza. Non potrò andare avanti con la mia vita se non lo farò. La minaccia di tornare in prigione sarà sempre una spada di Damocle sulla mia testa se non riuscirò a fargli ammettere di aver messo quella droga nella mia borsa.»

Gli venne da vomitare. Non poteva accettare che Marlowe rischiasse in quel modo. E se avesse contattato Ian, si sarebbe messa intenzionalmente in pericolo.

Ma... sapeva che aveva ragione. E non lo sopportava.

Se volevano una vita normale insieme, se non volevano

doversi guardare alle spalle per il resto della vita, dovevano occuparsi dell'accusa di spaccio.

«Possiamo coinvolgere il capo Rutkey e i suoi agenti, così sarà ufficiale» aggiunse JJ.

«Posso chiamarlo e registrare tutto. Se riesco a fargli ammettere di avere le monete, le autorità avranno abbastanza elementi per ottenere un mandato di perquisizione e trovarle, giusto? Magari se lo faccio arrabbiare abbastanza, posso anche fargli confessare di avermi incastrata. Che ha messo quella droga nella mia borsa per liberarsi di me, in modo che non facessi la spia.»

Il solo pensiero che lei parlasse con Ian West lo faceva andare fuori di testa dalla paura, tanto che strinse i denti fino a farsi male la mascella. Aveva bisogno di un minuto per elaborare il fatto che Marlowe volesse davvero mettersi in una situazione così pericolosa.

Senza dire una parola, si diresse verso la finestra del balcone, la aprì con uno strattone e uscì.

Sentì JJ e Marlowe parlare a bassa voce nella stanza dietro di lui, ma tutto ciò che riuscì a fare fu aggrapparsi alla ringhiera e fissare gli alberi, mentre la sua mente turbinava di pensieri.

Passarono alcuni minuti e quando sentì la voce di JJ alle sue spalle, non ne fu esattamente sorpreso.

«So che non è l'ideale...» esordì l'amico.

Bob si girò e sbottò: «Non è l'ideale? Mia moglie che affronta l'uomo che l'ha fatta sbattere in prigione senza un briciolo di rimorso? Mi stai prendendo in giro, vero?»

«L'alternativa è che non facciamo nulla e ci affidiamo a Tex e all'FBI per cercare di rintracciare l'acquirente. Non c'è alcuna prova che West abbia quelle monete, quindi la polizia non può perquisire la sua casa. Ma, come ho accennato, se lo stronzo si rende conto che lei è negli Stati Uniti, può andare a denunciarla e farla arrestare di nuovo. E questa volta il fratello potrebbe non essere in grado di usare le sue connessioni politiche e i suoi soldi. Potrebbe non trovare un altro ex soldato delle forze speciali sconsiderato e che si crede invincibile che vada a tirarla fuori di prigione.»

«Stai davvero cercando di farmi sentire in colpa per usare mia moglie come esca?» Bob sibilò.

«Il pensiero che Marlowe parli con quello stronzo non mi piace più di quanto non piaccia a te.»

«Giusto. Ma userai comunque contro di me la delusione che provi nei miei confronti per portare avanti il piano. Dobbiamo davvero farlo adesso?» chiese, sempre più incazzato.

«Direi di sì» rispose JJ, con un tono altrettanto duro.

«Bene! Ho agito alle tue spalle. Ho lavorato con l'FBI per andare in paesi stranieri e salvare gli americani che si erano messi nei guai. Ed ero dannatamente bravo. Mi pento di aver mentito a te e agli altri? Sì. Lo rifarei se non avessi trovato Marlowe? Ancora *sì*.

Amo questo posto. Amo quello che abbiamo costruito. Ma per anni non mi è bastato. Ero inquieto, e forse anche sconsiderato come mi hai accusato di essere, ma i demoni nella mia testa non si *calmavano*! Non ho dormito per niente da quando mi sono congedato, e quando ero in missione ero troppo concentrato per pensare al mio passato. A quello che era successo a me e ai miei amici. L'adrenalina e il pericolo mi tenevano abbastanza su di giri da permettermi di dimenticare, almeno per un po'.

Poi sono andato in Thailandia e ho incontrato Marlowe. E

i rischi che avevo corso mi sono sembrati improvvisamente stupidi. Ero anche stanco. Stanco di mentire ai miei migliori amici. Stanco di essere solo. E non avevo smesso di avere gli incubi. Andare in missione non mi aiutava, non a lungo.

Se non riesci a perdonarmi per aver agito alle tue spalle, lo capisco. Non mi piacerà, ma lo capisco. Ma incoraggiare mia *moglie* a mettersi in pericolo solo per farmela pagare, non va bene, Jackson. E se si trattasse di April? Saresti altrettanto stoico o calmo se ti suggerissi di coinvolgerla in un'operazione come una cazzo di esca?»

JJ contrasse la mascella mentre lo fissava.

«Esatto. Non lo faresti» proseguì, rispondendo alla sua stessa domanda. «Saresti incazzato come lo sono io in questo momento. Non so cosa ci sia tra voi due, ma non te ne resteresti mai lì con le mani in mano lasciando che April si metta in pericolo. Anche se fosse il modo migliore per risolvere il problema. Anche sapendo che è coraggiosa e forte e talmente altruista che solo a starle vicino ti fa sentire un orco in confronto.»

Bob deglutì a fatica, poi fece un respiro profondo e disse sommessamente: «Non posso perderla ora che l'ho trovata, JJ. *Non posso.*»

«Non succederà» disse, uscendo sul balcone per mettergli una mano sulla spalla.

«Non puoi prometterlo. E nemmeno i poliziotti. Nessuno può. Non conosciamo questo West. Sappiamo solo che non si fa problemi a incastrare gli altri per ottenere ciò che vuole. Sapeva cosa sarebbe successo quando ha fatto la soffiata sulla droga. Sapeva che Marlowe sarebbe finita in prigione. E non gliene è fregato nulla. L'ha fatta rinchiudere *a vita* solo per poter tornare negli Stati Uniti con quelle monete.»

«Allora non lo faremo» lo rassicurò. «Troveremo un altro modo. E per la cronaca» sospirò profondamente, «non sono sorpreso che ti sia messo a fare quelle missioni. Sapevo che non eri pienamente convinto di trasferirti nel Maine. Accidenti, avevi suggerito New York, che è molto differente da Newton. Ho pensato che col tempo ti saresti adattato o saresti venuto a parlarci della tua inquietudine. Ciò non significa che non mi ferisca che tu abbia agito alle nostre spalle per lavorare con Willis.

Dannazione, Bob, sei uno dei miei migliori amici. Abbiamo vissuto esperienze terribili insieme. Odio sapere che eri là fuori, in situazioni pericolose, senza che noi ti coprissimo le spalle. Non sono arrabbiato per quello che stavi facendo, ma solo triste perché hai creduto di non poterne parlare con noi.

E per quanto riguarda il fatto che non dormi... perché non hai detto nulla? Pensi che io non abbia incubi? Che Chappy non li abbia? Che Cal non riviva continuamente quello che gli hanno fatto quei bastardi? Non sei l'unico a soffrire di disturbo post-traumatico da stress. Avremmo potuto parlarne. Probabilmente avrebbe giovato a tutti. Ma quel che è fatto è fatto. Ce lo stiamo lasciando alle spalle. Capito? Ti troveremo un nuovo psicologo e vedremo se riusciremo a scacciare quei demoni dalla tua testa una volta per tutte... senza che tu debba andare in capo al mondo a metterti in pericolo.»

Dio, voleva un sacco di bene a quell'uomo. Fece un respiro profondo. «Uno di questi giorni non mi dispiacerebbe parlare con te e gli altri di quello che abbiamo passato, tirare fuori tutto, ma credo di aver finalmente trovato la cura ai miei incubi.»

«Sì? Qual è? Non ti sarai messo a bere, vero? O stai prendendo dei farmaci?» chiese JJ preoccupato.

Bob sbuffò. «Assolutamente no. È Marlowe. Non so come, ma tenerla tra le braccia di notte... li tiene a bada.»

Lo sguardo malinconico sul viso del suo amico fu così fugace che pensò quasi di averlo immaginato. Quasi.

«Sono felice per te. Per entrambi.»

«Grazie.»

«Quindi... niente più missioni con Willis?» incalzò JJ. «Possiamo trovare qualcos'altro che soddisfi il bisogno che senti dentro. Non so cosa, ma lo scopriremo. Come un team.»

«Niente più missioni» confermò. «Sono finalmente pronto a rallentare.»

«Bene. Ora, a proposito di quella telefonata...»

Bob si irrigidì di nuovo.

JJ gli tolse la mano dalla spalla e fece un passo indietro. «Parlane con Marlowe prima di prendere qualsiasi decisione. Ascolta il suo punto di vista. Si è ritrovata in una situazione in cui era totalmente impotente. Nessuno le ha dato retta quando diceva di essere innocente; era prigioniera come lo eravamo noi, Bob. E credo che più che provare la sua innocenza... ha bisogno di riprendersi la facoltà di essere padrona di sé stessa.

Ti giuro sulla mia vita che se faremo qualcosa che coinvolgerà Marlowe, sarà protetta tutto il tempo. Chi meglio di quattro ex operatori della Delta Force può coprirle le spalle? Una sola telefonata. Se West non abbocca, troveremo un'altra soluzione. Magari gli lasceremo vendere una delle monete e lo beccheremo in quel modo. Ma non c'è bisogno che sappia di te, di dove si trova lei o che sta lavorando con la polizia.»

«Avrà dei sospetti» non poté fare a meno di dire.

«Certo. Ma ho fiducia che Marlowe possa convincerlo del contrario. Credo che abbia bisogno di farlo» disse JJ.

Bob chiuse gli occhi. Odiava che il suo amico avesse ragione. E aveva fiducia in sua moglie. Se qualcuno poteva farcela, probabilmente era lei. Ma ciò non significava che gli piacesse. «Le parlerò.»

«Bene. Ora devo andare. La Jack's Lumber non va avanti da sola. Stamattina ci ha chiamato una donna a cui sono caduti tre alberi sulla proprietà durante l'ultima bufera di vento. Uno ha mancato di poco la casa e un altro sta bloccando il suo vialetto. Devono essere tagliati e rimossi.»

Bob si acciglò. «Ti serve il mio aiuto?»

JJ ridacchiò. «No. Forse pensi di essere Superman, ma stai ancora guarendo. Quando avrai finito gli antibiotici e sarai tornato al cento per cento, ti farò fare un mazzo così. Ti costringerò a occuparti di tutte le chiamate per compensare la tua idiotezza.»

«Non è una parola» gli disse.

JJ gli mostrò il dito medio e rientrò nell'appartamento.

Bob lo seguì e vide che Marlowe non era nella zona giorno.

«È andata in camera da letto per lasciarci un po' di privacy per parlare» gli spiegò, vedendolo preoccupato. «È una brava persona. Non avresti potuto trovarne una migliore.»

«Lo so.» Era volato dall'altra parte del mondo per salvare Marlowe e aveva finito per essere lui quello salvato.

«Chiamami più tardi. Se decidi di provare con la telefonata, organizzerò un incontro con il capo Rutkey. Possiamo trovarci tutti e quattro – scusa, cinque – con lui e discutere i dettagli.»

«Lo farò. Grazie, JJ.» Non era sicuro di cosa lo stesse

ringraziando. Forse per averlo perdonato. Perché aveva capito. Perché era empatico. Ma credeva davvero che JJ volesse il meglio per lui.

«Non c'è di che. Ma devo dirtelo: non fare più queste stronzate. Siamo amici, Kendric. Noi quattro ne abbiamo passate troppe insieme. Sei come un fratello per me. Se senti di avere bisogno di qualcosa, devi dirlo.»

«Lo farò.»

«Bene.» Era già alla porta, ma all'ultimo si voltò. «E quella storia di April? Avevi ragione. Non sarei felice se si mettesse in pericolo. Ma le cose tra noi sono... complicate.»

«Allora rendile più semplici» ribatté.

«Non è così facile. Vorrei che lo fossero. Ora vai a parlare con la tua donna. Ha bisogno del tuo sostegno. A dopo.»

JJ chiuse la porta prima che Bob potesse replicare. Il fatto che avesse ammesso che c'era qualcosa tra lui e April era già un passo, ma non era sicuro se fosse in avanti o indietro. Doveva solo aspettare e vedere, ed essere a disposizione del suo amico se avesse avuto bisogno di lui.

Chiuse a chiave e si diresse verso la camera da letto. Doveva parlare con Marlowe del suo folle piano. E una volta risolto quello, voleva fare l'amore con sua moglie nel suo – anzi, nel *loro* – letto.

Niente gli avrebbe impedito di adorare la donna di cui si era follemente innamorato. Iniziando con il dimostrarle che anche se erano in forte disaccordo su come gestire la situazione con Ian, non avrebbe mai smesso di amarla.

CAPITOLO TREDICI

MARLOWE ERA SEDUTA sul bordo del letto nella stanza di Kendric e si stava mordendo nervosamente l'unghia del pollice. Era rimasto così sconvolto dalla sua proposta. Pur comprendendo che un contatto con Ian poteva essere pericoloso, doveva assicurarsi che lui non potesse rubare altri manufatti mettendo altri archeologi in una situazione pericolosa che avrebbe cambiato la loro vita.

E doveva difendere la sua reputazione.

Non aveva dubbi che sarebbe riuscita a farlo parlare. Anche se avesse sospettato che lei lavorava con la polizia, avrebbe comunque voluto sapere il suo piano. Era anche abbastanza arrogante da pensare di poterla superare in astuzia, ma si sbagliava.

Per il momento era più preoccupata per Kendric. Non l'aveva nemmeno guardata prima di precipitarsi verso il balcone. Avrebbe voluto uscire per calmarlo, per cercare di parlargli, ma JJ le aveva detto che sarebbe stato meglio se fosse andato lui.

Quindi ora era stressata. Aveva sentito i due uomini rientrare e poi la porta d'ingresso chiudersi. Era ancora arrabbiato? L'avrebbe trattata con freddezza? Le avrebbe urlato contro dicendo che era una stupida?

Non credeva che si sarebbe comportato così, ma d'altra parte non lo conosceva da molto tempo. Sicuramente non abbastanza a lungo da sapere come reagiva quando era davvero arrabbiato. Non aveva paura di lui; Kendric non l'avrebbe mai picchiata in un impeto di rabbia, ma non sapeva se avrebbe evitato di parlarle o se si sarebbe rifiutato categoricamente di prendere in considerazione la sua proposta. In entrambi i casi le avrebbe fatto incredibilmente male.

Sentì un rumore alla porta così alzò la testa di scatto. Ebbe a malapena il tempo di alzarsi che Kendric era già lì. La attirò a sé e la strinse in un forte abbraccio.

Sospirò di sollievo. Non era sicura di quale sarebbe stato il suo stato d'animo, ma sperava fosse un buon segno il fatto che la stesse toccando, stringendo. Affondò il naso nell'incavo tra la sua spalla e il collo e inspirò profondamente. Aveva sempre un profumo così buono. Anche mentre attraversavano la Thailandia e la Cambogia ed erano sudati e sporchi, le era sembrato che il suo odore la calmasse.

Dopo un attimo Kendric si tirò indietro. «Dobbiamo parlare.»

Oh. Non c'era da stupirsi che gli uomini odiassero sentire le donne pronunciare quelle parole. Suonavano così minacciose. Ma annuì. Avevano *davvero* bisogno di parlare.

Tuttavia, invece di farlo, le afferrò l'orlo della maglia.

Troppo sorpresa per protestare, Marlowe sollevò le braccia e lasciò che gliela sfilasse dalla testa. Le sue azioni furono rapide e metodiche, per nulla sensuali, ma era passato così tanto tempo dall'ultima volta che erano stati in intimità che il solo fatto di essere di fronte a lui mezza nuda le fece inturgidire i capezzoli e bagnarsi.

Le labbra di Kendric ebbero un guizzo quando notò quella reazione, ma non si fermò e le slacciò i jeans per poi spingerli giù. Marlowe si lasciò spogliare, rimanendo immobile mentre lui le toglieva anche le mutandine e il reggiseno.

Quando fu completamente nuda, indicò il letto dietro di lei. «Sali.»

Sentendosi un po' destabilizzata, si infilò volentieri sotto le coperte e guardò suo marito spogliarsi per poi unirsi a lei.

La prese subito tra le braccia e Marlowe sorrise, accoccolandosi.

«Molto meglio» sospirò lui. «Non sono contento di questa cosa» continuò senza girarci intorno. «Non voglio che tu parli con lo stronzo che ti ha fatto rinchiudere.»

«Lo so» replicò, ed era vero. Se Kendric avesse fatto a modo suo, si sarebbe assicurato che non dovesse mai parlare con *nessuno* che potesse averle fatto del male in passato. Ne era certa come lo era del proprio nome. Ma doveva farlo.

«Mi sono fidata di lui» disse con calma. «Non c'erano molti americani in quel sito ed era bello avere qualcuno dello stesso Paese. Era un tipo divertente ed entusiasta e mi piaceva parlarci. È stato uno shock enorme scoprire ciò che aveva fatto. Non me lo sarei mai aspettata da lui. Credo sia per questo che gli ho dato la possibilità di aggiustare le cose. Se avessi sorpreso qualcun altro con quelle monete, lo avrei denunciato immediatamente. Ma Ian è così giovane. Pensavo davvero che se avesse avuto la possibilità di riflettere sulle sue azioni e alle potenziali conseguenze, si sarebbe reso conto dell'enorme errore che stava commettendo e vi avrebbe rimediato.»

«Ma non è successo» disse inutilmente Kendric.

«Già. È per questo che *devo* farlo. Ha fatto qualcosa di estremamente sbagliato. Ha rubato parte della storia di un paese. Ha compromesso il lavoro di tutti gli archeologi di quel sito. E... ha rubato la fiducia che avevo *in me stessa* e la mia capacità di fidarmi del mio istinto quando si tratta delle persone. Ho bisogno di riaverle indietro.»

«Non hai bisogno di lui per poterlo fare.»

Marlowe avrebbe voluto che avesse ragione, ma doveva andare fino in fondo. Voleva contribuire perché Ian pagasse per ciò che aveva fatto. Credeva nel karma, ma anche quello a volte aveva bisogno di un piccolo aiuto.

«È arrogante» continuò. «Dopo averla fatta franca con il furto di quelle monete, penserà di essere invincibile. E la mia telefonata sarà uno shock enorme per lui. Sono sicura fosse convinto che sarei sparita per sempre, e anche se fossi riuscita a uscire di prigione, per allora avrebbe già venduto le monete e non ci sarebbero state prove del suo coinvolgimento. Ci ho riflettuto mentre tu parlavi con JJ... se chiedessi una parte dei soldi ricavati dalle monete, potrebbe non sospettare che sto lavorando con la polizia. E se minacciassi di denunciarlo se non dovesse accettare, penserà di essere più furbo di me. Penserà che siccome si è sbarazzato di me una volta, può farlo di nuovo.»

«Lo voglio a non meno di tre metri da te» disse Kendric in tono basso e duro.

«Io *ho* intenzione *stare* a non meno di tre metri da lui» concordò Marlowe. «Mi fa paura. Pensavo di conoscerlo e guarda cos'ha fatto. Spero che con una telefonata questo incubo finisca. Non sono così ingenua da pensare che sarà facile, ma credo comunque che se lo farò arrabbiare abbastanza potrebbe fare un errore e rivelare qualcosa, e questa volta sarò *io* a mandarlo in prigione. Ti prego, Kendric. Ho bisogno di provarci.»

Il suo uomo sospirò e fissò il soffitto.

Marlowe aspettò, dandogli il tempo di riflettere sulle sue argomentazioni.

Alla fine disse: «Se lo facciamo, sarà alle mie condizioni.»

«Ok» concordò subito.

«Non dovrai correre alcun rischio né rivelargli dove sei. Gli riferirai solo ciò che avremo preventivamente discusso e preparato. Gli dirai le nostre condizioni, e poi sarà tutto finito.»

«Va bene.»

«Dico sul serio, Punky. Niente cambi di piano una volta che è stato avviato. Non pensare di poter ottenere più informazioni tirandola per le lunghe. La tua idea è buona. Gli dirai che vuoi una parte dei soldi che ricaverà dalla vendita e in cambio ti dimenticherai di lui e lui si dimenticherà di te. Capito?»

«Sì, Kendric.» Marlowe non riusciva a credere che stesse accettando. In quel momento lo amò ancora di più. Il che era un po' difficile da immaginare, perché lo amava già moltissimo.

«Non posso perderti» disse in tono torturato. «Non dopo averti appena trovata.»

«Non mi perderai. Sono proprio qui. Tutto questo finirà prima che tu te ne accorga» cercò di rassicurarlo, incrociando le dita nella speranza che non fosse una bugia.

Ora che sembrava che avrebbe davvero parlato con Ian,

era un po' nervosa. Ma sapere che Kendric e i suoi amici le coprivano le spalle, rendeva il tutto un po' più facile.

Rotolò sopra di lei, che strillò sorpresa, fissandolo. «Fai attenzione!» lo rimproverò. «La tua schiena...»

«È tutto ok. Sto bene. Voglio fare l'amore con mia moglie nel nostro letto. Nella nostra casa.»

Marlowe praticamente si sciolse sotto di lui. «Sì. Per favore.»

«Così educata» replicò con un sorriso malizioso. «C'è un'altra cosa che voglio e che non ho avuto modo di fare prima.»

«Che cosa?»

Invece di rispondere, fece un gran sorriso e si abbassò per baciarla. Ma non indugiò. Le baciò il collo, la clavicola. Poi le succhiò un capezzolo mentre le pizzicava leggermente l'altro, facendola inspirare bruscamente e inarcare la schiena.

Continuò a scendere lungo il suo corpo, baciandole la pancia prima di sistemarsi tra le sue gambe. Lei abbassò lo sguardo e lo vide fissarla mentre le accarezzava le cosce. «Ti sono piaciute le mie dita. Vediamo se ti piace la mia lingua.»

Non ebbe la possibilità di dire nulla perché lui abbassò subito la testa e procedette a farla impazzire. Marlowe si contorse mentre la leccava e succhiava facendola volare nell'estasi con imbarazzante rapidità.

Solo un altro uomo l'aveva leccata, e non aveva provato nulla di simile.

Ma Kendric non si fermò. Continuò a stuzzicarle il clitoride con le labbra e la lingua, anche quando lei si lamentò di essere troppo sensibile.

Dopo due orgasmi intensissimi che la lasciarono tutta

sudata e sfinita, finalmente lui risalì lungo il suo corpo, baciandole ogni centimetro di pelle.

Rimase sospeso su di lei sorridendo. «Mi piace vederti
così.» E la baciò di nuovo. Marlowe sentì il proprio sapore
sulle sue labbra, e con chiunque altro si sarebbe sentita a
disagio o sconvolta. Ma con l'uomo che amava, nulla sembrava
imbarazzante.

«Così come?» gli chiese, quando si staccarono per prendere
fiato.

«Tutta scompigliata» rispose con un sorriso. Poi si prese in
mano l'uccello e lo posizionò davanti alla sua fica. «Sei pronta
per me?»

«Sono sempre pronta per te» replicò senza esitazione,
allargando le gambe e invitandolo a entrare.

Prima che potesse sbattere le palpebre, fu dentro di lei,
facendola sospirare. Era bellissimo, la riempiva come nessuno
aveva mai fatto.

Lui chiuse gli occhi e inspirò. Quando li riaprì, le disse:
«Hai preso un po' di peso da quando sei qui.»

Marlowe si irrigidì. Non pensava che si stesse lamentando,
ma era un po' strano parlarne in quel momento. «Ehm... sì?»

«Ti è tornato il ciclo?»

Si leccò le labbra e scosse la testa, cercando di controllare
il rossore che sentì infiammarle le guance.

«Se vuoi posso iniziare a mettere il preservativo... per
proteggerti.»

Oh! Ecco il motivo di quel commento sul peso.

Non riusciva a immaginare di non averlo dentro di sé
senza barriere. Le piaceva la sensazione che le dava. Amava
quando lui veniva nel profondo del suo corpo. Ma forse aveva

cambiato idea? Avevano parlato di figli, ma magari ora che non erano più in fuga aveva deciso che fosse una follia?

«Vedo che la tua mente sta rimuginando all'impazzata. Voglio ancora metterti incinta» disse francamente. «Non c'è niente che desideri di più che vederti raggiante con il pancione. Ma tra noi le cose sono progredite in fretta. Se vuoi aspettare, mi sta bene lo stesso.»

«No» ribatté subito. «Non voglio aspettare.»

«Ottimo.»

«Anche se non c'è nessuna garanzia» lo avvertì.

«Lo so. Ma ci divertiremo a provarci» replicò con un sorriso, mentre cominciava a muoversi in modo lento e costante, facendola ansimare e gemere di piacere.

A un certo punto lei espresse di nuovo preoccupazione per la sua schiena. In risposta, Kendric cominciò a spingersi più velocemente, con più forza, e ogni timore svanì dalla sua mente.

Marlowe aveva pensato che fare l'amore con lui la prima volta fosse stata la cosa più bella che avesse mai sperimentato, ma si era sbagliata. Essere lì in quel momento, al sicuro e comoda, era molto più eccitante, appagante ed erotico.

Fece l'amore con lei stuzzicando il suo corpo finché non lo implorò di farla venire... e non la fece aspettare un secondo in più. Poi rimase sprofondato in lei mentre veniva travolta dall'orgasmo. Proprio come la volta prima, sembrava bramare di sentirla contrarsi intorno al suo cazzo.

Non appena si rilassò, lui iniziò a scoparla con intensità, mormorando parole d'amore e quanto fosse bella, finché l'orgasmo non travolse anche lui facendogli rilasciare schizzi di sperma nel profondo del suo corpo.

Si posò sopra di lei per qualche secondo per riprendere fiato, poi rotolò e se la strinse al petto.

Marlowe voleva protestare, dirgli che non avrebbe dovuto sostenere il suo peso per via delle ferite sulla schiena, ma amava stare in quella posizione. Sdraiata e rilassata sopra Kendric che era ancora dentro di lei. Le ricordava la prima volta che avevano fatto l'amore in quella stalla. Solo che ora non dovevano preoccuparsi dello sporco o di venire interrotti, e intorno a loro non c'erano animali che mangiavano rumorosamente.

«Ti amo» gli mormorò contro il petto.

Le sue braccia la strinsero e sentì il suo cazzo contrarsi dentro di lei. «Ti amo anch'io.»

Gli baciò il collo e sospirò soddisfatta.

«Farò tutto il necessario per tenerti al sicuro» le sussurrò.

Sollevò la testa. «Cos'hai detto?»

«Quando parlerai con Ian, farò tutto il necessario per assicurarmi che vada tutto liscio. E questo vale anche per la vita in generale. Sarò una spina nel fianco. Penserai che sono iperprotettivo, ma è perché lo sono veramente. Non starò lì a controllarti, puoi essere amica di chi vuoi, andare dove vuoi. Puoi trovare il lavoro che vuoi, o non lavorare. Non mi interessa. Ma probabilmente ti manderò messaggi in continuazione, per assicurarmi che tu stia bene, per chiederti se hai bisogno di qualcosa. E quando avremo dei figli...»

Rabbrividì leggermente, poi continuò a parlare. «Mi comporterò davvero in modo esagerato. Intendo fare controlli del background delle babysitter, degli allenatori e degli insegnanti. Niente e nessuno farà del male a ciò che è mio se posso evitarlo.»

Sulle guance di Marlowe scesero alcune lacrime.

Kendric sembrò allarmarsi. «Merda! Non piangere, Punky. Cercherò di tenere tutto sotto controllo, ma non ho mai amato nessuno come amo te, e il pensiero che ti possa accadere qualcosa mi fa impazzire. E i bambini sono così vulnerabili. Non voglio che mettano mai in dubbio l'amore del loro papà. Combinerò dei casini, lo so, e ho il terrore di fare o dire qualcosa che li trasformi in psicopatici, ma farò comunque del mio meglio per essere il tipo di padre e marito che hai sempre voluto.»

«Kendric» sussurrò, posandogli una mano sulla guancia. «Sei già il marito che ho sempre sognato.»

Lui girò la testa e le baciò il palmo.

«Mi sta bene che tu sia protettivo, purché possa esserlo anch'io. Quando sarai al lavoro probabilmente ti manderò messaggi incessanti per assicurarmi che tu non sia stato schiacciato da un enorme albero, e mentre sarai a fare le escursioni i tuoi clienti penseranno che sono una psicopatica per tutte le volte che lo farò.» Sorrise. «Dio, siamo sdolcinati» concluse, scuotendo la testa. «L'esercito ti toglierà il distintivo delle forze speciali.»

Lui ridacchiò e Marlowe lo sentì dentro, dato che erano ancora uniti nel modo più intimo per un uomo e una donna. «Possono prenderselo. Non mi interessa.»

«Hai... le cose tra te e JJ sono a posto?»

«Sì. Pensavi di no?»

«Quando è uscito a parlare con te nessuno di voi due era molto contento. Era davvero arrabbiato per le missioni di salvataggio?»

«Non ne era entusiasta» ammise. «Ma abbiamo parlato e gli ho raccontato di come mi sentivo... e dei miei incubi.»

«E?»

«Ha ammesso che anche lui li ha a volte. Ha detto che probabilmente noi quattro dovremmo parlare di più di ciò che è successo nell'ultima missione e di quello che stiamo passando adesso. E non ha torto.»

Quella cosa le piacque molto. «Bene.»

«Anche se non ho avuto incubi da quando sono tornato a casa.»

«Lo so.» Ne avevano già parlato, ed era felice e sollevata che lui stesse dormendo così bene. Però si aspettava che avrebbe fatto ancora dei brutti sogni, almeno di tanto in tanto.

«Non potrai mai lasciarmi» dichiarò serio. «Credo che tu sia una sorta di bloccante. Averti tra le braccia tiene a bada i demoni.»

Non ne era sicura, ma se lui voleva pensarla così, non avrebbe obiettato. «Ok.»

Le sorrise. «È stato facile.»

Lei scrollò le spalle. «Sono proprio dove voglio essere. Perché dovrei protestare?»

«Ti amo.»

«E io amo te» replicò subito.

Kendric le mise la mano sulla nuca e la spinse delicatamente in modo da farle posare di nuovo la guancia sul suo petto. «Dormi, Punky.»

«E se non fossi stanca?»

«Avrai bisogno di recuperare le forze.»

«Per cosa?»

«Per dopo, quando ti vorrò di nuovo.»

«È normale? Cioè, pensavo che la maggior parte degli uomini non potesse farcela più di una volta a notte.»

Lui rise. «Non è notte. E non so com'è per la maggior

parte degli uomini, ma per me, con te, è del tutto normale. Vivrei dentro di te se potessi.»

Marlowe sbuffò. «Non credo sia molto pratico.»

Kendric fece scorrere una mano lungo la sua schiena e le strinse il sedere. «Non m'importa.»

Lei ridacchiò scuotendo leggermente la testa, poi si accoccolò ancora di più a lui.

«E tanto perché tu lo sappia...» le disse dopo un attimo.

«Mmm?» mormorò lei, che dopotutto si sentiva assonnata.

«Hai un sapore delizioso e ti leccherò spesso.»

Il suo viso si infiammò di nuovo, ma dato che aveva amato sentire la sua bocca su di lei, non aveva intenzione di lamentarsi. «Posso farlo anche io qualche volta? Su di te, intendo.»

«Quando vuoi, Punky. Anche se non ho bisogno che tu lo faccia.»

«Ma voglio darti lo stesso piacere che dai a me» protestò.

«Lo fai già. Dormi, Marlowe.»

«Ok.» Non le ci volle molto per addormentarsi profondamente. Si era stressata mentre lui parlava con JJ, e poi l'aveva sfinita facendo l'amore.

Si era ritrovata sposata con l'uomo dei suoi sogni. Aveva dei nuovi amici e suo fratello era al sicuro, e presto l'avrebbe fatta pagare a Ian West per quello che aveva fatto. La vita era bella.

Bellissima.

CAPITOLO QUATTORDICI

«HAI DAVVERO INTENZIONE DI AFFRONTARLO?» le chiese Carlise.

Marlowe era seduta nell'area ristoro della Jack's Lumber insieme a lei, June e April, mentre i ragazzi erano tutti fuori per lavoro. La notte precedente un forte temporale aveva abbattuto alberi in tutta Newton. Secondo lei Kendric non avrebbe dovuto lavorare con la schiena non ancora completamente guarita, ma lui aveva insistito per aiutare i suoi amici.

Così le quattro donne si stavano facendo compagnia, cercando di non preoccuparsi per loro.

«Sì» rispose Marlowe. «Domani andrò alla stazione di polizia, e il capo Rutkey mi farà usare il loro telefono visto che è già predisposto per le registrazioni. Chiamerò Ian e cercherò di fargli ammettere tutto quello che ha fatto.»

«Pensi che abboccherà?» chiese June.

Scrollò le spalle. «C'è un cinquanta per cento di possibilità, ma credo che lo farà.»

«Perché?»

«Perché vorrà sapere cosa potrei raccontare su di lui alla polizia, e anche come ho fatto a uscire dalla Thailandia.»

«Sei nervosa? Perché io sarei terrorizzata» disse April.

«A essere sincera, un po' sì. Ma ci sarà Kendric lì con me.» E quello era un fattore determinante. Se fosse stata da sola, non avrebbe mai avuto il coraggio di affrontare Ian. Il solo fatto di sapere che Kendric le copriva le spalle era sufficiente a darle il coraggio di contribuire a consegnare il bastardo alla giustizia. «Inoltre, bisogna impedirgli di rubare di nuovo il patrimonio storico di un altro paese.»

«È vero. Che stronzo» mormorò Carlise disgustata.

«Cambiando argomento, come sei arrivata a chiamare Bob, *Kendric*?» le domandò April con un sorriso. «Devi sapere che noi» indicò le altre due, «una volta abbiamo avuto una conversazione sul fatto che con un nome come Bob alcune donne avrebbero potuto scartarlo a priori come potenziale partner. Volevo provare a sistemarlo con una delle clienti che chiedono una guida che le accompagni lungo il sentiero degli Appalachi e introdurlo con il suo vero nome, ma mi hai battuta.»

Marlowe rise. «Non c'è niente di sbagliato nel nome Bob. Ma la prima volta che l'ho incontrato si è presentato come Kendric, e ora non riesco a pensare a lui in altri modi. Comunque, il motivo per cui ha quel soprannome è davvero ridicolo.»

«Infatti! Non capisco proprio i ragazzi e la loro mania di dare stupidi soprannomi. Almeno quelli degli altri sono tutti basati sui veri nomi. Come Chapman, Chappy, Cal, Callum, e naturalmente JJ, che sono le iniziali di Jack. Anche se adesso avrei voglia di qualcosa di Bob Evans» disse June con un sorriso.

«È perché stai mangiando per due» le disse Carlise.

«Aspetta... *cosa?*» chiese April, mentre allo stesso tempo Marlowe esclamava: «Sei incinta?»

June arrossì, fece un piccolo sorriso e si mise una mano sulla pancia. «Solo di circa quattro settimane, ma... sì. Sembra che Cal abbia uno sperma *molto* determinato. Mi ha messa incinta praticamente nel momento in cui abbiamo deciso di iniziare a provarci.»

«Congratulazioni!»

«È fantastico!»

«Non volevo spifferarlo» disse Carlise a June, un po' imbarazzata.

«Non c'è problema. Sul serio. E.... a proposito di Bob Evans... potrei mangiare le sue colazioni in continuazione, visto che ultimamente mi sembra di avere sempre fame.»

«Sono così felice per voi» affermò April.

«Io e Chappy ci stiamo ancora provando» ammise Carlise con uno sguardo impensierito. «E anche se adoro i tentativi per rimanere incinta, mi preoccupa che non sia ancora successo.»

«Quanto è passato da quando vi siete messi insieme? Tipo, due o tre secondi?» chiese April con ironia.

«Lo so» replicò Carlise. «Sono solo impaziente. Se vogliamo avere i quattro figli di cui abbiamo parlato, dobbiamo iniziare presto. Anche se non sono contraria all'adozione. O alla fecondazione in vitro. O all'affidamento. È solo che desidero tanto avere una famiglia con Chappy. Sarà un padre meraviglioso e non vedo l'ora che lo diventi.»

«Succederà» le disse June.

«E tu?» domandò April, guardando Marlowe.

«E io *cosa*?»

«Tu e Bob state pensando ad avere dei figli?»

Arrossì e annuì. «Anche se il mio corpo è ancora scombus-solato dopo tutto quello che è successo.»

«Non riesco ancora a capacitarmi del fatto che tutte e tre abbiamo trovato i nostri uomini perché siamo state costrette a condividere il letto con loro» disse Carlise con una risatina.

«Vero? Tu alla baita con la bufera di neve, io all'hotel e Marlowe addirittura in un buco sotto il pavimento. Anche se noi non siamo state costrette a sposarci come lei» rifletté June.

«Non sono sicura che *costretta* sia la parola giusta» protestò Marlowe.

«Cosa sarebbe successo se non aveste accettato ciò che voleva quella signora?» chiese Carlise.

Scrollò le spalle. «Kendric avrebbe trovato un'alternativa.»

«Penso che nessuno dei ragazzi faccia qualcosa che non voglia fare» sostenne April. «Se Bob ha accettato è perché *voleva* sposarti.»

«È quello che ha detto Chappy» ammise Marlowe con un piccolo sorriso.

«So che le circostanze non erano affatto romantiche» disse Carlise. «Ma non posso fare a meno di sentirmi sentimentale al pensiero di come si sono sviluppate le cose.»

«La cerimonia è stata davvero... bella» ammise Marlowe un po' debolmente. «Il tizio che ci ha sposati parlava in thailandese, quindi non avevo idea di cosa stesse dicendo, ma quando è arrivato il momento delle nostre promesse, ha parlato in inglese. Sono rimasta scioccata.»

«Davvero? Che bello. Quindi ha fatto tutta la faccenda di

"amare e onorare, custodire e proteggere"?» chiese June, sporgendosi in avanti sul divano, completamente affascinata.

Marlowe annuì. «Sì. Solo che è stato un po' diverso. Più... non so... significativo?»

«Te le ricordi? Le promesse, intendo?» domandò Carlise.

«Sì.»

«Te la senti di condividerle? Non c'è problema se non vuoi» precisò.

Non dovette sforzarsi. Quelle parole erano impresse nella sua mente come se in quel momento fosse stata nel salotto di quella donna. «Essergli fedele per l'eternità, nella buona e nella cattiva sorte, in ricchezza e in povertà, in salute e in malattia, per amarlo e proteggerlo, custodirlo e onorarlo, rispettarlo e sostenerlo, in questa vita e in quella successiva.»

Le tre donne sospirarono.

«In Thailandia sono buddisti, vero?» chiese April.

«Molte persone, sì. Non so di che religione fosse la donna da cui alloggiavamo, ma sicuramente era all'antica, visto che non voleva che dormissimo insieme in quel buco.»

«Penso che lo sia anche lei per via dell'ultima frase. Molti direbbero finché morte non ci separi, ma i buddisti credono nella reincarnazione, quindi ha senso dire in questa vita e in quella successiva» rifletté April.

Marlowe non sapeva nulla sulla religione buddista, ma le piaceva l'idea di stare con Kendric non solo in quella vita, ma anche in qualsiasi cosa ci fosse successivamente.

«E tu?» chiese Carlise ad April.

«Io?»

«Abbiamo fatto tutte questa cosa di un unico letto e della vicinanza forzata. Che mi dici di te e JJ? Come facciamo a metterli nello stesso letto, a fargli smettere di perdere tempo e di nascondere la testa sotto la sabbia, e fargli ammettere che è follemente innamorato di te?»

Marlowe osservò affascinata le guance della sua nuova amica infiammarsi.

«Non è innamorato di me» protestò.

«Ma per favore, ovvio che lo è» disse Carlise, scuotendo la testa.

«Be', io sono contenta di essere la sua amministratrice e amica. Quindi niente vicinanza forzata per noi.» Poi rivolse a ciascuna di loro uno sguardo severo. «Dico sul serio. Se ci chiudete in una stanza con un sacco a pelo o qualcosa del genere, non ne sarò felice.»

Tutte ridacchiarono.

«Inoltre, sono troppo vecchia per lui» mormorò.

«Cosa? Non lo sei!» esclamò Carlise. «Ne abbiamo già parlato. Hai solo quattro anni in più, non è niente di che!»

«Ho già avuto una relazione seria, ed è stata uno schifo» disse April, ignorando il commento dell'amica. «Sono felice di essere single. E presto sarò la zia April di tutti i vostri figli. Potrò viziarli alla grande.»

«Non vuoi dei figli tuoi?» le chiese June.

April le fece un piccolo sorriso. «No. Non fraintendetemi, amo i bambini e so che potrei sempre adottarli o altro, ma mi piace non avere questa responsabilità.»

«Va bene se non vuoi diventare mamma» si sentì in dovere di dire Marlowe. «La società dà troppa importanza alle donne che fanno figli. Come se ci fosse qualcosa di sbagliato in noi se non vogliamo vivere l'esperienza del parto. Ma ciò non significa che tu non possa avere il tuo lieto fine con JJ.»

«Siamo amici. Tutto qui» insistette.

Ma Marlowe percepì il desiderio nella sua voce. Frequentava da pochissimo quella donna, ma era evidente che non riusciva a distogliere lo sguardo da JJ quando erano nella stessa stanza. Potevano anche punzecchiarsi a vicenda, ma non aveva mai incontrato due persone più in sintonia di loro.

«Inoltre, Chappy, Cal e Bob si sono innamorati in due secondi. Voi due» indicò Carlise e poi June «vi siete sposate dopo poche settimane. E Marlowe, a te sono bastati cinque giorni!»

«Per noi le circostanze sono state un po' diverse» protestò. «Ci siamo sposati, ma non ci amavamo.»

«Stronzate» ribatté April. «Ripeto, Bob non ti avrebbe sposata se non avesse voluto. Era già innamorato di te, non ne ho il minimo dubbio. Il punto è che io e Jack ci conosciamo da *anni*. Non è mai successo nulla tra noi. Alla fine incontrerà qualcuno di cui si innamorerà a prima vista come hanno fatto i suoi amici. Non è che una mattina si sveglierà e si renderà conto di amare la donna che vede tutti i giorni al lavoro. Inoltre, è il mio capo. Storie del genere non finiscono mai bene.»

Marlowe avrebbe voluto obiettare, ma non sapeva cosa dire. Non conosceva abbastanza bene né JJ né April. Era chiaro che ci fosse qualcosa che impediva a entrambi di ammettere i sentimenti che provavano l'uno per l'altra e, qualunque cosa fosse, poteva essere un ostacolo che non sarebbero mai riusciti a superare.

«Comunque, non vedo l'ora che ci siano dei bambini che scorrazzano qui dentro. Voglio subito mettere in chiaro che sarò sempre disponibile a fare da babysitter. Ok?»

Tutte risero.

«Bene. Perché con quattro bambini avremo bisogno di passare un po' di tempo da soli» scherzò Carlise.

«Anche noi, con i *due* che vogliamo» disse June ridendo.

«Voi quanti ne volete?» chiese April a Marlowe.

«Non lo so. Più di uno, meno di sei» si lasciò sfuggire.

«Sei? Buon Dio!» esclamò Carlise. «Pensavo che quattro fossero tanti.»

«Io... ho sempre voluto essere una mamma a tempo pieno. Sono praticamente stata risucchiata da questa cosa dell'archeologia e, anche se mi è piaciuto, voglio sistemarmi. Creare una famiglia. Di questi tempi non è di moda dire che vorrei accogliere mio marito alla porta quando torna dal lavoro, ma... è così. Non so come andrà con i pasti, visto che cucino da schifo, ma mi inventerò qualcosa.»

«Penso che sia fantastico» disse June.

«Anch'io» concordò Carlise.

«Idem. Fregatene di quello che pensano gli altri. Fai quello che è giusto per te e per Bob.»

Marlowe sorrise. Quelle donne le piacevano molto. «Lo farò» dichiarò con fermezza.

«Quindi... è già ora di un controllino?» chiese Carlise con un piccolo sorriso. «Sono passati... venti minuti dall'ultima volta che li abbiamo sentiti?»

«Trenta, e sì, è ora di controllare» concordò April con impazienza.

La donna poteva anche non ammettere di amare il suo capo, ma era più che evidente che fosse ansiosa quanto loro di sapere che i loro uomini stavano bene.

Una volta rassicurate che era tutto a posto e che stavano facendo grandi progressi nel sistemare il disastro causato dal temporale, decisero di ordinare il pranzo da Granny's Burgers. Carlise andò a ritirarlo, e quando gli uomini tornarono, loro si stavano ancora ingozzando.

Chappy andò subito da Carlise e le tolse la senape dalla guancia con un bacio.

Cal si avvicinò a June e le posò la mano sulla pancia mentre la salutava con un bacio.

JJ rimase con lo sguardo incollato ad April, e aveva un piccolo e tenero sorriso sul volto mentre la osservava cercare freneticamente di ingoiare l'enorme boccone che aveva preso quando erano entrati.

E Kendric andò subito da Marlowe. Però non si chinò a baciarla, la sollevò invece dalla sedia su cui era seduta e si diresse verso la porta.

«Kendric!» lo rimproverò. «Non dovresti portarmi in braccio! La tua schiena!»

«Sta bene. Ho appena passato la giornata a tagliare e trasportare alberi enormi. Tu pesi meno di loro.»

Non sapendo cos'altro fare, e amando stare tra le sue braccia, si voltò e salutò tutti. «A dopo!» gridò.

I loro amici risero e salutarono con la mano.

«Cos'è tutta questa fretta?» gli chiese, mentre lui si dirigeva verso il suo pick-up.

«Sono passate quattordici ore, otto minuti e ventotto secondi dall'ultima volta che ho fatto l'amore con mia moglie» rispose.

Marlowe scosse la testa esasperata, ma dato che desiderava suo marito quanto, da quello che sembrava, la desiderava lui, e tutti i discorsi sull'avere dei figli l'avevano fatta eccitare, non aveva intenzione di lamentarsi.

La sistemò sul sedile del passeggero, poi le prese il viso tra le mani e la baciò a lungo, intensamente e profondamente. Quando si ritrasse, ansimavano entrambi. Rimase a fissarla per un lungo momento, come per memorizzare i suoi lineamenti, poi fece un respiro profondo, un passo indietro e chiuse la portiera.

Durante il tragitto verso il suo appartamento parlarono della loro giornata, come se nell'aria non ci fosse affatto tensione sessuale. Le disse quanto era stato bello lavorare di nuovo, e di essersi sentito di aver deluso i suoi amici dato che non li aveva aiutati negli ultimi tempi. Lei gli raccontò di essersi divertita in compagnia delle altre donne e di quanto le piacessero.

Non appena Kendric parcheggiò, Marlowe scese subito dal pick-up e lo aspettò accanto alla portiera. Lui le prese la mano e la condusse su per le scale fino all'appartamento. Nessuno dei due parlò, ma lei sentì i capezzoli inturgidirsi e il corpo prepararsi per il suo uomo.

————

Bob non si era mai sentito così. Come se non stesse più nella pelle. In passato aveva provato del desiderio per un paio di donne, ma non così disperatamente come desiderava sua moglie.

Sua *moglie*.

Era una sensazione così strana sapere che erano legati l'uno all'altra in quel modo. Si era messo il cuore in pace con l'idea che non sarebbe mai riuscito a trovare la donna che gli avrebbe fatto venire voglia di sistemarsi, ma la vita aveva un modo tutto suo di ribaltare le cose e dimostrargli che si sbagliava.

Chiuse a chiave la porta dell'appartamento e poi fu su Marlowe. La spinse contro la parete più vicina e gemette quando lei si sottrasse alla sua presa e si inginocchiò davanti a lui.

Gemette di nuovo quando iniziò ad armeggiare con l'allacciatura dei pantaloni. Desiderava sentire le sue mani e la sua bocca su di sé più di quanto volesse respirare. Ma aveva lavorato tutto il giorno.

«Marlowe, fermati» disse, ma lei lo ignorò e gli tirò giù i boxer per liberare il suo cazzo duro come la roccia.

Alzò lo sguardo su di lui, si sporse in avanti e si leccò le labbra.

«Ho bisogno di fare la doccia» riuscì a farfugliare prima che le chiudesse intorno a lui. «Porca puttana!» esclamò, mentre lei lo prendeva in bocca il più possibile e iniziava a succhiare. Con forza.

Uno schizzo di sperma fuoriuscì dalla punta, così si afferrò la base del cazzo per evitare di venire subito. Era carico e pronto, e farselo succhiare dalla donna che amava era quasi più di quanto potesse sopportare in quel momento.

Marlowe era più entusiasta che abile in ciò che stava facendo, ma Bob non aveva mai ricevuto un pompino migliore. Continuando a tenersi una mano sull'uccello, infilò l'altra tra i suoi capelli, stringendoli mentre lei si muoveva avanti e indietro su di lui.

Lo leccò e succhiò con entusiasmo per dargli piacere. Le sue labbra gli toccavano la mano ogni volta che arrivava in fondo, ed era la cosa più intima che avesse mai sperimentato.

Ma non poteva più resistere. Doveva essere dentro di lei quando sarebbe venuto. Per quanto gli piacesse la sua bocca, voleva sentire il suo corpo caldo e bagnato contrarsi intorno al cazzo mentre perdeva il controllo.

La staccò bruscamente e la tirò in piedi, la fece indietreggiare e incollò le labbra sulle sue. Sentì il proprio sapore e ciò lo eccitò ancora di più. Non sarebbe riuscito ad arrivare al letto.

Marlowe sbatté contro il divano. Lui le tirò giù i leggings e le mutandine e poi la prese in braccio e la fece sedere sullo schienale, posizionandola all'altezza perfetta.

Si prese in mano il cazzo e affondò nelle sue pieghe bagnate con una spinta decisa.

«Non potevo più aspettare!» si scusò.

In risposta, lei emise un gemito basso e profondo, scalciò un piede per sfilarsi i leggings e le mutandine, in modo da poter avvolgergli le gambe intorno alla vita, e si aggrappò alle sue spalle piantandogli le unghie.

Bob aveva già i fremiti lungo la spina dorsale e le palle tese. Era solo questione di secondi prima che venisse. Avrebbe voluto aspettare. Prolungare la cosa per renderlo piacevole per lei, ma il suo corpo aveva altre idee.

Molto prima di essere pronto, si stava già svuotando nel profondo del corpo di Marlowe. La sua vista si oscurò per un attimo e sentì cedere le ginocchia. Riuscì a tenersi aggrappato a lei, e quando gli sembrò di essere in grado di camminare, la sollevò e si spostò sul davanti del divano. Si lasciò cadere sui cuscini, continuando a stringerla contro di sé.

Non era ancora venuta, ed era inaccettabile.

«Cavalcami» ansimò, appoggiandosi indietro sullo schienale, tenendola in equilibrio sulle ginocchia e portando la mano tra loro.

Erano ancora in gran parte vestiti, e mentre lei si sistemava a cavalcioni, i leggings e le mutandine le pendevano da una gamba. Aveva i capelli scompigliati dalla sua mano e le guance arrossate.

«Prendimi, Punky. Come hai fatto nella nostra luna di miele.» Il ricordo di com'era stato in quella stalla bastò a farlo diventare mezzo duro dentro di lei.

Marlowe cominciò a muoversi su e giù, e lui le stuzzicò il clitoride per aiutarla a raggiungere l'orgasmo ancora più velocemente.

La sensazione dei suoi muscoli che lo stringevano era qualcosa di cui non si sarebbe mai stancato. I rumori che facevano i loro corpi quando si univano erano erotici da morire, e Bob era sollevato che lei fosse così eccitata, almeno non le aveva causato dolore con quella prima spinta.

«Così, Punky. Prendi il tuo uomo. Sei così bella. E tutta mia. Dio, non hai idea di quanto sia fantastico! Fallo, Mar. Ci sono io, lasciati andare.»

A quello lei fece un piccolo grido, si inarcò, gettò indietro la testa e venne.

Fu meraviglioso come la prima volta. Niente poteva essere paragonato a quelle contrazioni ritmiche sul suo cazzo. Sentì anche un fiotto dei suoi umori scivolargli sulle palle.

Quando lei finalmente tornò in sé, Bob stava sorridendo. Lo guardò, con il sudore che le imperlava le tempie, e aveva un'espressione molto soddisfatta. E di certo lo era.

«Ehm... ciao» gli disse timidamente.

«Ciao» replicò con un enorme sorriso sul volto. «Non ti ho fatto male, vero? Non mi sono assicurato che tu fossi pronta.»

«Non mi hai fatto male. Mi è piaciuto molto.»

«L'ho notato» ribatté, non riuscendo a nascondere la nota di orgoglio nel suo tono. «Ti chiederei di cosa stavate parlando voi ragazze prima che arrivassi, ma non sono sicuro di volerlo sapere.»

«Di bambini.»

Lui inarcò un sopracciglio. «Davvero?»

Marlowe arricciò il naso. «Credo di essermi eccitata un po'. E poi sei piombato lì e mi hai preso in braccio come un cavernicolo... non ho potuto fare a meno di saltarti addosso appena siamo entrati in casa.»

Bob rise. «Sentiti libera di saltarmi addosso quando vuoi» la stuzzicò. «Hai fame?»

«Be', ho appena mangiato mezzo hamburger di Granny's. Sei arrivato prima che potessi finirlo.»

«Giusto, quindi... hai fame?» ripeté. Una cosa che aveva imparato su sua moglie era che poteva mangiare come un bue. Non l'avrebbe mai immaginato mentre erano in Thailandia. Era praticamente un pozzo senza fondo, ma non gli importava. E a prescindere da cosa mangiasse, era sempre una cosina minuta.

«Ehm... qualcosa potrei mangiare.»

«Allora dovresti alzarti, così posso nutrire la mia donna» disse.

Lei annuì e scese dalle sue ginocchia, mettendosi in piedi con il suo aiuto. Afferrò le mutandine e fece per rimettersele. Bob era ancora seduto e intravide qualcosa che lo portò a fermarla allarmato.

«Ti ho fatto *male*!» esclamò, tenendola per i fianchi mentre si chinava. Era nuda dalla vita in giù, così poté vedere il suo sperma colare lungo l'interno della coscia, ma era tinto di rosa. Stava sanguinando.

Marlowe abbassò lo sguardo e cercò di liberarsi dalla sua presa.

Ma non la lasciò andare. «Chiamo il dottore. Mi dispiace tanto. Sono stato un idiota! Io...»

«Non mi hai fatto male» disse interrompendolo. «Ero più

che pronta. Credo sia iniziato il ciclo. Oggi ho avuto dei crampi, ma siccome era da tanto tempo che non li avevo, non ho collegato.»

Bob distolse lo sguardo dalla gamba per fissarla negli occhi. «Hai le mestruazioni?» chiese a bassa voce.

«Sì. Sai, quella cosa che le donne hanno ogni mese? Lasciami andare, così mi pulisco.»

Ma non riuscì a farlo. Riportò gli occhi sulla scia rosa tra le sue gambe. Non aveva mai dato molto peso al ciclo di una donna, ma ora non riusciva a *smettere* di pensare a ciò che implicava. Tornò a guardarla.

«Ora puoi rimanere incinta» sussurrò.

Le sue labbra ebbero un guizzo. «Be', non in questo momento, non è così che funziona, ma sì, ora che mangio correttamente e sono chiaramente più sana... è possibile.»

«Spero che tu non sia una di quelle donne a cui non piace fare l'amore quando ha il ciclo. Perché per me non è affatto un problema.»

«Si sporca, il sangue macchia» lo informò.

Bob sorrise. «Useremo degli asciugamani. E faremo l'amore nella doccia.» Alzò di nuovo lo sguardo su di lei. «Non hai esitato nemmeno un secondo a farmi un pompino, anche se ho sudato tutto il giorno.»

Sembrò a disagio per la prima volta. «Il fatto che tu sia sudato mi ricorda quando eravamo in fuga. Non ci facevamo molte docce, e il tuo odore naturale mi fa tornare in mente quando ci nascondevamo e mi stringevi forte. Quando eravamo al sicuro. Non mi dà alcun fastidio.»

Bob si sentì sciogliere il cuore. Amava così tanto quella donna. Era perfetta per lui in tutti i sensi. «Vuoi che esca a prenderti degli assorbenti o dei tamponi?» le chiese.

Lei spalancò gli occhi. «No. Posso farlo io.»

«No. Tu resta qui. Io faccio una corsa a prenderli. Di che misura? Non importa, ne prenderò di diversi. Quando torno preparo gli spaghetti. Ti amo, Marlowe.»

Gli sorrise. «Anch'io ti amo. Mi... mi prenderesti un fazzoletto di carta?»

Bob si alzò di scatto dal divano e fu di ritorno in pochi secondi. «Lascia fare a me» insistette, quando lei tese la mano per farselo dare.

Arrossì, ma annuì.

Mentre cancellava le tracce del loro amplesso, si sentì travolgere da un senso di soddisfazione.

Ormai era completamente spacciato. Forse tutto ciò avrebbe dovuto disgustarlo; era qualcosa che normalmente avrebbe rifuggito e che lo avrebbe imbarazzato. Ma come poteva, quando era un po' opera sua? Aveva promesso di rispettarla e di avere cura di lei, e ciò che stava facendo era solo una parte.

«Torno presto. Prendi degli antidolorifici se hai ancora i crampi.»

«Sto bene, Kendric. Sono decenni che ho a che fare con le mestruazioni.»

«Giusto, scusa. È solo che... è fantastico.»

Lei alzò gli occhi al cielo. «È solo il ciclo.»

Lui si avvicinò e le prese il viso tra le mani. Si era già tirato su i pantaloni, ma gli sembrava di essere ancora nudo con quella donna. Marlowe gli faceva venire voglia di essere una persona migliore. Di essere il tipo d'uomo su cui lei potesse contare.

«Non è *solo* il ciclo. Stavi morendo di fame, e il tuo corpo aveva fatto cessare una funzione fisiologica perché stava usando ogni caloria solo per tenerti in vita e in movimento. E ora stai guarendo. Riavere le mestruazioni è il primo passo perché possiamo diventare una famiglia. Il tuo corpo è un miracolo, e sono così grato di aver accettato quel lavoro, che tu sia stata abbastanza intelligente da scappare quando si è presentata l'occasione, che tu sia stata abbastanza forte, fisicamente e mentalmente, da farci uscire da quel Paese. Questa relazione funzionerà. Niente ci impedirà di vivere al meglio la nostra vita. Va bene?»

Stava di nuovo facendo il sentimentale, ma non gli importava.

«Va bene» acconsentì.

«Ottimo.» La baciò. «Torno subito.»

«Non esagerare» lo avvertì. «Me ne serve solo una scatola.»

«Certo. Ci penso io. Ti amo.»

«Ti amo anch'io.»

Bob lasciò l'appartamento sentendosi più felice di quanto non lo fosse da secoli. Non aveva bisogno delle scariche di adrenalina o del pericolo per sentirsi appagato. Aveva semplicemente bisogno di Marlowe.

CAPITOLO QUINDICI

AVEVA DECISAMENTE ESAGERATO.

Marlowe scosse la testa ripensando alle sei scatole di tamponi che Kendric aveva portato a casa, di ogni misura e marca che aveva trovato nel piccolo supermercato di Newton. Aveva comprato anche tre scatole di assorbenti. Ma era stato... adorabile. Era ovvio che non avesse idea di cosa servisse a una donna durante quel periodo del mese, ma che si fosse impegnato così tanto rendeva tutto più bello.

Quando era tornato dal negozio la sera prima, aveva preparato velocemente la cena mentre continuavano a parlare della loro giornata. Marlowe aveva pensato che la maggior parte delle persone non avrebbe trovato molto interessante sapere cosa comportava un'attività di manutenzione alberi o di guida per le escursioni, ma lei voleva conoscere ogni minima cosa di suo marito.

Poi, di notte, l'aveva tenuta stretta a sé, coccolandola

senza insistere per fare sesso. Mentre dormiva Kendric aveva avuto qualche sussulto, ma non si era svegliato a causa di un incubo. Lei gli era rimasta abbracciata, per fargli sapere che era al sicuro e amato, pregando che ciò bastasse a tenere a bada i suoi demoni.

E così era stato.

Ora avevano appena finito di pranzare e stava terminando di prepararsi per andare alla stazione di polizia per chiamare Ian.

Voleva affrontarlo? Sì e no.

Una parte di lei avrebbe semplicemente voluto andare avanti con la sua vita. Dimenticare ciò che era successo. Ma sarebbe stato impossibile farlo davvero se non avesse dimostrato la sua innocenza e affrontato l'uomo che l'aveva fatta finire in prigione. Che l'aveva fatta soffrire così tanto.

Era spaventata a morte ma anche incazzata nera. Trovava che fosse una strana dicotomia, e non era esattamente sicura di quale sentimento dominasse momento per momento.

Kendric era nervoso. L'aveva capito nell'istante in cui si erano svegliati. Non aveva parlato molto, anche se era comunque affettuoso come sempre. Supponeva che fosse stressato quanto lei. Prima avrebbe concluso quella faccenda, prima sarebbero stati più felici entrambi.

Il fatto che sarebbe stato al suo fianco durante tutta la situazione significava molto per lei. Era ben consapevole che non voleva che chiamasse Ian, che era iperprotettivo e voleva evitare che lei provasse la minima angoscia. Nonostante ciò, continuava a sostenere la sua decisione.

Mentre andavano alla stazione di polizia, gli mise una mano sul braccio. «Andrà tutto bene» gli disse, non sapendo nemmeno chi stesse cercando di convincere, se Kendric o sé stessa. «Alla fine dovrò solo parlargli.»

«Lo so» rispose conciso.

Era ovvio che fosse molto preoccupato e odiava esserne la causa. Sospirò e riportò la mano in grembo.

Kendric gliela riprese subito e intrecciò le dita con le sue. «Ci sto provando» le disse con calma. «Ma odio davvero questa situazione. Probabilmente West dirà qualcosa che ti turberà, e non sarà bello.»

«Non lo sarà» concordò, «ma non mi ferirà. Sono sopravvissuta al fatto di essere sbattuta in prigione e di pensare che ci sarei rimasta per sempre. In confronto questa è una passeggiata.»

«Detta così, non posso non essere d'accordo.»

Marlowe ridacchiò. «Appunto.»

Si portò le loro mani alla bocca e le baciò le dita. «Ti amo, e sono così orgoglioso di te.»

«Grazie. Desidero solo che questa storia finisca. Non voglio guardarmi alle spalle per il resto della vita e nemmeno che Ian possa fare del male a qualcun altro come ha fatto con me.»

«Lo so. Non lo farà, perché te ne assicurerai.»

La sua fiducia in lei fece sparire in parte l'agitazione.

Una volta arrivati Marlowe incontrò Alfred Rutkey, il capo della polizia, che dopo averla salutata la condusse nella stanza degli interrogatori. C'erano un sacco di sedie intorno al piccolo tavolo su cui avevano messo un telefono al centro.

All'improvviso fu tutto molto reale, e alla fin fine non si sentì più sicura di poterlo fare. L'ultima volta che aveva parlato con Ian le aveva promesso che avrebbe fatto la cosa giusta, rassicurandola che avrebbe restituito le monete. Poi, non appena ne aveva avuta l'occasione, l'aveva tradita.

Cosa ne sapeva di ricatti? O di far ammettere alle persone le loro malefatte? Ovviamente non molto, visto che era stata lei a finire dietro le sbarre e non Ian. Ma non era un problema. Come promesso, lei, Kendric e i suoi amici avevano elaborato un copione approssimativo, con punti di discussione studiati per estorcere una confessione. Poteva farcela.

«Ce la puoi fare, Punky» le disse all'orecchio, intuendo i suoi pensieri. Era dietro di lei, con una mano posata sulla sua schiena.

Fece un respiro profondo, e mentre entrava nella stanza e prendeva posto al tavolo, si sentì più focalizzata. Chappy, Cal e JJ li seguirono e si sedettero anche loro. Il capo della polizia si accomodò di fronte a lei, e Kendric avvicinò la sua sedia finché le loro gambe non furono appiccicate. Poi le posò la mano sulla coscia, come per darle forza.

«Ok, questa chiamata serve per far sapere a West che sei tornata negli Stati Uniti» spiegò il capo della polizia. «Dagli corda, ma cerca anche di chiacchierare del più e del meno per un po', per vedere se riesci a fargli abbassare la guardia. Se ti chiede come sei riuscita a uscire di prigione rimani sul vago, di' che avevi un ottimo avvocato che ha convinto il giudice a rilasciarti per un qualche cavillo. Non accusarlo subito. Sonda il terreno.

Quando pensi che si sia un po' rilassato, usa gli argomenti che avete preparato. Sposta la conversazione sullo scavo. Sulle monete. Ricordagli che sai che le ha prese lui e poi rivelagli *anche* che sai che ha un acquirente. Minaccialo di denunciarlo alle autorità se non ti farà partecipare all'affare. Potrebbe non importargli. Sa che può denunciarti con la stessa facilità. Ma speriamo che la sola minaccia sia sufficiente a fargli accettare le tue condizioni.»

Rutkey la fissò. «Se non accetterà, ricordati che deve *almeno* ammettere di aver piazzato la droga. Dobbiamo soprattutto far cadere le accuse contro di te. Hai qualche domanda?»

Marlowe fece un respiro profondo e lo lasciò uscire lentamente. Aveva già esaminato tutti i dettagli con Kendric diverse volte. Le era stato detto cos'aveva scoperto Tex, il genio del computer, su Ian, e che aveva messo all'asta le monete sul dark web. Aveva tutte le informazioni che le servivano per spaventarlo a morte e, sperava, per farlo cedere e ammettere di *avere* le monete. Doveva solo essere forte e superare quella telefonata.

I minuti successivi sarebbero stati molto importanti e sperava di non rovinare tutto.

«Niente domande. Sono pronta» rispose, più sicura di quanto in realtà si sentisse.

Kendric le strinse la gamba, facendole capire senza parole che era lì. Che credeva in lei.

Il capo Rutkey annuì, avvicinò il telefono e schiacciò il tasto del vivavoce. Il suono della linea risuonò particolarmente forte nella piccola stanza. Compose un numero, poi girò l'apparecchio in modo che l'altoparlante fosse di fronte a lei. Era arrivato il momento. Non si poteva più tornare indietro.

———

A Bob la situazione non piaceva. Non gli piaceva affatto. Ma
Marlowe aveva bisogno di parlare con West per mettere fine a
tutta quella storia. Era seduta rigida accanto a lui, e lo uccideva che l'unica cosa che poteva fare per cercare di renderle
tutto più facile fosse starle vicino.

Il telefono appoggiato sul tavolo squillò tre volte, poi
West finalmente rispose.

«Pronto?»

«Ciao, Ian. Sono Marlowe Kennedy.»

Bob fece una smorfia. No. Era Marlowe *Evans*. Sua moglie.
Ma ovviamente non poteva correggerla.

Dall'altro capo della linea ci fu un attimo di silenzio prima
che West rispondesse.

«Porca miseria, Marlowe? Stai bene? Sei a casa?»

«Sì, e sì... non grazie a te.»

Alla faccia del suggerimento di Rutkey di comportarsi
normalmente e di arrivarci pian piano. Le strinse di più la
gamba. Era evidente che fosse arrabbiata.

«Cosa vuoi dire?» le chiese, cercando di suonare innocente.

«Basta stronzate, Ian, sai benissimo cosa voglio dire» gli
disse, sporgendosi in avanti. «Hai messo quelle pillole nella
mia roba e hai chiamato la polizia.»

«Cosa? No, non l'ho fatto!»

«Sì, invece. Nessun altro aveva un motivo per togliermi di
mezzo, solo tu. Abbiamo avuto quella conversazione sul furto
delle monete e hai promesso di restituirle. E subito dopo mi
sono ritrovata a essere interrogata e sbattuta in prigione,
spaventata a morte. Era questo il tuo piano, vero? Togliermi
di mezzo in modo che non potessi dire a nessuno ciò che
avevi fatto. E ora sei di nuovo negli Stati Uniti a cercare un
acquirente per quelle monete.»

«Senti, so di aver combinato un casino allo scavo, ma ho fatto ciò che mi hai chiesto» sbottò, parlando in fretta. «Ho restituito le monete. Sono in Thailandia, al loro posto.»

«Che razza di bugiardo. Credi che sia un'idiota?» gli chiese, con un tono molto amareggiato. «Non rispondere, so che lo pensi. Sono stata buona con te, Ian. Gentile. Alla mano. Ma non ho *più* intenzione di essere trattata di merda dalla gente. E sei proprio fortunato, perché potrai sperimentare in prima persona la mia ritrovata determinazione.»

«Non credo che tu sia un'idiota. E *sei* gentile, Marlowe» replicò Ian.

Bob era impressionato. Era ovvio che West non si aspettava che lei fosse così risoluta. Stava portando avanti il gioco nel modo giusto, mettendolo fin dall'inizio in una posizione in cui sarebbe stato costretto ad attaccare. Era già orgoglioso di lei, ma ora lo era ancora di più.

«Come sei uscita?»

«Mio fratello» rispose concisa. «Ha delle conoscenze importanti e mi ha procurato un avvocato che sapeva esattamente come tirarmi fuori da quel buco infernale. E ora che sono tornata, il tuo piccolo piano per arricchirti con quelle monete è andato a farsi benedire.»

Ian rimase in silenzio per un momento. «Cosa vuoi?»

«*Voglio* tornare a essere una donna ingenua. *Voglio* pensare che le persone con cui lavoro siano affidabili. Che non tradirebbero uno dei loro colleghi per soldi. Ma non si può, vero? No» disse, rispondendo alla sua stessa domanda. «Quindi ora voglio discutere dell'accordo che stai facendo per le monete.»

«Quale accordo?»

«Onestamente, il fatto che tu interpreti la parte dell'innocente idiota mi sta stancando» gridò Marlowe. «Credi che ti avrei chiamato se non sapessi con certezza cosa stai combinando? So che hai cercato di vendere quelle monete sul dark web. So che c'è qualcuno a cui interessano. E so che sei sul punto di chiudere l'affare. Voglio entrarci.»

«Entrarci? Dove?»

«Sì. Entrare nell'affare. Sei in debito con me, Ian. Molto, direi. Volevo chiederti di darmi una percentuale dei soldi che guadagnerai con quelle monete, ma ora che ti sto parlando non posso fidarmi del fatto che tu non mi freghi. *Di nuovo*. Quindi ho deciso che invece me ne darai una delle tre. Voglio un affare tutto mio.»

«Ma... non le ho.»

«Sì che le hai» disse con calma. «E ne voglio una. Troverò il mio acquirente. E se non mi darai ciò che voglio, andrò alla Dogana e al Dipartimento di sicurezza interna degli Stati Uniti e racconterò tutto. Che ti sei appropriato delle monete quando ti trovavi in quel sito. Come le hai introdotte di contrabbando negli Stati Uniti. Come mi hai incastrata con le pillole, anche se potrebbero non credere a quella storia. Ma quando mostrerò loro le schermate che ho della tua piccola inserzione sul dark web, e che l'indirizzo IP porta dritto a casa dei tuoi genitori, sarai *tu* quello che finirà dietro le sbarre.»

Lo lasciò un attimo a metabolizzare le sue parole, poi aggiunse: «Oh, e tua madre e tuo padre potrebbero finire lì con te. Sai... visto che sono complici e tutto il resto.»

«*Puttana*!» sibilò.

Bob si irrigidì. Ed eccolo lì. Il vero Ian West.

Marlowe stava andando alla grande. Era tesa, ma era impossibile che l'altro lo capisse dalla sua voce.

Lei si mise a ridere, fu un suono breve e amareggiato. «Sì.

Immagino di essere diventata più forte dopo il mio breve periodo in quella prigione in Thailandia. So quanto valgono quelle monete: un milione ognuna. Ti rimarranno comunque due milioni dopo avermene consegnata una, e ringrazia che non ti chiedo la metà di tutto. Dopo questa transazione, io e te abbiamo chiuso. Sparirò dalla tua vita e tu sarai libero di fare quello che vuoi; altri scavi, rubare altra roba... non mi interessa.»

«Non ti credo» disse Ian. «Non posso fidarmi di te.»

«Nemmeno io mi fido di te» ribatté Marlowe. «Hai già dimostrato che non ti interessa chi calpesti per ottenere i tuoi scopi. Dammene una e finisce qui. Per sempre. Non voglio vederti mai più. D'altronde, vedila in questo modo: quando avrò una di quelle monete sarò colpevole quanto te. Perché dovrei denunciarti se ciò farebbe tornare in prigione anche me? Voglio solo quello che mi devi.»

Ci fu un attimo di silenzio, poi Ian West disse con voce dura: «Bene. Ma non a Boston. Ci sono troppe telecamere in città. Verrò io da te.»

«No.»

«Allora non abbiamo più niente da dirci. O si fa a modo mio o non si fa.»

Bob sentì Marlowe irrigidirsi, poi alzò lo sguardo su di lui con la fronte aggrottata. Era chiaro che non sapesse come comportarsi. Le fece no con la testa.

«Marlowe? Hai tre secondi per accettare prima che io riattacchi. E non pensare che io creda alla tua storiella su come sei uscita di prigione. Mi basterà fare una telefonata per averne la conferma, e se non è vero, *un'altra* telefonata per farti finire su tutte le liste dei più ricercati negli Stati Uniti.»

«Bene. Dove?» sbottò.

Il cuore di Bob accelerò, e vide la tensione sul volto di tutti gli uomini nella stanza. No! Non voleva che si trovasse faccia a faccia con lo stronzo che aveva già fatto il doppio gioco con lei.

«Ovunque tu sia. Un posto fuori mano. E se pensi di tendermi una trappola, te ne pentirai.»

Marlowe aspettò qualche secondo, poi disse: «Sono a Newton, nel Maine.»

Ian ridacchiò, ma senza divertimento. «Il Maine non è troppo lontano. Dove possiamo incontrarci?»

Bob e i suoi amici si lanciarono degli sguardi preoccupati. Marlowe aveva rivelato la sua posizione! E lui non poteva farci un bel niente.

«Newton è una città piccola. Non ci sono telecamere del traffico e il dipartimento di polizia è ridicolo. Non sarà un problema incontrarsi qui. C'è un parco dopo l'uscita dell'autostrada 2, poco prima di arrivare in centro. Ci vediamo lì tra due giorni. All'una. Fatti trovare e portami la mia moneta, o giuro su Dio che ti farò rimpiangere di avermi incontrata.»

«Lo rimpiango già» ringhiò Ian.

«Il sentimento è reciproco» ribatté. «Non cercare di fregarmi di nuovo. Fidati, la prigione fa schifo. Ci vediamo tra due giorni.»

Schiacciò il bottone per chiudere la chiamata, poi abbassò la testa, appoggiandola sopra le mani sul tavolo.

Nella stanza regnava il silenzio assoluto.

Bob le passò un braccio intorno alla schiena e si chinò su di lei. «Punky?»

«Dammi un secondo» borbottò contro le mani.

«Porca puttana. È stato *fantastico*» esclamò Chappy. «Non la parte dell'incontro, ma il modo in cui l'hai smascherato.»

«Se non fossi già felicemente sposato e con il primo figlio in arrivo, e se non lo fossi già anche tu con uno dei miei compagni, ti chiederei di sposarmi» disse Cal.

Bob ignorò i suoi amici. La sua attenzione era tutta per Marlowe. «Stai bene?»

Lei annuì, ma non alzò la testa.

«Ok, bene, non era *così* che avevo suggerito di far andare le cose, ma... penso sinceramente che potrebbe funzionare» ammise il capo Rutkey.

Marlowe fece un respiro profondo, poi si raddrizzò e si guardò intorno. «Mi dispiace tanto. Spero che non sia un problema avergli detto di incontrarci al parco. Mi ha colto alla sprovvista insistendo per vederci di persona.»

«Faremo in modo che funzioni» le assicurò Rutkey.

«West ha in mente qualcosa» avvertì Bob. «Non avrebbe insistito così tanto per incontrarla di persona se avesse solo intenzione di consegnare una moneta.»

«Sono d'accordo. Parlerò con Tex per farci mandare un'attrezzatura audio e video di alto livello, in modo da poter monitorare l'incontro» disse JJ.

«Io andrò a fare un sopralluogo nel parco e troverò dei posti dove posizionarci, così da essere sempre vicini» aggiunse Cal.

«Si può usare la mia Jeep per l'incontro» propose Chappy. «Ovviamente non possiamo usare la costosa mostruosità di Cal, e il pick-up di Bob ha più potenza della mia auto; dobbiamo tenerli come backup.»

Non gli piacque l'ultima affermazione, ma sapeva che era una decisione intelligente.

«Grazie. Apprezzo che siate tutti qui e che vogliate aiutarmi. Ma... ho bisogno di andarmene.»

La voce di Marlowe si incrinò sull'ultima parola e Bob capì che era sul punto di crollare. Si alzò quando lo fece lei e le prese la mano, conducendola verso la porta. «Tenetemi informato» disse agli amici, prima di accompagnarla fuori dalla stanza e dall'edificio, all'aria aperta. Andò dritto al suo veicolo e la sistemò all'interno, poi corse verso l'altro lato e salì.

Accese subito il motore e le disse: «Tieni duro, Punky. Entro cinque minuti saremo a casa.»

Si voltò a guardarla e vide che era seduta completamente rigida, con lo sguardo fisso davanti a sé e le mani strette in grembo. Guidò velocemente ma con prudenza, e pochi minuti più tardi parcheggiò di fronte al suo condominio. Scesero dall'auto e Marlowe lo raggiunse sul davanti, poi salirono le scale mano nella mano.

Nel momento in cui la porta si chiuse dietro di loro, le lacrime che aveva valorosamente tenuto a bada sgorgarono. Bob la prese in braccio, la portò sul divano e si sedette con lei sulle ginocchia. Stava piangendo così disperatamente che si allarmò un po', ma non cercò di convincerla a smettere. La lasciò sfogare tutte le emozioni.

Gli rimase aggrappata con il corpo scosso dai singhiozzi, e si sentì completamente impotente. Ci vollero circa altri dieci minuti, ma alla fine il suo pianto si attenuò. Bob si allungò per prendere un fazzoletto di carta da una scatola vicino al divano e glielo porse. Lei gli rivolse un debole sorriso e si soffiò il naso. Poi gli si accoccolò di nuovo addosso.

«Ti senti meglio?»

Scrollò le spalle. «Credo di sì. Non so nemmeno perché stessi piangendo.»

«Perché è stato molto stressante e hai dovuto comportarti come una persona che non sei. Perché hai paura e parlare con l'uomo che ti ha causato tanto dolore e terrore non è stato piacevole. Perché sei una persona gentile che odia fare del male agli altri.»

Marlowe sbuffò. «Mi fai sembrare un esempio di virtù. Posso anche comportarmi da stronza.»

Bob alzò gli occhi al cielo. «Mm-mm.»

Sollevò la testa per poterlo guardare. «Posso» insistette.

«Dimmi di una volta che sei stata stronza con qualcuno» la sfidò.

Aggrottò la fronte pensierosa, poi sollevò lo sguardo e disse: «Mi sono rifiutata di lasciare che una delle donne in prigione mi rubasse il posto sul pavimento accanto alla finestra.»

Lui scosse la testa. «Quello non conta. Qualsiasi cosa tu abbia fatto mentre eri in carcere era totalmente giustificata. Ritenta.»

Marlowe soffiò fuori un respiro in modo adorabile. «Ok. L'ultima volta che ho guidato sull'interstatale intorno a Washington, prima di andare in Thailandia, c'erano dei lavori in corso e la corsia di destra era chiusa. Non ho preso subito quella di sinistra. Ho oltrepassato la lunga coda di auto e mi ci sono infilata dentro con prepotenza.»

Bob scoppiò a ridere.

«Che c'è? È un comportamento da stronzi!» insistette. «Avrei dovuto mettermi subito sulla corsia di sinistra dietro a tutti gli altri, invece di sorpassarli e infilarmi davanti.»

«Già, sei proprio una stronza dal cuore di ghiaccio.»

Marlowe sospirò, poi appoggiò di nuovo la testa sul suo petto. «Ok. Non è nella mia natura essere cattiva. Non mi piace. Anche se Ian si è meritato tutto quello che ho detto, mi sento comunque... strana.»

«Sei stata straordinaria. E anche se all'inizio ero d'accordo con Rutkey riguardo a come avrebbe dovuto andare quella chiamata, in realtà tu hai fatto molto meglio. Con il senno di poi, West si sarebbe insospettito se avessi chiacchierato del più e del meno per poi all'improvviso ribaltare la situazione e cercare di ricattarlo.»

«Non so cosa sia successo» ammise. «Avevo intenzione di chiedergli come stava, da quanto tempo era tornato negli Stati Uniti, come stava la sua famiglia... ma appena ho sentito la sua voce, non ci ho visto più e ho sparato a raffica quello che pensavo.»

«Ripeto, sei stata bravissima.»

«Pensi che si presenterà davvero all'appuntamento?»

«Sì.»

«Non puoi saperlo con certezza» protestò.

«Marlowe, hai minacciato di denunciarlo. Gli hai dato abbastanza dettagli sulla vendita di quelle monete e del fatto che sapevi che stava usando il dark web... si farà vivo. Non rischierà di essere arrestato prima di riuscire a venderle» dichiarò con fermezza.

«Non voglio più vederlo» sussurrò.

Bob si irrigidì e aprì la bocca per dirle che non era necessario, che avrebbero trovato una soluzione, ma lei continuò prima che potesse parlare.

«Ma devo farlo. Devo guardarlo negli occhi e vedere se mostrerà anche un solo briciolo di rimorso per quello che mi ha fatto. So che la telefonata di oggi potrebbe non essere sufficiente per mandarlo in prigione, dato che non ha ammesso nulla. Ma è un buon inizio, e sarà *davvero* fregato se si presenterà con quelle monete.»

Aveva ragione... maledizione. «Installeremo delle microspie nella Jeep di Chappy, invisibili a West. E non dovrai uscire dall'auto. Potrai parlargli attraverso i finestrini. Non si avvicinerà a te. Tex è bravissimo a rintracciare i dispositivi. E, per ogni evenienza, ti procureremo degli orecchini o una collana che possano registrare sia il video sia l'audio. Lo prenderemo, Punky. Grazie a te.»

«Dovrei sentirmi in colpa per quello che gli succederà, ma non è così. Questo fa di me una persona cattiva?»

«No. Fa di te un essere umano» la rassicurò.

«Ho paura» sussurrò con voce a malapena udibile.

Bob strinse le braccia intorno a lei. «Non permetterò che ti accada nulla.»

Marlowe annuì, il che lo fece sentire meglio, ma non si rilassò.

«Voglio solo... che tutto questo finisca. Voglio poter vivere la mia vita, esplorare Newton, uscire con Carlise, June e April. Voglio mangiare altri hamburger di Granny's. Voglio che mio fratello e la sua famiglia vengano a trovarmi.»

«E potrai farlo» le disse piuttosto allarmato. «Perché pensi di no?»

«Non lo so.»

Ma sapeva che stava mentendo. Era chiaro che avesse un brutto presentimento, e non poteva biasimarla. Lui stesso era frustrato e stressato, e anche se aveva fiducia nella propria capacità di proteggerla, e in quella dei suoi amici, temeva comunque che potesse accadere qualcosa che nessuno di loro avrebbe potuto evitare.

«Puoi sempre fermarti. In qualsiasi momento, puoi annullare tutto.»

«E lasciargliela passare liscia dopo quello che ha fatto? No. Voglio farlo. Voglio fargliela pagare per aver rubato quelle monete. Non possiamo permettergli di venderle. Devono essere restituite alla Thailandia. E non voglio guardarmi alle spalle per il resto della vita chiedendomi se mi sbatteranno di nuovo in prigione.» Si spostò per mettersi a cavalcioni su di lui. «Posso venire con te la prossima volta che devi uscire per un lavoro?»

«Come, scusa?» le chiese, confuso dal brusco cambio di argomento.

«Non voglio pensare a Ian West, alla prigione, alle monete, né a nient'altro finché non sarò costretta a farlo. Mi piacerebbe venire con te la prossima volta che avrai una chiamata. Vedere un po' più di Newton. Vedere cosa fate. Posso aiutare anch'io.»

Bob le sorrise. «Hai mai usato una motosega?»

Arricciò il naso. «No, ma posso portare le cose per te, o indossare un gilet giallo e dirigere il traffico lontano dall'albero, o semplicemente stare lì a parlarti mentre lavori. Ti prego!»

«Certo che puoi venire. Ma non è così eccitante.»

«Sono sicura che lo diresti anche di uno scavo archeologico, ma saresti sorpreso di quanto possa essere divertente.»

«Va bene.»

«Evviva!» esclamò con un sorriso.

Bob fu sollevato di vedere lo scintillio negli occhi di Marlowe, ma era comunque preoccupato per l'imminente incontro con West. Gli uomini disperati facevano cose disperate. Lo sapeva meglio di chiunque altro. E sebbene supportava il fatto che lei volesse fare tutto il possibile per distruggere quello stronzo, non voleva che le succedesse qualcosa di brutto. L'unico motivo per cui non stava cercando di dissuaderla era perché West non aveva precedenti di violenza nel suo passato.

«Allora, ora che ho superato la crisi, cosa vuoi fare per il resto della giornata?» gli chiese con un sorriso.

La prima cosa che gli venne in mente fu di riportarla a letto, ma aveva la sensazione che non fosse quello di cui lei aveva bisogno.

«Come ti senti?»

«Bene, perché?» rispose senza esitare.

«Niente dolori mestruali?»

Lei arrossì un po' e scosse la testa. «No.»

«Che ne dici di una piccola escursione? Questa zona è bellissima e c'è un punto panoramico chiamato Table Rock che credo ti piacerebbe molto. Ci sono molti posti con questo nome in tutto il Paese, ma questo è il più impressionante.»

Marlowe inclinò la testa. «Come fai a saperlo? Sei stato in tutti?» lo stuzzicò.

Lui ridacchiò. «No. Ma sono stato in uno nel New Mexico. Ho un amico che possiede una sorta di resort con i suoi amici. È un luogo dove le persone che soffrono di disturbo post-traumatico da stress possono andare per rilassarsi completamente. È bello anche lì, ma la nostra Table Rock li batte tutti.»

«Con questo tipo di premesse, ora voglio assolutamente vedere questo posto.»

Bob si sporse in avanti e la baciò. Non brevemente, ma nemmeno come se avesse l'intenzione di portarla a letto. «Ti amo» disse, una volta sollevata la testa. «Sei il tipo di donna che un uomo cerca per tutta la vita. So di aver avuto un colpo di fortuna e cercherò di non rovinare tutto.»

Lei scosse la testa. «Non sono niente di speciale, Kendric. Sono solo una donna che lavora sodo, che fa del suo meglio per essere gentile con chi la circonda, e che si arrangia come può.»

«Continua pure a pensarlo, Punky. Ma io so la verità.»

«Vabbè. Cosa devo indossare? Per quanto tempo staremo via? Abbiamo bisogno di uno spuntino?»

Sembrava non riuscire a contenere la sua eccitazione, e Bob ne era entusiasta. Non vedeva l'ora di mostrarle tutto di quel piccolo angolo del Maine. Forse non era stata la sua prima scelta come luogo in cui vivere il resto della vita, ma stava imparando ad amarlo sempre di più.

«A strati, nel caso tu abbia troppo caldo o freddo. E le scarpe da trekking. Probabilmente ci vorranno quattro o cinque ore. Preparerò qualcosa per pranzo e includerò anche degli spuntini.»

«Mi sembra perfetto.» Poi si sporse e lo baciò brevemente, prima di saltare giù dalle sue ginocchia e dirigersi verso la camera da letto.

Prima di sparire nel corridoio si voltò. «Kendric?»

«Sì?»

«Anch'io ti amo. Grazie per avermi permesso di piangere sulla tua spalla. Prometto di non farne un'abitudine.»

«Non importa se lo farai, non ti amerò di meno» la rassicurò.

Lei gli regalò un enorme sorriso, poi si girò e scomparve nel corridoio.

Bob rimase seduto per un momento e fece un respiro profondo, mentre il suo sorriso si spegneva lentamente. Era più preoccupato di quanto avesse lasciato intendere riguardo all'incontro con West. Ma se l'uomo si fosse presentato, lui e i suoi amici, tutti ex Delta Force, si sarebbero assicurati che non accadesse nulla a sua moglie.

Si alzò e andò in cucina. Doveva preparare il pranzo e gli spuntini, e si ripromise di far sapere ad April che non sarebbe stato disponibile per il resto del pomeriggio.

Non vedeva l'ora di fare quell'escursione. Di distogliere la mente di entrambi da Ian West. L'indomani avrebbe sistemato il localizzatore e l'attrezzatura audio e video. Intanto, per quel giorno... si sarebbe goduto del tempo con la donna che amava.

CAPITOLO SEDICI

MARLOWE SI DIMENÒ sulla sedia mentre Kendric e i suoi amici ripassavano il piano per quella che sembrava la centesima volta. Era nervosa, e ascoltarli parlare di come comportarsi se qualcosa fosse andato storto non aiutava.

Stava indossando un paio di orecchini di onice, ognuno dei quali conteneva una minuscola telecamera che registrava immagini e suoni. Nella Jeep di Chappy ne era stata installata una sullo specchietto retrovisore e una sulla luce dei freni sul lunotto posteriore, che riprendevano l'interno del veicolo. Non le avevano messo un microfono addosso, perché non volevano che Ian lo individuasse accidentalmente o che insistesse perché gli dimostrasse di non averlo.

Nessuno aveva intenzione di farlo avvicinare a lei, ma volevano avere tutto sotto controllo per assicurarsi di acquisire le prove necessarie non solo per far cadere le accuse contro Marlowe, ma anche per smascherare West.

Il capo della polizia e i suoi agenti erano pronti a intervenire non appena Ian avesse mostrato le monete, sempre che le avesse portate davvero con sé. In città c'erano anche un rappresentante dell'FBI, due della polizia doganale e di frontiera degli Stati Uniti e una donna del Dipartimento della sicurezza interna, che avrebbero guardato i progressi dall'ufficio del capo Rutkey, il quale aveva ottenuto la promessa scritta che Marlowe non sarebbe stata estradata, dal momento che stava collaborando con le autorità per far sì che quegli inestimabili manufatti venissero restituiti.

Naturalmente, se Ian non avesse mostrato le monete o ammesso il suo ruolo nell'arresto, le cose si sarebbero potute complicare per tutte e tre le agenzie, dato che tecnicamente era ancora una fuggitiva. Ma contavano sul fatto che l'uomo non fosse in grado di tenere la bocca chiusa.

Tutti volevano fermarlo, ma dovevano avere prove inconfutabili che avesse infranto la legge. Qualsiasi buon avvocato sarebbe stato in grado di smontare delle prove circostanziali. Quindi spettava a lei non solo far ammettere a Ian di aver rubato dal sito archeologico e incastrato lei con le pillole, ma anche convincerlo a consegnarle una delle monete.

La pressione era tanta e, a essere sincera, stava mettendo in discussione il fatto di voler incontrare il suo ex collega. Cosa ne sapeva lei di un lavoro sotto copertura? Niente. Appunto.

Preferiva di gran lunga stare insieme a Kendric quando lui era al lavoro.

La loro escursione alla Table Rock di due giorni prima era stata stupenda. Era molto più bello stare nei boschi del Maine che nella giungla della Thailandia. Durante la camminata avevano riso e parlato di qualunque cosa. E aveva avuto ragione, la vista dall'enorme masso, che sembrava essere magicamente sospeso su un precipizio, era spettacolare. Persino i panini con tacchino e prosciutto che Kendric aveva preparato per pranzo erano sembrati più saporiti gustati davanti a un panorama così straordinario.

Non vedeva l'ora di andarlo a osservare in autunno, quando gli alberi avrebbero cambiato colore. Kendric le aveva promesso che ci sarebbero tornati.

Inoltre, il giorno precedente, si era avverato il suo desiderio di accompagnarlo quando lo avevano chiamato per abbattere un albero che era stato sul punto di cadere su una casa. Era rimasta affascinata dalla precisione e dalla pianificazione necessarie per garantire che non cadesse nella direzione sbagliata, con il rischio di causare danni alla proprietà o ferire qualcuno.

Vedere suo marito con una maglietta aderente, i muscoli gonfi mentre azionava la motosega e tagliava l'albero in pezzi da poter trasportare, non era stato esattamente un sacrificio. Lo aveva aiutato a raccogliere i pezzi più piccoli e a caricarli su un rimorchio, e per tutto il tempo non era riuscita a smettere di sorridere.

Ora era di nuovo nella piccola sala degli interrogatori della stazione di polizia, pronta a incontrare l'ultima persona che avrebbe mai voluto rivedere.

«Mi stai ascoltando, Marlowe?» le chiese il capo Rutkey.

Annuì, rimproverandosi intimamente.

«Bene. Perché una volta salita su quella Jeep, dovrai cavartela da sola. Noi staremo in ascolto e le persone qui alla stazione guarderanno, ma non saremo lì per darti consigli su cosa dire o fare.»

Marlowe annuì di nuovo, un po' abbattuta. Sapeva che la posta in gioco era alta per tutte le persone coinvolte, ma avrebbe voluto semplicemente tornare a casa e infilarsi a letto con Kendric. Quella mattina l'aveva svegliata presto e aveva fatto l'amore con lei in modo lento e dolce. Ormai era vicina alla fine delle mestruazioni, e lui lo aveva fatto sembrare come se non fosse un grosso problema. Era un cambiamento stimolante rispetto ad altri uomini con cui era stata e che si erano comportati come se lei avesse avuto la peste in quel periodo del mese.

Tutto con Kendric stava andando incredibilmente bene. La sera precedente le aveva persino detto che si stava occupando dei dettagli per assicurarsi che il loro matrimonio fosse legale negli Stati Uniti. Lo amava così tanto che quasi la spaventava.

«Penso che prima arrivi al punto, meglio è» disse il capo Rutkey. «Proprio come hai fatto al telefono. Fatti dare una delle monete, se le ha portate, cerca di farlo parlare della droga trovata nella tua tenda, ma non insistere troppo. E vattene da lì il più in fretta possibile. Capito?»

«Sì.»

«Ok, abbiamo trenta minuti prima di agire. Dobbiamo essere tutti in posizione e pronti quando – o se – arriverà il nostro bersaglio. Marlowe, faremo alcuni controlli audio e video prima che tu esca. Due dei miei agenti saranno al parco a giocare a frisbee e potranno raggiungerti in pochi secondi se ne avrai bisogno. Bob e JJ si posizioneranno nel bosco intorno al parcheggio, e Cal e Chappy saranno ognuno in un'auto in fondo alla strada. Non appena West arriverà, bloccherò il traffico lungo l'autostrada 2 per assicurarmi che non possa scappare, e i rappresentanti delle varie agenzie saranno qui, a osservare e ad ascoltare. Abbiamo tutto sotto controllo.»

Marlowe si sentì rassicurata dalla pianificazione completa che aveva fatto Rutkey. Era altamente improbabile che qualcosa andasse storto, ma se fosse successo, ci sarebbero state molte persone intorno pronte ad aiutare.

April, Carlise e June l'avevano convinta ad andare alla Jack's Lumber subito dopo l'incontro, dove la avrebbero aspettata per sapere com'era andata... con tanto di champagne. Volevano festeggiare il suo successo nell'incastrare Ian. Era onorata per la fiducia che le dimostravano.

Sapere di avere dei così buoni amici e tanta gente al suo fianco le diede un po' più di sicurezza per ciò che stava per fare. Ma era comunque inquieta. Era stata un po' avventata nel suggerire di voler essere lei quella che lo avrebbe fatto imprigionare, ma desiderava disperatamente aiutare, assicurarsi che Ian subisse le conseguenze di ciò che aveva fatto.

Tutti cominciarono ad alzarsi e all'improvviso un'ondata di panico le rese difficile respirare. Ma poi Kendric fu lì. La prese per il gomito e l'aiutò a mettersi in piedi, conducendola fuori dalla stanza e verso l'ingresso della stazione di polizia.

La zuppa che aveva mangiato a pranzo, prima di lasciare l'appartamento, le si rimescolò nello stomaco.

Lui la condusse verso la Jeep di Chappy e la girò in modo che desse le spalle alla portiera. Poi la abbracciò così forte da farle quasi male. Ma lei accolse con piacere il lieve dolore e lo strinse con altrettanta forza.

«Sarò nascosto lì vicino» le mormorò tra i capelli. «Sarò in collegamento audio, così potrò sentire tutto quello che succede. Ce la puoi fare, Punky. Io e i miei amici ti guarderemo le spalle.»

Annuì e chiuse gli occhi, e solo allora si rese conto di quanto stesse tremando. Aveva i brividi sulla nuca e avrebbe voluto annullare tutto, ma era troppo tardi. Il capo della polizia aveva già organizzato ogni cosa. Aveva esonerato i suoi agenti da altri incarichi per assistere. Inoltre, erano arrivati i rappresentanti delle altre agenzie che avevano lasciato che Rutkey e i suoi uomini si occupassero della sorveglianza fisica. Tex, l'amico di Kendric, aveva inviato gli orecchini nel giro di una notte.

Tante persone avevano fatto la loro parte in quello che stava per accadere. Avrebbe dovuto rassegnarsi e fare la sua.

Senza contare che Ian era quasi arrivato. Il misterioso Tex aveva seguito le telecamere del traffico, informandoli dei suoi progressi mentre si dirigeva verso nord.

«Bob! È ora!» esclamò JJ.

Marlowe fece un respiro profondo e allentò la presa intorno a Kendric. Lui non fece nulla per un altro attimo, poi le prese il viso tra le mani. «Qualunque cosa accada, sappi che sono vicino» disse con fervore. «Se le cose dovessero mettersi male, tieni duro e rimani nel tuo ruolo. Ti tirerò fuori.»

«Andrà tutto bene» lo rassicurò, credendoci solo a metà. «Ian si affiancherà alla mia auto, parleremo attraverso i finestrini, mi darà una moneta. Semplicissimo.»

L'espressione di Kendric non si rasserenò affatto. «Stasera» le disse, «andremo avanti con il resto della nostra vita.»

«Ok» acconsentì.

«Cominceremo a cercare qui intorno una casa con parecchie camere da letto per i nostri figli. Ho un anello... volevo farti una sorpresa, ma sai che faccio schifo con i segreti. Ti sta aspettando nell'appartamento. Te lo metterò al dito e resterà lì per sempre.»

Lei sorrise. «Va bene.»

«Sei mia» continuò con fervore. «Sei la mia amica, la mia ispirazione, il mio amore.»

«Ti amo» sussurrò lei.

«Non più di quanto io amo te. Ora... vai a farti valere.»

«Lo farò.»

Marlowe avrebbe voluto mettersi di nuovo a piangere, ma trattenne le lacrime. Doveva avere un aspetto da dura, non accogliere Ian con il viso gonfio e gli occhi rossi. Entro meno di un'ora avrebbe rivisto Kendric, avrebbero festeggiato con le ragazze alla Jack's Lumber e sarebbero tornati a casa. Le avrebbe dato l'anello e lei gli avrebbe dimostrato esattamente quanto lo amava e lo apprezzava.

Fu inquietante rendersi conto di quanto si sentisse sola mentre guidava la Jeep di Chappy verso il parco. Pur sapendo che c'erano molte persone che la stavano ascoltando e guardando, in quel momento le sembrò comunque di essere l'unica persona al mondo.

Mentre parcheggiava la Jeep nel posto prefissato, il cuore le batteva troppo forte nel petto e le tremavano mani. Vide due uomini a circa cinquanta metri di distanza, i poliziotti di Newton, che giocavano a frisbee sul prato. La loro auto era l'unica nel parcheggio.

Guardando tra gli alberi, non riuscì a scorgere JJ o Kendric, ma erano lì. Ne era certa. Poteva farcela.

Fece un respiro profondo e si tolse la cintura di sicurezza. Le aveva detto Kendric di farlo, per essere sicura di poter uscire dall'auto in caso di necessità. I minuti che passavano sembravano ore. Pareva che Ian fosse abbastanza in orario, ma non c'erano telecamere del traffico alla periferia di Newton, quindi potevano solo ipotizzare l'ora del suo arrivo.

Proprio quando stava iniziando a pensare che non si sarebbe presentato, che avesse cambiato idea e fatto dietrofront per tornare a Boston, un vecchio modello di Honda Civic di colore nero entrò nel parcheggio.

Il suo cuore ricominciò subito a battere forte, e fu attraversata da una scarica di adrenalina. Fece un paio di respiri profondi, cercando di calmarsi. Ian parcheggiò in retromarcia alla sua destra. Abbassò il finestrino e le fece cenno di imitarlo.

Marlowe lo tirò giù, contenta che le cose stessero andando secondo i piani.

Ma tutto cambiò non appena parlò.

«Sali» le ordinò, indicando la sua auto.

Quello non faceva parte del piano. Le avevano detto più volte di non scendere dalla Jeep. Di non andare da *nessuna parte*. Di rimanere dov'era.

Scosse la testa. «No.»

«Pensi che sia stupido? Probabilmente hai dei microfoni nascosti in auto. Non mi fido di te. Sali e andiamo a parlare da un'altra parte.»

«Nemmeno io mi fido di *te*» replicò, con la stessa irritazione e spavalderia che aveva avuto al telefono.

«Allora non avrai la moneta» replicò Ian in tono piatto. «La scelta è tua.»

«E tu andrai dritto in prigione. Senza passare dal via» ribatté.

L'uomo la studiò, e provò un secondo di sollievo, pensando che sarebbe stata in grado di rimanere nella Jeep...

Ma poi lui sollevò la mano e Marlowe si ritrovò a fissare la canna di una pistola.

«Ora. O sei morta» la minacciò.

Si sentì sprofondare lo stomaco. Solo pochi centimetri separavano le due auto. Erano troppo vicini perché lui potesse mancarla. Sì, sarebbe stato sicuramente arrestato se le avesse sparato, ma per lei sarebbe stato troppo tardi. Se l'avesse assecondato, almeno avrebbe avuto una minima possibilità di sopravvivere.

Con riluttanza, afferrò la maniglia.

Poteva praticamente "sentire" tutti quelli che la stavano guardando e ascoltando urlarle di non muoversi, ma non poteva far fallire il piano proprio ora. Se fosse morta, non sarebbe stato per niente.

Scese dalla Jeep e chiuse la portiera di scatto, rimanendo per un attimo lì con le mani sui fianchi. «Vuoi perquisire anche me?» gli chiese con sarcasmo, facendo di tutto per prendere tempo, per dare a qualcuno il tempo di raggiungerla.

Ma non arrivò nessuno. O c'era qualcosa che non andava nell'audio e nel video, o gli agenti che giocavano a frisbee non si erano accorti di ciò che stava accadendo. Il che le sembrava improbabile. Erano lì solo per la sua sicurezza.

«Sali» le ordinò Ian. «Sbrigati.»

Marlowe trattenne il respiro mentre metteva una mano sulla maniglia. Non riusciva a capire perché gli agenti non fossero intervenuti, perché Kendric e JJ non si fossero precipitati fuori dal bosco non appena avevano visto la pistola.

Ebbe il pensiero improvviso che se qualcuno si fosse mosso, Ian le avrebbe sparato prima che potessero avvicinarsi. Era la conclusione logica, e lo sapevano tutti.

Faceva schifo, ma lo capiva.

Non aveva altra scelta che finire ciò che aveva iniziato... e avere fiducia che Kendric l'avrebbe tirata fuori da quella situazione, proprio come l'aveva tirata fuori da quella prigione.

Appena fu dentro l'auto, Ian partì. Non c'era traccia del capo Rutkey, e Marlowe non riusciva a decidere se ne fosse contenta o turbata. Immaginava che si stessero dando un gran da fare per capire come seguirli senza essere individuati.

Non vide nemmeno i posti di blocco che avrebbero dovuto mettere una volta che Ian si fosse fermato nel parcheggio. Non sapeva cosa fosse successo. Forse non avevano ancora avuto il tempo di posizionarli? Dopotutto Ian aveva agito molto rapidamente ed era salita in macchina sua pochi secondi dopo il suo arrivo.

«Dove stiamo andando?» gli domandò, mentre lui svoltava verso est. Glielo aveva chiesto sia per sé stessa sia per mettere a conoscenza quelli che stavano ascoltando.

«C'è un cimitero non troppo lontano da qui. Penso che sia più isolato, così potrò vedere se qualcuno ci segue.»

Marlowe alzò gli occhi al cielo, incrociò le braccia sul petto e parlò con più spavalderia di quanta ne provasse in realtà. «Nessuno ci segue. Non l'hai ancora capito? Avrò gli stessi problemi che hai tu se qualcuno ti vede darmi una moneta. Non sono un'idiota.»

Ian non rispose, continuò semplicemente a guidare. Ci volle più tempo di quanto le piacesse per raggiungere il cimitero. E aveva ragione, non c'era assolutamente nessuno in giro e, con suo grande sgomento, non c'erano nemmeno molti alberi. Quindi sarebbe stato difficile per chiunque nascondersi e andare in suo soccorso in caso di necessità.

Se prima aveva pensato di essere sola, ora era peggio.

Ian parcheggiò e si slacciò la cintura di sicurezza. Marlowe non se l'era nemmeno messa; le era semplicemente passato di mente con tutto quello che stava succedendo.

«Allora?» gli chiese. «Hai le monete?»

«Non capisco» disse lo stronzo in tono colloquiale, senza muoversi per mettere la mano in tasca, aprire il vano portaoggetti o il bracciolo che li separava. Insomma, il posto in cui poteva averle nascoste.

Marlowe sospirò. «Cosa non capisci?»

«Come diavolo fai a essere qui. Non importa quanto sia bravo il tuo avvocato, la Thailandia è famosa per rinchiudere a vita le persone condannate per reati di droga.»

«Già. Be', purtroppo per te, ho anche un fratello potente. Ora smettila di temporeggiare. Dammi la mia moneta e riportami al parco.»

«Pensavo fossi una preda facile» continuò, fissandola con quegli occhi azzurri e freddi.

Marlowe resistette all'impulso di rabbrividire. Doveva rimanere forte. Fargli credere che non stava bluffando. Lo guardò dritto in faccia, volendo registrare bene tutto in video oltre che in audio.

«Avrei detto che fossi una santarellina. Una debole.» Fece un piccolo sorriso, con uno sguardo così minaccioso che le si strinse la pancia. «Voglio dire, guarda com'è stato facile piazzare quella droga nella tua tenda quella notte. È stata una sfortuna che tu mi abbia beccato con le monete, soprattutto perché quello scavo è stato uno dei più facili da cui rubare, finora. Eri una complicazione che pensavo di aver già risolto.»

«Eppure, eccomi qui» disse Marlowe cupa, con il cuore che le batteva così forte che quasi le girava la testa. Aveva ammesso di aver piazzato la droga e di aver rubato le monete! Lo aveva *ammesso* veramente!

«Eccoti qui» convenne.

«Quindi, l'avevi già fatto? Avevi già rubato manufatti da altri scavi?» chiese, sapendo che anche quella era un'informazione importante.

«Certo. Non è difficile. La gente paga fior di quattrini per delle punte di freccia, frammenti di ceramica e altre stupidaggini che pensano abbiano un significato.»

Marlowe aggrottò la fronte. «Allora perché vivi con i tuoi genitori?»

Ridacchiò amaramente. «È un escamotage. Non sarebbe intelligente per uno giovane come me ostentare la mia ricchezza. E credimi, *sono* ricco. Ho versato soldi in diverse banche straniere, e quando sarà il momento giusto, mi trasferirò in un posto con tanto sole e donne facili, e vivrò per sempre felice e contento.»

Le si gelò il sangue. Non aveva avuto la minima idea che quell'imbecille con la faccia da bambino fosse un criminale incallito. All'improvviso sentì di non essere all'altezza della situazione e avrebbe voluto tornare al parco, subito. «Fantastico. Woohoo, sei ricco. Ma sei ancora in debito con me, Ian. Mi hai fatto sbattere in una dannata prigione straniera. Voglio la mia parte. Dammi la moneta, poi potrai andare per la tua strada, io andrò per la mia e saremo pari.»

Ian rise di nuovo e le si accapponò la pelle a quel suono malvagio. Posò sul cruscotto la pistola che aveva tenuto in mano per tutto il viaggio e si inclinò per raggiungere la tasca dei pantaloni. Frugò un po', poi tirò fuori la mano.

«Intendi una di queste monete?» chiese.

E lì, sul suo palmo, c'erano i tre manufatti dall'aspetto innocente. Ogni moneta aveva un buco al centro, e sembravano del tutto ordinarie. Ma Marlowe sapeva di avere davanti qualcosa che valeva milioni.

Le venne l'irrazionale impulso di rimproverarlo come un bambino, di dirgli che non si dovevano maneggiare oggetti antichi a mani nude, che l'untuosità della pelle avrebbe potuto letteralmente disintegrare il metallo dei preziosi manufatti. Ma riuscì a trattenersi.

Allungò la mano per prenderne una, volendo porre fine

alla faccenda, ma lui le chiuse nel pugno e disse: «Ah ah ah, non così in fretta.»

«Che c'è ora?» sibilò Marlowe, cercando di sembrare infastidita invece che spaventata.

«Come faccio a sapere che non mi denuncerai non appena avrai in mano una di queste monete?»

Sbuffò con impazienza. «Quante dannate volte devo dirtelo? Se tu vai a fondo, ci vado *anch'io*. Non riesco a spiegarlo in modo più semplice! Ho chiuso con gli scavi. Sono stufa. Stufa di non saper parlare le lingue, della polvere, di non ricevere i soldi che merito per il lavoro che faccio. Voglio stabilirmi qui, nel Maine, in mezzo al nulla. Voglio vivere con i soldi ricavati dalla vendita di quella moneta. Me lo merito. Dopo tutto quello che mi hai fatto passare, dopo tutto il lavoro che ho fatto per altri Paesi per salvare il loro patrimonio, è ciò che mi *spetta*!»

La fissò per un lungo momento, poi annuì. «Sì, probabilmente è così» concordò.

Proprio quando le sembrò che stesse per finire tutto, Ian si avventò su di lei.

«Cosa stai...»

Fu tutto ciò che riuscì a dire prima che le sue parole venissero interrotte dalla sua mano stretta intorno alla gola.

Cercò subito di staccarsi le sue dita dal collo, ma fu inutile. Era più alto, più cattivo e più forte di lei, e prima che potesse battere le palpebre, lui l'aveva sollevata e trascinata dietro.

La sbatté contro il sedile posteriore e avvolse anche l'altra mano intorno alla sua gola.

«Maledetta puttana! *Nessuno* può osare ricattarmi!» esclamò a denti stretti, mentre stringeva la presa. «Non ti darò nulla. Avresti dovuto rimanere dov'eri, rinchiusa in quella prigione di merda. Sei una gran rottura di palle e non avrai un cazzo! Volevo spararti in testa, ma sarebbe stato troppo facile. Voglio che mi guardi negli occhi mentre io guardo la luce spegnersi nei tuoi!»

Marlowe non pensava ad altro che a prendere ossigeno. Gli graffiò il viso, ma lui ringhiò e si limitò a stringere di più. Scalciò, cercò di usare le ginocchia per spingerlo via, e gli piantò le unghie nella pelle delle mani.

Ma lui non allentò la presa nemmeno un po'.

«Muori! *Muori*, cazzo!» gridò, mentre si chinava in avanti, mettendo più peso sul suo collo.

Dietro alle palpebre cominciò a insinuarsi il buio, e provò un momento di tale sofferenza che le sembrò di avere un infarto. Non avrebbe più avuto la possibilità di fare tutto ciò che si era prefissata. Una vita con Kendric. Vedere crescere i suoi nipoti. Festeggiare la nascita dei figli delle sue nuove amiche, averne di suoi...

Tutto le stava per essere portato via perché aveva pensato di essere una spia cazzuta in incognito.

L'ultimo pensiero prima che il buio la sommergesse del tutto fu per Kendric... che probabilmente si sarebbe rimproverato per non averla protetta. Anche se era stata lei a essere così stupida da salire sull'auto di Ian.

Avrebbe ricominciato ad avere gli incubi, non si sarebbe mai perdonato per quelli che avrebbe percepito come propri errori... ed era tutta colpa sua.

———

Il panico minacciò di sopraffare Bob mentre guardava West uscire dal parcheggio con Marlowe sul sedile del passeggero. Era furioso per il fatto che lei fosse salita sull'auto di quell'uomo, ma ancora più incazzato con gli agenti nel parco per non aver impedito che ciò accadesse. Qualcosa aveva interrotto brevemente l'audio, quindi non sapeva cosa il bastardo avesse detto o fatto per farla salire in macchina, ma ora la sua vita era in serio pericolo. Ne aveva l'assoluta certezza.

La loro partenza aveva fatto sì che tutti si precipitassero disordinatamente a seguirli. Quando West aveva lasciato il parcheggio, Rutkey non aveva ancora avuto modo di posizionare i posti di blocco perché stava cercando di risolvere il problema dell'audio difettoso per gli agenti nel parco. Tutti poi avevano sentito la conversazione in macchina e sapevano esattamente dov'erano diretti. Non era mai andato al cimitero verso il quale si stavano dirigendo, ma in passato era stato in quella zona per un lavoro.

Cal arrivò a tutta velocità nel parcheggio con il SUV e Bob e JJ salirono. Ripartì prima ancora che fosse chiusa la portiera. Sentì il capo Rutkey comunicare con i suoi agenti alla radio, ma la sua voce gli sembrava lontana; tutta la sua concentrazione e i suoi pensieri erano rivolti a Marlowe.

C'era una sola strada che portava al cimitero e fortunatamente c'era un'ampia curva proprio prima dell'entrata, che permise al veicolo di Cal, e a quelli degli altri agenti e di Chappy, di rimanere fuori dalla vista. Non aspettò nemmeno che il suo amico si fermasse prima di aprire la portiera e correre verso lo sparuto gruppo di alberi troppo lontano dal parcheggio.

Lui e JJ si stesero sulla pancia e si avvicinarono il più possibile mentre osservavano la Civic. Potevano sentire la conversazione tra Marlowe e West come se fossero stati accanto all'auto, ma non vedere cosa stava succedendo, dato che non avevano accesso alla parte video della registrazione. Solo gli agenti alla stazione di Newton stavano guardando.

Bob si irrigidì quando sentì West vantarsi di quanto fosse ricco e che si sarebbe trasferito in un posto caldo con i suoi guadagni illeciti.

«Quel tizio è uno squilibrato» sussurrò JJ.

Annuì. Già, e nessuno di loro l'aveva capito. Avevano pensato che fosse un ragazzo innocuo che aveva approfittato di un'opportunità per delinquere. Anche se era giovane, era tutt'altro che innocuo.

«Dobbiamo tirarla fuori da lì» disse al suo ex leader. In situazioni come quella, tutti loro rientravano nei familiari ruoli che avevano ricoperto durante le missioni per l'esercito.

«Lo so. Ma non c'è copertura. Se dovessimo alzarci, lui ci vedrebbe, e Marlowe è un bersaglio troppo facile.»

Bob si accigliò frustrato.

Sentì West chiedere: *«Intendi una di queste monete?»*

Pensò che gliele avesse finalmente mostrate e provò un impeto di soddisfazione. Il bastardo si era fregato da solo. Qualunque cosa fosse accaduta, Marlowe aveva catturato quelle monete in video. Ian aveva dimostrato a tutti di possedere davvero i manufatti, di averli rubati da uno scavo archeologico, proprio come sembrava avesse fatto molte altre volte in precedenza.

«Sì, probabilmente è così» disse West in risposta all'affermazione di Marlowe sul fatto che era qualcosa che le spettava... poi nell'audio arrivò una specie di forte scalpiccio.

Bob aggrottò le sopracciglia, cercando di capire cosa stesse succedendo. Riusciva a vedere solo ombre e...

E l'auto dondolare leggermente, a causa dei movimenti delle persone all'interno.

Gli si rizzarono i peli sulla nuca e gli venne da vomitare. Qualcosa non andava.

«Maledetta puttana! Nessuno può osare ricattarmi! Non ti darò nulla. Avresti dovuto rimanere dov'eri, rinchiusa in quella prigione di merda. Sei una gran rottura di palle e non avrai un cazzo! Volevo spararti in testa, ma sarebbe stato troppo facile. Voglio che mi guardi negli occhi mentre io guardo la luce spegnersi nei tuoi!»

West aveva appena iniziato a parlare che Bob si mosse. Non aveva idea di cosa stesse succedendo, ma la situazione era seria. Non aveva il minimo dubbio. Vide Cal e Chappy correre verso la macchina dall'altro lato del parcheggio. Evidentemente erano riusciti ad aggirarlo e a nascondersi tra i pochi alberi, forse anche dietro le lapidi.

Gli sembrò di correre come al rallentatore. Di non riuscire a raggiungere l'auto abbastanza velocemente. La donna che amava era in pericolo e lui non ce la faceva ad arrivare! Era come se stesse rivivendo uno dei suoi tanti incubi, quelli in cui non riusciva a raggiungere i suoi compagni di squadra che venivano torturati.

Correva e correva, ma sembrava non avvicinarsi mai.

Poi sentì West gridare: *«Muori! Muori, cazzo!»* E Bob ebbe quasi un infarto.

All'improvviso non stava più correndo, stava sbattendo addosso alla macchina.

Aprì con forza la portiera, afferrò West per il retro della maglia e lo trascinò via dal corpo spaventosamente immobile di Marlowe per gettarlo sul terreno ghiaioso. Gli tirò un pugno in faccia. Poi un altro.

Stava per colpirlo di nuovo, ma JJ gli afferrò il braccio.

«Bob! *Marlowe*. Occupati di lei!»

Senza esitare, lasciò la maglia di West e si voltò verso l'auto. Sentì vagamente JJ trascinare via il corpo svenuto dell'uomo, ma tutta la sua attenzione era rivolta a sua moglie.

Per un attimo ebbe paura di toccarla. Poi il suo cervello si mise in moto. Aveva visto le mani del bastardo intorno alla sua gola, ma pregò che non fossero state lì abbastanza a lungo da ucciderla. Non ci voleva molto tempo per far svenire qualcuno, ma servivano diversi minuti per strangolarlo a morte, e lei aveva parlato non molto tempo prima...

Si accovacciò davanti alla portiera aperta e si chinò sulla donna che amava, le mise due dita sull'arteria carotide... e il sollievo che lo travolse nel sentire il battito regolare lo avrebbe messo in ginocchio se non fosse già stato in quella posizione.

«Marlowe!» gridò.

Con sua sorpresa e ulteriore sollievo, lei aprì gli occhi e ansimò. Poi cominciò a dimenarsi e a lottare. Sollevò di colpo il braccio e gli tirò un pugno dritto nell'occhio. Fece un male cane, ma Bob non indietreggiò.

«Sono io!» gridò. «Kendric!»

Marlowe era persa nel suo terrore e non lo sentì o non capì. Cercò di mettersi a sedere, ma lui la afferrò per le spalle.

«No! Nononononono!» urlò lei lottando e scalciando.

Mentre cercava di sottometterla il più delicatamente possibile, non poté fare a meno di essere orgoglioso di lei per aver lottato con tutta sé stessa. «Sei al sicuro! Sono io, Kendric. Non può più farti del male, va tutto bene» la rassicurò.

Ci vollero ancora diversi secondi perché le sue parole

rassicuranti penetrassero attraverso il panico. Poi finalmente si calmò e alzò lo sguardo su di lui.

«Kendric?» chiese in tono roco.

«Sì, Punky, sono io. Sei al sicuro.»

Bob si aspettava che scoppiasse a piangere. Invece, fece un respiro profondo, chiuse gli occhi e si limitò ad annuire.

«Marlowe?» la chiamò con dolcezza, preoccupato per la sua reazione inaspettata.

«L'avete preso? Hanno registrato tutto?»

«Sì, e presumo di sì anche per la seconda domanda.»

«Bene. Possiamo andare ora, per favore?»

Temendo che fosse sotto shock per essere quasi *morta*, sollevò la testa per guardare Chappy, che era accovacciato davanti alla portiera opposta alla sua, e nel suo sguardo vide la sua stessa preoccupazione.

«Tra un attimo» la rassicurò Bob. «Riesci a metterti a sedere?»

Lei annuì, e si raddrizzò lentamente. Le si sistemò accanto tenendole un braccio intorno alla schiena. «Ti senti confusa? Ti gira la testa?»

«No» rispose lei. «Anche se avrei bisogno di un po' d'acqua. Mi fa male la gola.»

Ovvio che le faceva male. West le aveva stretto le maledette mani intorno al collo. Si vedevano già i lividi scuri che si stavano formando sulla pelle, e ciò gli fece venire voglia di finire quello che aveva iniziato quando aveva tirato fuori quello stronzo dal sedile posteriore.

Si costrinse a rimanere accanto a Marlowe e replicò: «Sì, Punky, ti faremo avere l'acqua molto presto.»

Lei si guardò le mani e si acciglò. Poi le sollevò. «L'ho graffiato» disse.

Bob vide del sangue sotto le sue unghie. Aveva fatto qualcosa di più che graffiare West. Gli aveva lacerato la pelle. Le prese una mano e, con sua grande sorpresa, si ritrovò ad avere gli occhi pieni di lacrime e cominciò a tremargli il labbro.

Non aveva mai avuto tanta paura come nei secondi trascorsi tra il momento in cui si era reso conto che qualcosa non andava e quello in cui aveva raggiunto la macchina.

Era quasi arrivato troppo tardi. Aveva promesso di proteggerla, di tenerla al sicuro, eppure West l'aveva quasi uccisa a mani nude.

Gli sfuggì un singhiozzo e cercò freneticamente di fermare i successivi. Marlowe era viva, ma non stava bene. Si comportava come se fosse in stato confusionale. Era chiaramente sotto shock, ed era la cosa più angosciante a cui avesse mai assistito.

Ma quando lui emise un altro verso soffocato, lei si girò a guardarlo. Lo fissò per un attimo, poi sbatté le palpebre.

E quello sembrò essere tutto ciò che servì perché la sua Marlowe tornasse. Un battito di ciglia.

«No» disse con fermezza, scuotendo la testa.

«No cosa?» Bob riuscì a malapena a dire.

«Non devi sentirti in colpa. Sapevo che sarebbe successo. Mentre ero sdraiata sotto di lui e mi stava soffocando, *sapevo* che ti saresti colpevolizzato. È stato il mio ultimo pensiero. Smettila, Kendric» implorò. «L'hai fermato. Mi hai salvata. Avremo un sacco di figli e vivremo per sempre felici e contenti. Capito?»

Non poté fare a meno di ridere. «Sì, signora.»

«Bene. Per favore, puoi farmi uscire subito da questa macchina puzzolente? Devo andare a una festa.»

Bob guardò l'ancora incosciente Ian West dietro di lui. JJ

lo aveva legato così stretto che non sarebbe andato da nessuna
parte tanto presto. Sentì anche le sirene avvicinarsi velocemente. Strinse il pugno al pensiero di colpire un'altra volta il
bastardo, ma il tocco della mano di Marlowe sul suo braccio
gli fece dimenticare l'uomo in un istante.

«Kendric?»

«Ce ne andiamo» le disse, indicando l'altra portiera, dove
c'era ancora Chappy davanti. Non voleva che lei guardasse
West. «Ma faremo una sosta alla clinica prima di fare qualsiasi
altra cosa.»

«Sto bene» sostenne, spostandosi sul sedile.

«Assecondami» la supplicò.

Chappy le afferrò la mano e la aiutò con cautela a scendere
dall'auto, e Bob fu subito al suo fianco. Marlowe si girò verso
di lui e appoggiò la fronte al suo petto. Rimasero così per un
lungo momento, assaporando il fatto di essere entrambi vivi e
vegeti.

Vide il capo Rutkey correre verso di loro, mentre altri
agenti entravano nel parcheggio a sirene spiegate e a velocità
troppo elevata.

Lei lo guardò e sorrise. «Gli uomini e i loro giocattoli» li
canzonò a bassa voce.

Bob chiuse gli occhi per un attimo. Aveva quasi perso
tutto. L'aveva quasi persa. Aveva così tanto bisogno di
Marlowe che non sapeva cos'avrebbe fatto senza di lei. Per
grazia di Dio, quello non era il giorno in cui l'avrebbe
scoperto.

Aprì gli occhi e le sfiorò il collo delicatamente con un
dito.

Marlowe glielo afferrò. «Sto bene. Sono sincera.»

Bob annuì.

Si voltarono entrambi quando Alfred Rutkey li raggiunse. «Stai bene?» chiese burbero.

«Sì» rispose. «Avete registrato tutto? È stato sufficiente?»

L'uomo sorrise; un sorriso soddisfatto e quasi assetato di sangue. «È stato più che sufficiente» le disse.

«Bene. Oh! Aveva una pistola.»

Bob pensò che le sue ginocchia avrebbero potuto cedere ancora una volta a quell'affermazione. La strinse di più a sé mentre lei continuava a parlare.

«È per questo che sono salita in macchina. È stato *l'unico* motivo. O salivo e speravo di sopravvivere, o lasciavo che mi sparasse mentre ero nell'auto di Chappy.» Si voltò verso di lui. «Ho dovuto farlo. Se c'era anche la minima possibilità di tornare da te...»

Bob non avrebbe potuto amarla di più di quanto già non facesse.

Prima che potesse parlare, Rutkey annuì e disse: «Lo sappiamo. Abbiamo ricevuto una telefonata da uno degli agenti che stavano controllando il video. Sei salita nella sua macchina prima ancora che potessi avvisare i miei ragazzi sulla scena, ma non li avrei fatti intervenire comunque. La possibilità che Ian ti sparasse se si fosse accorto di essere osservato era troppo alta.»

Marlowe sembrò prendere la notizia con filosofia e annuì. «Non so dove siano finite le monete. Le aveva in mano quando mi ha afferrata. Potrebbero essere cadute sul pavimento dell'auto. Ma... se va bene, io e Kendric ce ne andiamo. Saremo alla Jack's Lumber se ha bisogno di una dichiarazione. Anche se probabilmente avrò bevuto troppo, quindi sarebbe meglio aspettare fino a domani per parlarmi.»

Il capo della polizia sorrise. «Va bene. Penso che siamo a

posto. Voglio dire, abbiamo le registrazioni, quindi non c'è bisogno di interrogarti subito.»

«Giusto.»

«Tuttavia, posso dare un suggerimento?» chiese Alfred, continuando a sorridere.

«Sì.»

«Non dimenticarti di toglierti quegli orecchini. Non vorrei che tu trasmettessi qualcosa di cui poi ti potresti vergognare.»

Marlowe alzò gli occhi su Bob, che quasi si sciolse per lo sguardo colmo d'amore che vide sul suo volto. «Certo, lo farò» acconsentì.

Capì perfettamente ciò che stava pensando, e avrebbe voluto portarla subito a casa, spogliarla e controllare ogni centimetro del suo corpo per assicurarsi che stesse davvero bene, per poi sprofondare dentro di lei e non uscire per il resto della notte.

«Festa» gli disse, come se gli avesse letto nel pensiero.

«Prima il dottore, poi la festa» replicò lui.

Marlowe mise il broncio, ma fece un respiro profondo e annuì.

Poi si girò verso Chappy e lo sorprese abbracciandolo forte. «Grazie per avermi coperto le spalle.»

«Sei parte della famiglia» disse semplicemente.

Lei sorrise.

Proseguirono verso il SUV di Cal, e Bob non si stupì quando si fermarono accanto a JJ e lei abbracciò e ringraziò anche lui. Ringraziò anche gli agenti e il capo Rutkey, e una volta arrivati da Cal, strinse anche lui in un abbraccio. «Grazie per essere arrivati così in fretta... anche se non mi sarei aspettata niente di meno da un'auto che costa più di alcune case.»

Lui le sorrise. «Sapevo di aver comprato questa macchina per una ragione.»

Bob la aiutò a salire sul sedile posteriore, poi si voltò verso Cal e all'improvviso gli mancarono le parole. I suoi compagni di squadra erano stati ancora una volta al suo fianco senza fare domande. Aveva mentito e agito alle loro spalle, eppure non avevano esitato a sostenere lui e Marlowe nel momento del bisogno.

Cal scosse la testa. «No, amico. Capisco. Ci sono passato anch'io. Quando June stava morendo dissanguata su quel pavimento...» Si interruppe, poi si schiarì la gola. «Ti avrei portato qui prima che fosse troppo tardi, a ogni costo.»

«Grazie.»

«Figurati. Forza, facciamo visitare Marlowe e poi andiamo a incontrare tutti gli altri in ufficio.»

Aveva la sensazione che il suo amico avesse bisogno di vedere June, per assicurarsi che stava bene. Ciò che era appena successo gli aveva ricordato di aver quasi perso sua moglie, eppure sarebbe stato con loro due finché il dottore non l'avesse dimessa.

Bob sorprese sé stesso e Cal quando lo afferrò e lo abbracciò forte, dandogli delle pacche sulla schiena prima di lasciarlo andare. «Bene. Mettiamo in moto questo rottame» scherzò.

Il suo amico ridacchiò. «Rottame un corno» borbottò, prima di mettersi al volante del SUV incredibilmente costoso.

Bob allacciò con cura la cintura di Marlowe e poi la propria, e la prese di nuovo tra le braccia. Ci sarebbe voluto molto tempo prima che riuscisse a smettere di toccarla, ma non gli importava. Aveva rischiato seriamente di perderla.

CAPITOLO DICIASSETTE

«STO BENE, KENDRIC» disse Marlowe per quella che sembrava la millesima volta quella sera.

Ciò che era successo con Ian era stato orribile, ma sorprendentemente sentiva *davvero* di stare bene. Era comunque andata alla clinica senza protestare. Aveva dei brutti lividi sul collo che avrebbero continuato a scurirsi dando l'impressione di essere peggiori di quanto in realtà fossero, e la gola irritata, come se avesse preso un brutto raffreddore. Ma nel complesso era stata estremamente fortunata.

Kendric era stato iperprotettivo per tutto il pomeriggio, così come i suoi amici... i *loro* amici. Dopo tutto quello che era successo a Carlise e June, nessuno era contento di com'erano andate le cose con Ian.

Alla Jack's Lumber c'era stato un viavai di gente e, nonostante la stanchezza, Marlowe non aveva voluto andarsene. Sembrava che metà degli abitanti di Newton si fossero fermati lì per assicurarsi che stava bene. Non aveva idea di come avessero saputo dell'accaduto, ma... le piccole città erano così. Quindi non ci aveva pensato troppo.

Nonostante avessero chiuso l'ufficio per la festa, April era stata sommersa da persone che le chiedevano informazioni su come far potare o rimuovere gli alberi nella loro proprietà. Tutti volevano sostenerli in qualche maniera e, a quanto pareva, avevano pensato che uno dei modi per farlo fosse assumere la Jack's Lumber.

Carlise, June e April erano rimaste comprensibilmente scioccate dalle azioni di Ian, anche se lei aveva cercato di minimizzare. Era successo tutto così in fretta che non era sicura avrebbe dovuto esserci tutto quel clamore per un attentato alla sua vita sventato in meno di sessanta secondi.

JJ era andato a prendere il cibo da Granny's Burgers, che non gli avevano fatto pagare, e tra un boccone e l'altro Marlowe si era ritrovata a consolare le sue amiche. Odiava che fossero tutte così dispiaciute, ma era stata lei a mettersi in una posizione che aveva portato Ian a comportarsi in quel modo. Era stata lei che non aveva voluto permettergli di guadagnare soldi con il patrimonio della Thailandia e farla franca, che non era riuscita a perdonarlo per averla fatta finire in prigione. Si era messa consapevolmente in una situazione potenzialmente pericolosa.

Era riuscita anche a parlare con il misterioso Tex; un uomo di poche parole. Quando aveva telefonato a Kendric e chiesto di parlare anche con lei, la conversazione era stata breve. Lo aveva salutato, lui le aveva chiesto se stava bene, lei aveva risposto di sì e lo aveva ringraziato per gli orecchini che avevano ripreso ogni secondo dell'accaduto, in modo che Ian non la passasse liscia con nessuno dei suoi crimini. Tex si era detto contento che fosse al sicuro, e che non c'era bisogno di ringraziarlo, per poi chiederle di passargli Kendric. E lei lo aveva fatto con una risatina divertita.

La giornata era stata lunga e Marlowe si era sentita esausta dopo poche ore trascorse alla Jack's Lumber. Alla fine Kendric si era impuntato e aveva detto a tutti che l'avrebbe portata a casa. Poi l'aveva semplicemente presa in braccio e trasportata fino al suo pick-up; sembrava essere la sua nuova attività preferita.

Ora erano a casa e le aveva già chiesto tre volte se poteva portarle qualcosa, oltre ad averla praticamente seppellita sotto un cumulo di coperte sul divano. Si era assicurato che prendesse degli antidolorifici e al momento si trovava in cucina a fare Dio solo sapeva cosa.

«Kendric, vieni qui» gli ordinò dolcemente.

Lui smise immediatamente di armeggiare con ciò che stava facendo e le si sedette accanto. Ma non la prese tra le braccia, cosa di cui aveva disperatamente bisogno.

Ebbe un momento di incertezza. Era cambiato qualcosa tra loro? Stava riconsiderando la possibilità di stare con lei? Era stata troppo avventata nell'insistere di incontrare Ian e poi salire nella sua auto?

«Perché te ne stai lì in fondo?» gli chiese, con la fronte aggrottata. Non che si fosse seduto al lato opposto del divano, ma non la stava toccando, e ciò la spaventava.

Kendric la studiò per un lungo momento, poi sospirò. «Non voglio farti male.»

Marlowe scosse la testa. «Non mi farai male toccandomi.» Continuò a non muoversi, e lei sentì il cuore sprofondare. «Se sei arrabbiato con me o altro, per favore dimmelo. Se hai cambiato idea su di noi perché oggi ho fatto un casino, voglio saperlo.»

«Cambiato idea?» chiese incredulo.

Prima che potesse battere le palpebre, si ritrovò seduta sulle sue ginocchia con le coperte e tutto il resto, stretta nel suo abbraccio.

Tirò un sospiro di sollievo, gli si rannicchiò contro, gli avvolse un braccio intorno al collo e si strinse a lui.

«Non hai fatto un casino oggi. L'ho fatto io.»

Marlowe scosse la testa, ma lui non le diede tempo di protestare.

«Sì, invece. Ti ho detto che ti avrei coperto le spalle, eppure ho esitato abbastanza a lungo da permettere a quello stronzo di metterti le mani addosso. Scusami tanto.»

«Non devi scusarti» lo pregò. «Mi hai salvata, Kendric. Stava per uccidermi. Era riuscito a nascondere a tutti la sua *vera* natura fino al momento in cui ha cercato di soffocarmi. L'ho visto nei suoi occhi. L'avidità, l'odio, il disprezzo verso il prossimo. Se tu non fossi stato lì...» Il suo tono si affievolì.

«Lo so» le disse con voce incrinata. «Lo so. Non posso passarci di nuovo. Sul serio. So che avevi bisogno di farlo per riscattarti per ciò che ti era successo in Thailandia, ma quella situazione mi era sembrata fin dall'inizio tutta sbagliata. Solo che non volevo pensassi che ero un marito dispotico, che mi rifiutavo di permetterti di prendere le tue decisioni. Ma nel profondo credo di aver avuto il sospetto che West fosse instabile. Che avrebbe fatto di tutto per mettere le mani sui soldi che pensava fossero suoi di diritto.

Voglio che tu sia indipendente. Voglio che tu sia la donna forte, competente e straordinaria che sei. Ma non ti permetterò di metterti di nuovo in pericolo. Non posso.»

«Va bene» ribatté senza esitare. Non era irritata dal fatto
che volesse proteggerla. D'altronde, non era ciò che aveva
desiderato per tutta la vita? Qualcuno a cui appoggiarsi
quando le cose si facevano difficili. Che proteggesse lei e i
loro figli da chiunque e da qualsiasi cosa potesse far loro del
male.

Kendric annuì, e lo sentì fare un profondo respiro. Era
rimasto turbato quanto lei da ciò che era accaduto quel
giorno. Forse anche di più. Era stato lui a vedere Ian con le
mani intorno alla sua gola, e quando aveva aperto la portiera
dell'auto lei era già svenuta, anche se gli altri le avevano
raccontato come lo aveva strappato via da sopra il suo corpo
con una sola mano. Come lo aveva pestato a sangue prima di
andare da lei. Aveva dovuto vederla immobile su quel sedile,
pensando forse di essere arrivato troppo tardi.

Già, la prospettiva di Kendric sull'accaduto forse era
peggiore di quello che lei aveva realmente vissuto.

«Mi porti a letto?» gli chiese. Aveva bisogno di abbracciare
suo marito. Di rassicurarlo che stava bene. Probabilmente
quella notte lui avrebbe avuto degli incubi, cosa che odiava
perché era da un bel po' che non ne aveva. La uccideva l'idea
di essere la causa della sua ricaduta.

Kendric si spostò subito sul bordo del divano e si alzò con
lei in braccio. La portò in camera da letto e la posò sul
materasso.

«Hai bisogno di qualcosa? Usare il bagno? Lavarti il viso?»

«Sono a posto» rispose. Si era già messa il pigiama e lavata i
denti appena erano arrivati a casa.

Lui annuì, andò al cassettone e tirò fuori una maglietta. Si
tolse i vestiti che aveva indossato tutto il giorno e si infilò l'in-
dumento pulito. Andò in bagno e lei sentì l'acqua scorrere

mentre si lavava i denti. Un attimo dopo tirò lo sciacquone e poi finalmente si infilò sotto le coperte.

Si sdraiò sulla schiena e la attirò contro il suo fianco. Marlowe appoggiò la testa sul suo petto, sospirando soddisfatta. Le sue dita le sfiorarono la nuca solleticandole i capelli.

«Kendric?»

Percepì più che sentire la sua risatina. Una volta aveva ammesso che gli piaceva il fatto che lei pronunciasse sempre il suo nome prima di fare una domanda o di dirgli qualcosa, come per chiedere il permesso. Non si era resa conto di farlo, ma ora non riusciva più a smettere.

«Sì?» chiese lui.

«Ti amo.»

«Ti amo anch'io» ribatté senza la minima esitazione.

«Sento di doverti delle scuse.»

«Non devi.»

«Invece sì» insistette. «Non avrei dovuto incontrare Ian da sola. Sapevamo entrambi che avrebbe fatto di tutto per tenersi quelle monete. Voglio dire, non ha avuto problemi a farmi sbattere in prigione. Non avevamo motivo di pensare che avrebbe accettato di darmene una. Avrei dovuto lasciare che tu e i tuoi amici pianificaste qualcos'altro. O lasciare che se ne occupassero gli agenti di controllo doganale e di frontiera. Mi sono fatta prendere dal desiderio di voler dimostrare che era un ladro, che mi aveva incastrata. E che non mi aveva distrutta. Ho ignorato la minaccia reale che poteva rappresentare.»

«Il tuo coraggio è ciò che amo di più di te. Non permetti a nulla di ostacolarti. Vai avanti a prescindere da tutto. Non mi devi delle scuse. Abbiamo commesso entrambi degli sbagli, e fortunatamente siamo ancora qui per imparare da quegli errori e migliorarci per il futuro.»

«Sì» sussurrò Marlowe.

«Io ne ho fatti anche altri. In effetti, è incredibile quanto ci assomigliamo. Non ho creduto che i miei migliori amici potessero capire il mio bisogno di lavorare con Willis. Ho mentito e non ho nemmeno dato loro la possibilità di coprirmi le spalle. Tu, amore mio, hai agito allo stesso modo. Hai voluto fare tutto da sola per far arrestare West, nonostante ci fossimo io e i ragazzi pronti ad aiutarti. Credo che entrambi abbiamo imparato che fidarsi degli altri non è una cosa negativa.»

Marlowe annuì contro di lui. «Infatti. Hai ragione.»

Kendric le baciò la tempia. «Dormi, Punky. Domani è un nuovo giorno.»

«Già.» Sollevò la testa e incontrò il suo sguardo. «Non voglio che tu abbia incubi stanotte» sostenne con fermezza.

Lui ridacchiò. «Non lo voglio nemmeno io. Ma non sono sicuro che dirlo lo faccia avverare.»

«Lo so.» Sospirò e appoggiò di nuovo la testa sul suo petto. «Ma mi sento in colpa sapendo che potrebbero tornare a causa mia.»

«Se succederà, pazienza» disse lui con nonchalance. «Sarai qui per calmarmi se dovessi averne uno.»

«Puoi giurarci» mormorò.

«Avevo il terrore di andare a dormire» ammise. «Perché sapevo che avrei sognato e rivissuto i momenti peggiori della mia prigionia. Ma non ho più paura. Tu sarai accanto a me quando mi sveglierò, e la consapevolezza di sapere ciò che ho ora, in un certo senso ha fatto sì che il potere che avevano quei sogni diminuisse.»

Che cosa... bellissima aveva detto.

«E sapere che anche Chappy, Cal e JJ hanno lottato con gli incubi mi fa sentire meno debole. Non ho mai chiesto loro se avessero avuto problemi ad ambientarsi di nuovo alla vita civile dopo il congedo. Ho pensato che fosse un problema mio, perché tutti sembravano essersi adattati benissimo. Persino Cal, che sicuramente è stato quello a passarsela peggio tra tutti noi. Ma stavano nascondendo la loro sofferenza e il fatto di avere problemi di adattamento. Non che mi piaccia che soffrano, ma mi fa sembrare di essere stato meno... solo.»

«Sono felice che tu abbia degli amici del genere. Non servirebbe dirlo, ma lo farò comunque. Quando avrai bisogno di sfogarti, io ci sarò. Non ero con te in quella missione, quindi capisco che ci sono cose di cui puoi parlare solo con loro, ma se hai bisogno di qualcuno che ti ascolti, sono tutta tua.»

«Lo so, Marlowe, e lo apprezzo più di quanto possa dire. E lo stesso vale per te. Non hai parlato molto della tua esperienza in quella prigione in Thailandia, ma posso immaginare che non sia stata bella. Probabilmente ho una capacità maggiore rispetto ad altri di comprendere parte di ciò che hai provato stando rinchiusa lì.»

«Grazie» sussurrò. Aveva ragione. Aveva accantonato il periodo trascorso in prigione perché c'erano state altre cose di cui preoccuparsi, come uscire dal Paese senza essere catturata di nuovo. Ora che era al sicuro e felice, sapeva che i ricordi a volte avrebbero potuto sopraffarla, e sarebbe stato bello avere qualcuno con cui parlarne.

«Dormi, Punky. Se ti svegli nel cuore della notte perché

stai male, ho messo delle pillole e dell'acqua sul tuo comodino.»

«Starò bene.» All'improvviso gli eventi della giornata si fecero sentire e non riuscì più a tenere gli occhi aperti. «Ti amo» mormorò.

«Ti amo anch'io.»

———————

Bob non sapeva che ora fosse. Fuori era buio e non era sicuro di cosa lo avesse svegliato.

Poi Marlowe sobbalzò contro di lui e borbottò: «No!»

Si svegliò completamente. Lui non aveva avuto incubi quella notte, ma a quanto pareva la sua coraggiosa, stoica e apparentemente imperturbabile moglie, sì.

«Kendric!» urlò all'improvviso, spaventandolo a morte.

«Shhh» mormorò, stringendo le braccia intorno a lei.

Quello sembrò peggiorare qualsiasi cosa lei stesse vedendo nella sua mente.

Bob rotolò sulla schiena, portandola con sé in modo che fosse sopra di lui. L'ultima cosa che voleva era ricordarle in qualche modo di essere indifesa sotto qualcuno più grande e più forte, com'era successo con West.

«No! Lasciami! *Keeeeeendriiiiic*!»

«Sono qui» le disse in tono deciso. «Sono qui, Punky. Apri gli occhi. Guardami.»

Un secondo prima si stava dimenando tra le sue braccia, e quello successivo spalancò gli occhi e lo fissò.

Bob fu più grato di quanto potesse esprimere a parole quando sembrò che lo riconoscesse. Marlowe aveva la maglia tutta storta, e vide gli orribili segni sulla pelle candida del collo, anche se non c'erano luci accese nella stanza. Il bagliore della luna che filtrava dalla finestra era sufficiente per permettergli di scorgere le terribili conseguenze del giorno precedente.

«Va tutto bene» le disse con dolcezza. «Ci sono io.»

Lei sospirò, poi si abbassò di nuovo sul suo petto. Be', "abbassò" non era esattamente il termine giusto. Era più corretto "accasciò", dato che era crollata contro di lui con tutto il peso.

«Accidenti» borbottò.

Bob non poté fare a meno di sorridere. Era proprio da Marlowe dire una cosa del genere. Le infilò una mano tra i capelli e le avvolse l'altro braccio intorno alla vita, ancorandola a lui.

«Non ero io quella che doveva avere un incubo» si lamentò.

Il suo sorriso si fece più ampio. Non riusciva a credere di poter trovare qualcosa di divertente in quella situazione, ma non aveva torto. Era un miracolo che lui non ne avesse avuti. Vederla in quell'auto, svenuta, con le mani di quello stronzo intorno alla gola, era qualcosa che gli era rimasta impressa nel cervello. Aveva pensato di averla persa. Non aveva dubbi che prima o poi avrebbe sognato quel momento, ma a quanto pareva non quella notte.

«Vuoi parlarne?» le chiese.

Lei sospirò e Bob sentì il suo fiato caldo anche attraverso la maglia. «Erano i suoi occhi» mormorò dopo un attimo. «Erano freddi. Ho lavorato con Ian. Abbiamo condiviso i pasti. Abbiamo riso insieme. Sono stata io a fargli fare il giro degli scavi quando è arrivato.

Ma quando mi stava strangolando... non ho visto altro che

indifferenza nei suoi occhi. Avrebbe potuto benissimo star sbucciando una carota per l'emozione che mostrava. Voglio dire, mi sarei aspettata di vedere rabbia, odio, qualcosa. Il suo tono *era* furioso, ma lui sembrava completamente indifferente. È stato allora che ho capito che a prescindere da cosa avessi detto o quanto avessi lottato, mi avrebbe uccisa comunque. Ed è stato orribile, perché riuscivo solo a pensare a tutte le cose che mi sarei persa con te. Ridere, amare, i nostri figli... tutto quanto.»

«Punky» disse Bob con voce strozzata.

Marlowe sollevò la testa. «Ma ora sto bene. Tu sei qui.»

«Esatto.»

«E se dovessi fare altri sogni, mi sveglierai e mi rassicurerai che non ha vinto.»

«Puoi giurarci.»

Lei annuì, poi riabbassò la testa nell'incavo del suo collo. «Sai, è strano» disse un attimo dopo.

«Che cosa?» le chiese, accarezzandole la schiena in modo rassicurante.

«Stare stesa sopra di te senza essere nuda e averti dentro.»

Bob sbuffò. «Abbiamo dormito in questo modo un paio di volte mentre attraversavamo la Thailandia» le ricordò.

«Già» concordò. «Kendric?»

«Sì, Punky?»

«Pensavo a tre.»

«Tre cosa?»

«Bambini. Quindi ci serve una casa con almeno quattro camere da letto. Possono condividerne una mentre sono piccoli, ma vorranno uno spazio tutto loro quando saranno più grandi. Voglio trovare una casa che abbia un grande portico e un ampio cortile. E non troppo lontana da Carlise e

June, perché mi piacerebbe che i nostri figli giocassero con i loro.»

Le immagini che le sue parole evocarono nella mente di Bob furono così viscerali, così reali, da fargli quasi male. «Ok, Punky.»

«Non so come la pagheremo, ma troveremo una soluzione.»

«Certo» concordò. Avrebbe fatto il possibile per dare alla sua Punky tutto ciò che aveva sempre sognato.

«Mio fratello arriverà presto con la famiglia.»

Sembrava che la sua donna ormai fosse completamente sveglia e avesse voglia parlare. Per lui non era un problema. «Bene. Non vedo l'ora di conoscerli.»

«Cosa ti ha detto Tex oggi? Cioè, dopo che con me ha scambiato solo due parole.» Ridacchiò.

Il sorriso di Bob svanì. Non aveva molta voglia di parlarne in quel momento, ma sapeva che Marlowe aveva bisogno di sapere come procedevano le cose per Ian, per andare avanti con la sua vita e, sperava, per scacciare definitivamente gli incubi. «Mi ha aggiornato su West» rispose dopo un attimo.

«E?»

«Sei sicura di volerlo sapere adesso?»

Scrollò le spalle. «Sono sveglia.»

Lui annuì. «È stato accusato di un mucchio di cose. Rapimento, tentato omicidio, riciclaggio di denaro, contrabbando, e altri reati che ora non ricordo. La pena massima per il solo contrabbando è di vent'anni di prigione federale.»

Marlowe sollevò la testa. «Sì, ma dovrà scontarne solo una parte prima di avere diritto alla libertà vigilata, giusto?»

«È vero, ma la dogana vuole dargli una pena per ogni moneta.»

«Oh, bene» disse Marlowe.

«Hanno anche intenzione di indagare sul suo passato, controllare gli altri siti archeologici in cui ha lavorato, continuare a setacciare il dark web per vedere se riescono a trovare prove di altri manufatti che ha rubato e venduto... e incriminarlo anche per quelli. E dato che ritengono che il suo tentativo di ucciderti sia stato premeditato, chiederanno l'ergastolo. È tutto registrato in audio e video. Il suo intento era stato quello di portarti in un posto fuori mano, ucciderti, incassare i soldi dall'acquirente di quelle monete e continuare tranquillo la sua vita. Non la farà franca per nessuno dei suoi crimini.»

«E le monete torneranno in Thailandia?»

Bob chiuse gli occhi e strinse le labbra. Non avrebbe dovuto sorprendersi che fosse così preoccupata che i manufatti tornassero nel Paese che l'aveva rinchiusa in prigione, ma lo era comunque. «Alla fine, sì.»

«Bene.»

«E Tex sta lavorando con un avvocato in Thailandia per far cadere le accuse contro di te. Useranno le prove che hai ottenuto oggi come dimostrazione che non eri a conoscenza delle pillole di Yaba trovate nella tua roba, e che è stata tutta opera di West.»

Marlowe annuì, ma non fece commenti per almeno un minuto. Poi alzò la testa e lo fissò in un modo che non riuscì a interpretare.

«Cosa c'è, Punky?»

«Ti amo.»

Le sorrise. «Ti amo anch'io.»

«Visto che siamo entrambi svegli e tutto il resto... penso che dovremmo trovare un modo per passare il tempo. È troppo presto per alzarsi.» Marlowe fece scivolare una mano lungo il suo fianco e la infilò sotto l'elastico dei boxer.

Lui gliela prese subito tra le sue. «Sei stata ferita ieri» le disse.

«Sì» convenne, sostenendo il suo sguardo. «Ma ora sto bene.»

«Hai dolori?»

Lei scrollò le spalle. «Sono un po' rigida e mi fa male la gola, ma per il resto sto bene.»

«Penso che dovremmo aspettare ancora qualche giorno» iniziò, ma lei scosse la testa e si spostò per mettersi a cavalcioni sulla sua pancia. Poi lo fissò.

«Sto *bene*» insistette. «E ho bisogno di te, Kendric. Per un momento ho pensato che non ti avrei mai più sentito dentro di me. Non ti avrei più visto perderti nel piacere. Non avrei più visto l'adorabile smorfia che fai quando vieni.» Sorrise. «Ti prego?»

Be', accidenti... come poteva resistere a una richiesta così bella? La verità era che non poteva. Bob aveva la sensazione che quello non fosse di buon auspicio per lui, perché avrebbe ceduto in un attimo a qualsiasi desiderio di sua moglie se lo avesse guardato come stava facendo in quel momento.

«Non faccio smorfie quando vengo» protestò.

Lei ridacchiò. «Mm-mm, certo. Dimostralo.»

«Una sfida. Mi piace» replicò con un sorriso. «Ma d'altra parte, sono stanco. Penso che dovresti fare tu tutto il lavoro.»

Bob fu sorpreso dalla rapidità con cui sua moglie si mosse. Si tolse il pigiama e si risedette a cavalcioni sui suoi fianchi, completamente nuda, prima che lui potesse anche solo battere le palpebre.

I venti minuti successivi furono i più erotici della sua vita.

Fecero l'amore con passione. Riaffermarono i loro sentimenti con ogni tocco, con ogni spinta dei loro fianchi. Poter stare di nuovo con lei in quel modo era un vero dono, e Bob giurò di non darla mai per scontata. Mai.

Dopo averla fatta venire due volte e aver svuotato dentro di lei tutto il suo piacere, Marlowe era di nuovo accasciata sul suo petto, con il suo cazzo mezzo duro ancora dentro e i loro umori che fluivano sulle sue palle... e non si era mai sentito così soddisfatto.

«Così va meglio» mormorò assonnata.

«Già» concordò.

«E hai fatto una smorfia» gli disse, e sentì contro il petto le sue labbra curvarsi in un sorriso.

Non ne era sorpreso. Ogni orgasmo con lei gli dava la sensazione di essere rivoltato sottosopra. Faceva male nel modo più bello. «Come vuoi» brontolò per finta.

Marlowe ridacchiò e quel suono gli arrivò dritto al cuore. Avrebbe fatto di tutto, dato tutto, per sentire quella risatina ogni giorno per il resto della vita.

Lei sbadigliò e sospirò assonnata.

«Ci sono io, Punky. Dormi.»

«Non voglio sognare.»

«Lo so.» Ed era vero. «Ma se succederà, io sarò qui vicino a te.»

«Sì, ci sarai.»

Sentì i suoi respiri farsi più lenti e profondi contro di lui, e quando il suo cazzo si ammorbidì abbastanza da scivolare fuori, lei si addormentò. Bob la spostò in modo che fosse distesa contro il suo fianco e tirò su le coperte che avevano calciato via mentre facevano l'amore.

Di solito, quando si sdraiava a letto, la sua mente non si

spegneva. Le visioni del suo passato si riproducevano nella sua testa come un film. Quella notte però non fu il passato a tenerlo sveglio... ma il futuro. La casa descritta da Marlowe. I loro figli che correvano in giro strillando come diavoletti e ridendo con i bambini di Chappy e Cal.

Si addormentò con il sorriso sulle labbra. Non aveva idea di cosa avrebbe riservato loro il futuro, ma qualunque cosa avesse portato, l'avrebbe vissuta con Marlowe. Su quello non aveva dubbi.

EPILOGO

CINQUE MESI dopo

Marlowe sorrise mentre guardava Chappy, Cal, JJ e Kendric scaricare il camion dei traslochi. C'era voluto un po' di tempo per trovare il posto perfetto, ma appena aveva posato gli occhi sulla casa davanti a lei, aveva capito che era quella giusta. Necessitava di qualche lavoretto, ma Kendric aveva promesso di farla tornare a risplendere e lei non aveva dubbi che l'avrebbe fatto.

Sembrava contento. A volte temeva che si annoiasse e volesse tornare a lavorare per Willis, ma lui le aveva assicurato più volte che non lo avrebbe più fatto. Che era soddisfatto di stare a Newton con lei e i suoi amici.

Lavorava molto, ma non le dispiaceva. Aveva bisogno di tenersi occupato, e se tagliare alberi e guidare la gente nelle escursioni sul sentiero degli Appalachi lo manteneva indaffarato e appagato, non gli avrebbe mai detto di smettere.

Il processo di Ian era ancora in sospeso, e sebbene fosse frustrante, Marlowe sapeva che era meglio così. Almeno non poteva essere rilasciato su cauzione, e gli avvocati stavano facendo il loro dovere e tutto il necessario per evitare che uscisse di prigione. Tutto il denaro che aveva nascosto nei conti esteri era stato confiscato, e l'agenzia doganale, il Dipartimento della sicurezza interna e l'FBI stavano ancora rintracciando alcuni dei manufatti che aveva rubato prima della Thailandia.

Quindi, con Ian in prigione e Kendric... rasserenato, le cose stavano andando alla grande nella sua vita, e non poteva esserne più felice.

Si massaggiò la pancia che stava aumentando e sorrise quando Carlise e June si avvicinarono per mettersi accanto a lei.

«Guardateci, i tre porcellini grassi» scherzò June.

Marlowe rise. Era rimasta incinta in modo sorprendentemente rapido; meno di un mese dopo aver ricominciato ad avere il ciclo. Era come se il suo corpo avesse aspettato lo sperma di Kendric o qualcosa del genere. Anche Chappy aveva finalmente messo incinta Carlise, e Marlowe era entusiasta del fatto che tutti i loro figli sarebbero nati nello stesso periodo, a pochi mesi di distanza l'uno dall'altro.

La casa di Cal non era molto lontana da quella che avevano comprato loro, e anche se Chappy e Carlise vivevano ancora nell'appartamento in città, stavano ingrandendo la baita in montagna.

«Sono così felice per voi» disse Carlise, piegandosi in modo un po' goffo per appoggiare la testa sulla sua spalla. Era

talmente più alta di lei e di June che spesso scherzava dicendo
che poteva usare le loro teste per appoggiare i gomiti.

«Questa casa è davvero perfetta» aggiunse June.

«Già» concordò Marlowe.

«Dovremmo sentirci in colpa perché stiamo qui a guardare
i nostri uomini che fanno tutto il lavoro pesante?» chiese
Carlise dopo un attimo.

Marlowe rise. «Ho cercato di aiutare, ma Kendric mi ha
sgridata e mi ha detto: "Vai a mangiare dei sottaceti o altro".»

Le altre ridacchiarono.

«Infatti!» disse Carlise. «Sembra pensino che siamo
completamente indifese, solo perché siamo incinte.»

«Ora che mi sto avvicinando alla fine del secondo trime-
stre, Cal è diventato super paranoico» concordò June. «Sono
sicura che se restiamo qui ancora per molto, arriverà con una
sedia e insisterà per farmi sedere.»

«L'altro giorno, quando ho cercato di dire a Riggs che non
avevo ancora finito la traduzione a cui stavo lavorando, è
venuto da me, mi ha sollevata dalla sedia e mi ha portata in
camera nostra dicendo che avevo passato abbastanza tempo
davanti allo schermo e che avevo bisogno di riposare.»

Marlowe sorrise. Kendric non era poi così male... per ora.
Ma non aveva dubbi che la sua iperprotettività sarebbe
emersa sempre di più man mano che il loro bambino sarebbe
cresciuto. «Ma noi odiamo questa cosa?» chiese.

Carlise e June sorrisero.

«No.»

«Per niente.»

Marlowe annuì felice.

«Sapete cosa manca qui?» chiese Carlise dopo un attimo.

«Cosa?» domandarono contemporaneamente le altre due.

«April.»

Si accigliò. Aveva ragione. Sembrava che la loro amica le frequentasse sempre meno... e la faceva soffrire quanto la confondeva. «Ma dov'è?»

«In ufficio, dove sennò?» rispose June.

Marlowe sospirò. «Lavora troppo. È sempre lì. Pensi che sia arrabbiata perché siamo tutte incinte?»

«No» rispose Carlise senza esitare. «Non credo proprio che voglia dei figli, quindi non si tratta di questo. C'è qualcos'altro che la preoccupa.»

«Vorrei che parlasse con noi» disse June.

«Anch'io» concordò Carlise. «Ma è sempre stata piuttosto riservata sulla sua vita privata. Esce con noi e tutto il resto, ma mi sembra comunque di non sapere molto di lei.»

«Pensavo fosse solo una mia impressione!» esclamò Marlowe.

«Be', so che è stata sposata e che poi il matrimonio è naufragato, ma è tutto quello che mi ha detto» spiegò June.

Carlise si raddrizzò quando JJ uscì dalla casa, le salutò con la mano e sparì di nuovo nel camion che Kendric aveva noleggiato per il trasloco. «Penso sia arrivato il momento di fare qualcosa, dobbiamo fare in modo che JJ e April smettano di comportarsi da idioti e ammettano che si piacciono. È quasi doloroso vederli fissarsi quando pensano che nessuno se ne accorga. Gli sguardi da cucciolo e gli occhi tristi mi uccidono. Sembrano entrambi così infelici.»

«Cosa possiamo fare? Voglio dire, sono adulti» disse June.

«Forzarli a condividere il letto una notte?» suggerì Carlise.

Risero.

«Be', per noi tre ha funzionato» constatò.

«È vero, ma non credo che funzionerebbe per loro.»

Le tre donne sospirarono scervellandosi in silenzio.

«Non mi viene in mente niente» ammise Marlowe dopo un paio di minuti.

«Nemmeno a me» concordò June.

Carlise sospirò. «Già, non ho idea di cosa fare.»

«Dovremo lasciare che siano loro due a capirlo» rifletté Marlowe.

«Credo di sì. Voglio solo che siano felici. Lavorano entrambi così duramente e sono due persone meravigliose. So che sarebbero perfetti insieme se solo si dessero una possibilità» sostenne Carlise.

«Già» concordò Marlowe. Stava ancora riflettendo per trovare un modo per aiutare la relazione tra i due amici, quando Kendric uscì dalla casa con un enorme sorriso sulle labbra.

«Tutto a posto» disse avvicinandosi. Le circondò le spalle con un braccio e la attirò a sé. «Be', intendo che abbiamo portato dentro tutto, non sballato gli scatoloni. Inizierò a farlo più tardi. Vuoi venire a vedere?»

«Ovvio» gli rispose con una risatina.

«Porto a casa June, è stata in piedi abbastanza a lungo oggi» annunciò Cal, mentre circondava la vita della moglie con un braccio.

June lanciò un'occhiata alle altre donne come per dire: *"Visto?"*.

«Già. Io e Car andiamo alla baita per il fine settimana. Se c'è qualche problema e avete bisogno di me, fatemelo sapere» disse Chappy, prendendo la mano di Carlise.

Marlowe salutò le sue amiche e promise che più tardi avrebbe inviato loro delle foto, una volta sistemata un po' la casa.

«E direi che mi tolgo dai piedi anch'io» affermò JJ con un sorriso. «Vado in ufficio. Capisco quando sono il terzo incomodo.» Diede una pacca sulla spalla all'amico e si diresse verso la sua Bronco.

«Sembri felice» le disse Kendric, mentre gli altri andavano alle loro auto, tutte parcheggiate lungo la strada.

«Perché lo sono» replicò con un sorriso.

«Bene. Anch'io.»

Osservando la sua nuova casa, Marlowe pensò che tutto ciò che aveva passato, tutto il terrore, l'incertezza, la fuga attraverso la Thailandia, il rischio di essere uccisa... ogni singola cosa, era valsa la pena. Era sposata con l'uomo della sua vita, avrebbe avuto un figlio e ora si stava trasferendo nella casa dei suoi sogni. Avrebbe affrontato di nuovo tutto se ciò avesse significato finire proprio lì.

«Andiamo a vedere la nostra casa» disse. «Magari inauguriamo a modo nostro anche qualche stanza.»

Kendric fece un enorme sorriso malizioso. «Mi sembra un ottimo piano.»

La prese in braccio come una sposa e si diresse verso il portico d'ingresso. La portò oltre la soglia e si fermò, chinandosi a baciarla. «Sei sicura di non essere seccata per non aver avuto una vera cerimonia di nozze?»

Avevano deciso di andare dal giudice di pace e di sposarsi lì negli Stati Uniti, solo per assicurarsi che il loro matrimonio fosse legittimo. Oltre a loro due erano stati presenti solo i testimoni, due impiegati che lavoravano nell'edificio. Non avevano voluto fare le cose in grande perché, per quanto li riguardava, erano già sposati. Era stata solo una formalità.

«*Ho avuto* una vera cerimonia di matrimonio» sostenne Marlowe. «Ho indossato un abito color crema, abbiamo pronunciato le nostre promesse e abbiamo il certificato che lo prova.»

Il pezzo di carta era un po' malridotto, stropicciato e strappato sugli angoli, e l'inchiostro era un po' sbavato a causa della caduta nel canale, ma avrebbe sempre avuto un posto speciale nel suo cuore. Kendric l'aveva fatto incorniciare, e non dubitava che l'avesse già appeso in camera da letto, dove era stato negli ultimi cinque mesi e mezzo anche nell'appartamento.

«Ti amo» le disse.

«Io di più.»

«Impossibile.» E la baciò di nuovo.

Stava per chiudere la porta quando sentirono un fischio acuto provenire da dietro di loro. Si girò e si guardò intorno, e la mise subito in piedi quando vide i suoi amici riunirsi. Era successo qualcosa, e all'apparenza niente di positivo.

Kendric e Marlowe voltarono le spalle alla loro nuova casa, accantonando i piani di inaugurazione per scoprire cos'era successo.

———————

April sospirò mentre riattaccava il telefono. Era rimasta in ufficio invece di uscire con le sue amiche. Avrebbe voluto esserci, ma ultimamente stare vicino a Jack era straziante. Nonostante le sue proteste quando le ragazze ne parlavano...

amava quell'uomo. Ma fare la parte della semplice amica da anni la stava lentamente uccidendo.

Non era nemmeno sicura di quando fosse successo di preciso. Supponeva che fosse stata una cosa graduale, vedendo quanto Jack fosse dedito all'attività, quanto fosse legato ai suoi amici; quell'uomo avrebbe mollato tutto per aiutare le persone che amava, se ne avessero avuto bisogno. Ne era stata testimone una miriade di volte. Lui era tutto ciò che aveva sempre desiderato in un partner.

Nel suo matrimonio non era mai stata una priorità. Il suo ex marito non era una cattiva persona, era semplicemente... egocentrico. Aveva sempre pensato di avere un lavoro più importante del suo. Ogni volta che lei aveva avuto una visita medica e gli aveva chiesto di accompagnarla, lui aveva sostenuto di non poterlo fare a causa di una riunione o altro. Non aveva mai potuto contare su di lui per *nulla*.

All'inizio del loro matrimonio si amavano, ma con il passare degli anni si erano allontanati. Quando lei alla fine aveva chiesto il divorzio, ormai erano più che altro dei coinquilini.

April aveva la sensazione che Jack sarebbe stato un marito fantastico. Attento, protettivo e che non l'avrebbe mai abbandonata se gli avesse chiesto di accompagnarla a un appuntamento, a una festa o semplicemente di sedersi a mangiare con lei a casa.

Scosse la testa sospirando. Ormai era chiaro che non fossero destinati a essere una coppia. Avevano lavorato insieme per anni. Se avesse provato per lei qualcosa di diverso da quello che un capo provava per una sua dipendente, aveva avuto tutto il tempo di dimostrarlo.

Dato che al momento Jack era con tutti gli altri ad aiutare

Marlowe e Bob a traslocare nella nuova casa, lei era andata
alla Jack's Lumber. Era il fine settimana e non sarebbe stato
necessario essere lì, il servizio telefonico l'avrebbe avvisata di
eventuali chiamate di emergenza. Ma non poteva stargli
vicino più di quanto non facesse già, anche se lo avrebbe
voluto, quindi andare in quell'ufficio silenzioso era stata la
scelta migliore.

Mentre cercava di non pensare ai suoi amici, il telefono
squillò. Era una delle stazioni sciistiche vicine. Un enorme
albero era caduto accanto a una delle piste da sci più frequen-
tate e volevano che la Jack's Lumber lo portasse via. April
disse al tizio che erano tutti impegnati, ma che sarebbe
andata lei a dare un'occhiata.

Spingendo indietro la sedia dalla scrivania, si alzò.
Avrebbe valutato rapidamente il lavoro necessario, in modo
da sapere quanti uomini inviare l'indomani. Non era una cosa
che era solita fare, ma aveva bisogno di allontanarsi dai suoi
pensieri. Si stava comportando da codarda per quanto riguardava Jack, e lo sapeva. Avrebbe voluto ammettere i suoi sentimenti al suo capo, ma aveva paura che se lui non li avesse
ricambiati, le cose si sarebbero fatte strane e avrebbe dovuto
lasciare un lavoro che amava.

Prese la borsa e la giacca e uscì dalla Jack's Lumber, salì
sulla sua Subaru Forester rossa e partì verso le montagne.
Notò distrattamente un pick-up nero dietro di lei, l'unico
altro veicolo sul lungo tratto di strada, ma rimase concentrata
sulla sua destinazione.

Stava preparando mentalmente una proposta per la
stazione sciistica, nel caso avessero voluto che la Jack's
Lumber controllasse gli alberi lungo tutte le piste per rimuovere quelli che sembravano a rischio caduta, quando nella sua

visione periferica notò qualcosa muoversi sul ciglio della strada.

Frenò d'istinto.

Un grosso alce entrò sulla carreggiata e April girò di scatto il volante verso destra. Quando iniziò a slittare, cercò subito di correggere quel movimento brusco, ma ormai era troppo tardi.

L'auto girò su sé stessa e sentì il forte rumore del metallo che si accartocciava contro le rocce, mentre scivolava giù dalla banchina.

Emise un piccolo urlo mentre veniva sballottata sul sedile e sbatteva la testa contro il finestrino alla sua sinistra. Poi si ritrovò in aria.

L'alce aveva scelto il posto peggiore in cui passare davanti alla sua auto, perché la strada era affiancata da un fossato poco profondo... e poi da un salto di sei metri fino al suolo del bosco sottostante.

L'auto colpì il terreno in fondo alla collina con una forza tale da toglierle il fiato; forse a causa della cintura di sicurezza che la stringeva intorno al petto e alle gambe, o dell'airbag che si era attivato con un forte botto spaventandola a morte.

Iniziò a vedere delle macchioline davanti agli occhi. La testa le pulsava e sentiva il sangue colare su un lato del viso. Era successo tutto così in fretta!

Passarono altri secondi e April si rese conto di non aver mai provato un dolore così intenso. La testa le faceva così male che non riuscì a non vomitare. Per fortuna l'airbag si era leggermente sgonfiato, così non le schizzò tutto in faccia, ma fu quasi altrettanto disgustoso quando atterrò sul tetto dell'auto.

Un attimo... il tetto?

Girò la testa e sbatté le palpebre confusa vedendo che il mondo sembrava essere sottosopra.

Poi si rese conto che non era il mondo a esserlo, ma *lei*. L'auto era posata sul tetto, e molto più in alto poteva vedere la strada da cui era scivolata giù.

L'alce era ormai sparito, ma il pick-up nero che era dietro di lei si era fermato. Non riuscì a distinguere chi ci fosse al volante, ma proprio mentre pensava con sollievo che chiunque fosse l'avrebbe sicuramente aiutata... il veicolo cominciò a muoversi.

Con suo grande shock e perplessità, lo vide allontanarsi, lasciando dietro di sé solo il silenzio.

Più April rimaneva nella sua auto distrutta, più la testa le pulsava. Cercò di convincersi che la persona nel pick-up probabilmente non aveva il cellulare ed era andata a cercare aiuto lungo la strada. Ma per qualche motivo sapeva che non era così.

Chiunque fosse, l'aveva abbandonata. Ferita, sanguinante e intrappolata.

Avrebbe voluto piangere. Urlare. Ma il suo corpo stava cedendo. Il dolore era troppo intenso; le sembrava che la testa le stesse per esplodere.

L'ultima cosa a cui pensò prima di perdere i sensi fu la pace che c'era in quell'area. Il silenzio era assoluto, e la cosa più spaventosa che avesse mai sentito in vita sua.

————

JJ era frustrato e imbronciato. Era stato ansioso di aiutare Bob e Marlowe a trasferirsi nella nuova casa, perché così avrebbe potuto vedere April al di fuori dall'ufficio, ma lei non si era presentata. Anzi, ultimamente sembrava avere una scusa ogni volta che veniva invitata a uscire con lui e i suoi amici.

Quella donna lo faceva impazzire. La desiderava *profondamente*, ma non aveva idea di come cambiare la situazione.

Era sempre così professionale. E lui odiava che fosse così; non gli piaceva lo spazio che metteva tra loro.

April Hoffman era tutto ciò che aveva sempre desiderato in una donna. Alta, intelligente, con i piedi per terra, una gran lavoratrice e, più di ogni altra cosa, un'amica meravigliosa. Era *sua* amica. Ma lui voleva di più. Voleva disperatamente di più. Ma non sapeva come farlo accadere.

Avrebbe dovuto manifestare il suo interesse da anni, ma più passava il tempo e più era difficile capire come fare la prima mossa. E temeva di aver perso la sua occasione. Oltre a frequentare sempre meno Carlise, June e Marlowe, sembrava si sforzasse di tenere sempre più le distanze, in particolare con lui. Cercava persino di evitare che si trovassero in ufficio nello stesso momento. Era uno schifo e non sapeva proprio come risolvere la situazione.

Una volta finito di trasportare tutti i mobili e gli scatoloni dal camion alla casa di Bob e Marlowe, JJ si congedò nell'istante in cui anche gli altri amici si diressero verso i loro veicoli. Stava andando alla Bronco quando gli squillò il telefono. «JJ» rispose.

«Parlo con Jackson Justice?» chiese una voce sconosciuta.

«Sì. Chi parla?»

«Sono Patrick Stewart. Abbiamo trovato il suo numero tra i contatti di emergenza di April Hoffman. La chiamo per informarla che è nella nostra ambulanza e che abbiamo chiamato un elicottero per portarla a Bangor.»

Il cuore di JJ smise di battere. «Come, scusi? April è ferita?»

«Sì, signore. La sua auto è uscita di strada sulla Mountain Road e un passante ha chiamato la polizia.»

«JJ? Cosa c'è che non va?» chiese Chappy, materializzandosi al suo fianco.

Ma non riuscì a concentrarsi su nient'altro che sulla voce al telefono. «Sopravviverà?» sussurrò.

«Sì, ma è incosciente e ha un grave trauma cranico. Come ho detto, verrà portata a Bangor e lei è tra i contatti di emergenza nel suo telefono. C'è qualcun altro che dovremmo chiamare?»

«Quale ospedale?» sbraitò, ignorando la domanda. Ogni molecola del suo corpo lo stava spingendo a saltare in macchina e a raggiungerla.

Il paramedico glielo disse e lui annuì. «Arrivo. Le dica... che sto arrivando» lo implorò.

«È incosciente, signore, ma glielo dirò se si sveglierà» gli assicurò.

«Grazie.» JJ riattaccò e riprese a camminare verso la macchina, ma la mano di Chappy sul suo braccio lo fermò.

«Che diavolo succede?» chiese.

«April è ferita! Ha avuto un incidente d'auto. La stanno portando a Bangor. Devo andare da lei.»

«Veniamo con te. Aspetta» gli ordinò Chappy.

JJ scosse la testa. «Non posso... devo... devo andare!»

«E ci andremo» disse l'amico con calma. Si girò e fischiò forte.

Per la prima volta nella vita, JJ non aveva idea di cosa fare. Aveva sempre avuto il controllo. Era stato il leader della loro squadra nelle forze speciali. Quello a cui tutti si affidavano quando le cose andavano male. Ma dal momento in cui aveva saputo che April era rimasta ferita, era stato come se all'improvviso fosse incapace di prendere anche la più piccola decisione.

Ogni molecola dentro di lui stava spingendo per farlo correre al suo fianco per assicurarsi che stesse bene.

Sentì i suoi amici parlare come se fossero in lontananza, e un attimo dopo Cal lo stava accompagnando verso il suo SUV. «Guido io» dichiarò con fermezza.

JJ non protestò. La Rolls-Royce aveva una potenza notevole sotto il cofano e potevano arrivare a Bangor più velocemente rispetto alla sua Bronco.

I suoi amici parlavano intorno a lui mentre salivano sul veicolo, ma l'unica cosa a cui riusciva a pensare era April. Perché era su quella strada? Si sarebbe rimessa? Era terrorizzata quando era successo? Si era accorta di tutto o era svenuta subito?

E sotto tutte quelle paure e preoccupazioni, giunse la determinazione. Più forte di qualsiasi altra emozione.

Non avrebbe più aspettato. Una volta ripresa – e si *sarebbe* ripresa, doveva – si sarebbe assicurato che quella donna sapesse quanto l'amava. Aveva perso abbastanza tempo. Basta indugiare.

April Hoffman era sua, e avrebbe fatto tutto il necessario per far sì che anche lei lo amasse allo stesso modo. A prescindere dagli ostacoli che si sarebbero frapposti sulla sua strada.

———

JJ è determinato a far sì che l'incidente di April non gli impedisca di ammettere finalmente la sua attrazione per lei.

Ma la sua condizione clinica si rivelerà essere l'ultima delle sue preoccupazioni. Qualcuno vuole vendicarsi e nessuno a Newton è al sicuro. Acquistate *Il tagliaboschi*, l'ultimo libro della serie Game of Chance, per vedere l'esplosiva conclusione e come i quattro ex militari devono lavorare insieme, con la collaborazione di molti dei loro amici sparsi in tutto il Paese, per assicurarsi che il male non vinca.

Trovare Monica
Trovare Carly
Trovare Ashlyn
Trovare Jodelle

Ricerca e soccorso Eagle Point

In cerca di Lilly
In cerca di Elsie
In cerca di Bristol
In cerca di Caryn
In cerca di Finley
In cerca di Heather
In cerca di Khloe

Silverstone

Fidarsi di Skylar
Fidarsi di Taylor
Fidarsi di Molly
Fidarsi di Cassidy

Delta Duo

La forza di Gillian
La forza di Kinley
La forza di Aspen
La forza di Jayme
La forza di Riley
La forza di Devyn
La forza di Ember
La forza di Sierra

Armi & Amori: verso il futuro

Soccorrere Caite
Soccorrere Brenae
Soccorrere Sidney
Soccorrere Piper
Soccorrere Zoey
Soccorrere Avery
Soccorrere Kalee
Soccorrere Jane

Mercenari di Montagna
Difendere Allye
Difendere Chloe
Difendere Morgan
Difendere Harlow
Difendere Everly
Difendere Zara
Difendere Raven

Delta Force Heroes
Salvare Rayne
Salvare Emily
Salvare Harley
Il Matrimonio di Emily
Salvare Kassie
Salvare Bryn
Salvare Casey
Salvare Sadie
Salvare Wendy
Salvare Mary
Salvare Macie
Salvare Annie

Armi e Amori

Proteggere Caroline

Proteggere Alabama

Proteggere Fiona

Il Matrimonio di Caroline

Proteggere Summer

Proteggere Cheyenne

Proteggere Jessyka

Proteggere Julie

Proteggere Melody

Proteggere il Futuro

Proteggere Kiera

Proteggere i figli di Alabama

Proteggere Dakota

Ace Security

Il riscatto di Grace

Il riscatto di Alexis

Il riscatto di Bailey

Il riscatto di Felicity

Il riscatto di Sarah

Una raccolta di storie brevi

Un momento nel tempo

BIOGRAFIA

L'autrice

Susan Stoker è annoverata da *New York Times*, *USA Today* e *Wall Street Journal* quale scrittrice di successo, le cui collane di libri includono Badge of Honor: Texas Heroes, SEAL of Protection e Delta Force Heroes. Sposata con un sottufficiale dell'esercito in pensione, Stoker ha vissuto in ogni dove negli Stati Uniti - dal Missouri alla California e al Colorado - e attualmente vive sotto i grandi cieli del Texas. Quale vera sostenitrice del "vissero felici e contenti", Stoker ama scrivere romanzi in cui una relazione romantica si trasforma in amore.

Per ulteriori informazioni sull'autrice e il suo lavoro, visita il sito web www.stokeraces.com

www.ingramcontent.com/pod-product-compliance
Lightning Source LLC
Chambersburg PA
CBHW011448100726
47899CB00010BB/3213